사람은 나라 이상입니다

만인보

萬人譜

완 간 개 정 판

만인보

고은

萬人譜

13/14/15

창비

인간이 만물의 영장이라는 오랜 합의는 엉터리인지 모른다. 거기에는 인간 자신에 대한 집착이 분명히 개입되고 있다.

아마도 우주 속에서의 서열에서는 인간이 다른 동물보다 뒤져 있을 심증이 이만저만한 정도가 아니다.

그럼에도 인간은 그 자신이 이루어온 사회와 역사를 떠나서 존재할 수 없는 엄연한 사실을 확인할 때마다 거기에서 인간의 여러 차원과 만날 수 있다.

'인간은 인간이다!'라는 말은 '나는 나이다!'라고 말했다는 신의 의지와 동등한 의미를 내포하고 있는가, 아닌가.

인간이 인간을 그릴 수 있다는 사실을 보여주는 것이 문학이다. 그런데 인간 혹은 인간적인 것의 본질에 다가갈 수 있다면 이제까지의 인간이 아닌 다른 인간의 얼굴을 그려야 하는 예상치 못한 표현의 의무에 부딪혀야 할 것이다.

나는 70년대 후기의 그 유신체제 통금의 밤을 폭음으로 새운 다음날 아침이나 감옥의 한밤중에 깨어났을 때 인간이란 무엇인가라는 진부하기까지 한 질문을 나 자신에게 이따금 던져보았다.

그것은 현대철학의 한 이례적인 발언 "인간이란 태초부터 존재한 것이 아니라 19세기 이후에 만들어진 근대의 발명품에 지나지 않는다"(푸꼬)라는 것도 나를 전적으로 공감시키지 않는 것을 전제로 삼고 있었다.

아마도 어떤 해답이 나오기 어려운 그런 질문은 나에게는 1인칭의 2인칭화를 꿈꾸는 내적 대화의 실험이었으리라.

또한 그것은 70년대의 빛나는 명제인 '인간의 존엄성' '인권'을 그 정치적 반영에 닿아 있는 자유나 평등이라는 당위로만 생각하지 않는 원초적인 질문인 것은 틀림없다.

그럴 경우 나는 70년대적인 행복으로부터 무일푼으로 일탈하기까지 하는 나 자신만의 밀실을 짓고 있었던 것은 아닌지 모를 일이다.

다시 말하면 70년대라는 시대의 밥통에서 괜히 덜 소화된 채 장(腸)으로 내려보낸 어정쩡한 음식물이 나 자신이었을까.

인간의 얼굴은 어제의 얼굴이라는 것을 어느 경우이든 부정할 수 없다.

그렇다면 내일의 인간은 어떤 얼굴일 것인가. 그것은 어제의 그것과 아주 많이 동떨어진 것인지 아닌지 쉽사리 판단할 노릇은 될 수 없겠다.

아무튼 이런 종류의 질문이 그 시대의 황량한 현실을 살아가는 동안 내 친구가 되어준 것은 길을 가는 나그네한테 그늘이 있는 곳을 발견하는 것처럼 축복이기도 했다.

고대신화나 자타카(本生譚) 따위가 그려내고 있는 인간의 활동 자체를 '오래된 미래'로 표현하는 의도 가운데에는 오늘의 인간이 그런 태고의 시원으로 돌아가기를 바라는 반문명적인 이념으로서의 염원과 향수도 아우르고 있는 것 같다.

그래서 나는 내일의 인간은 끝내 어제의 인간으로 돌아가고 만다는 사실을 감지할 때가 있었던 것이다.

하지만 내일의 새로운 얼굴은 분명코 그 내일의 진실을 위해서 있을 것이다. 그리고 그것은 아직 오지 않은 놀라운 현실일 것이다. 이런 사실이야말로 한 세기를 보내고 또 하나의 세기를 맞이하는 오늘을 가슴 설레게 한다.

내가 할 일은 그러나 철학적이기보다 예술적이지 않으면 안된다. 내지상의 척도는 예술이다.

『만인보』 13, 14, 15권을 세상에 내보낸다. 올 10월쯤 내보낼 16, 17, 18권까지로 70년대 사람들을 그려내는 일은 끝낼까 한다.

벌써 나른 연대의 사람들이 나를 불러대고 있는 것이 내 시적 심상이기도 하기 때문이다.

여기서 내 의식의 전환기라는 점에서 나에게 고향이 되어준 70년대의 그 원시공동체적인 인간군상이야말로 그것이 박정희라는 반대쪽의 사람이든 함석헌이라는 동지쪽의 사람이든 나를 키워준 육친이라는 사실을 고백한다.

그래서 아직 세 권 분량의 대상이 더 남아 있기는 하지만 70년대 사람들을 『만인보』의 한 부분으로 삼고 있는 어제오늘이야말로 일종의 자기 동일성을 실감할 수 있는 것인가.

몇해 전에 나는 빠리의 '로댕의 집'에 가서 로댕이 만든 발자끄상 앞에서 있었다. 나는 그 발자끄에게 말했다.

"당신이 빠리의 호적부와 겨루겠다는 소설적 의지는 얼마든지 상찬할 만한 것이오. 그런데 이번에는 당신이 내가 한국의 만인들을 그려내는 박물관적인 혹은 천장화의 단청(丹靑)과도 같은 작업을 비록 귀신으로나마 도와주기 바라오. …… 하지만 나는 전적으로 당신의 소설 『인간희극』 따위에는 의존할 생각이 없소. 그러나저러나 왜 당신은 그렇게 빨리 이 문학의 세상을 떠나버렸소. 당신의 단명을 내가 보충하겠소."

나는 『만인보』에서 인간만을 그리지 않는다. 왜냐하면 인간은 불가불이 세상의 만다라 없이는 존재할 수 없기 때문이다. 아무튼 『만인보』 '70년대 사람들'에서 가능한 한 그 시대에 충실하고 나머지는 불가불 잉여가 치일 수 있다. 하지만 살아 있는 현재에의 집착으로 되어 있는 인간을 그린다는 것은 쉬운 노릇이 아닐뿐더러 아주 난처하기까지 하다.

1997년 여름
고은

만인보 14

만인보 15

만인보 별편

일러두기 ───

완간 개정판 『만인보』 13·14·15권은 초판본(창작과비평사 1997)을 원본으로 삼고, '별편'(56편)을 추가한 『고은 전집』(김영사 2002) 이후 저자의 개고분을 반영하였습니다.

만 인 보

13

萬 人 譜

김상진

지난날 1920년대 혹은 1930년대
일제에 맞선 독립군 병사는 결코 자살하지 않았다
그들의 죽음은
언제나 전사(戰死)였다
무덤도 비목도 없는 전사였다 행방불명이었다

남만주 벌판
거기가 싸움터였고
싸움 뒤 까마귀 흩어지는 저승이었다

그런데 왜 우리는 자살을 노래해야 하는가
1975년 4월 수원
서울대 농대 축산학과 학생
김상진의 할복자결을 노래해야 하는가

왜 죽었느냐
왜 죽었느냐
굳은 핏덩어리 사체조차 차지할 수 없이
왜 그대의 죽음을 노래해야 하는가

저 지하에서 여러분의 진격을 지켜보리라
그 위대한 승리가 도래하는 날!
나! 소리 없는 뜨거운 갈채를
만천하에 울리게 보낼 것이다

이 말을 끝으로
그대는 품은 칼 뽑아
그대 배를 갈랐다
피 뿜어 쓰러진 그대
어디론가 실려갔다

영결식은커녕
추모회도 막혀버렸다
이중 삼중의 인간 바리케이드

우리는 소리칠 뿐이었다
유신체제의 하늘 황사바람으로 가득할 뿐
우리는 4월의 꽃이 아니라
4월의 피로 소리칠 뿐이었다

그로부터 1년이 갔다
또 1년이 갔다
이 땅의 젊은이들 가슴마다
그대의 넋으로 차 있었다

그 위대한 승리의 날이 언제인지
그날이 무엇인지
어떤 술집에서도 그것을 모르는 술잔뿐이었다
오직 김상진 칠흑 같은 밤들 지나 먼동 무렵 그대 이름뿐이었다

변선환

감리교 강령 25개조 그 고개 넘어
익은 곡식 가득한 들녘이 펼쳐졌도다
또 하나 고개라도 막혀서
감돌아 가고 싶도다

감리교 격식이나 신앙 체험뿐 아니라
고백교회도
위기신학도
조직신학 떨쳐나와
해방신학 민중 정치신학도
심지어는
불교 미륵신앙까지도
다 익어

두런두런
가을바람에 곡식 흔들리도다

어디 구원이 기독교뿐이랴
다른 종교를
우상숭배 사탄이라 내치지 않았도다
석가의 늙은 제자 가섭처럼
처음에는 그 자신이 5백 제자 거느렸다가
석가의 제자로 귀의한 것처럼
그는 껄껄 웃음 익어

오랜 영혼 계도(系圖)의 십자가와 더불어
절 마당에서도 허물없도다
변선환 그는 다리였다
이쪽에서 저쪽으로 건너가는 다리였다
깍쟁이 십자가들 고개 넘어
이 물
저 물 건너오는 다리였다

그 안경 속의 큰 계시의 도량
그리고 큰 예시의 가슴

7세 제왕

스무살 미만
열다섯살의 고주몽이 세운 나라
고구려 궁궐은 초가였다
저 멀리 압록강 물이 불어났다
그 나라는 날로 일어나
초가 궁궐이
으리으리한 궁궐로 바뀌었다

제6대 제왕 태조는
일곱살에 즉위
제왕은 팽이를 쳤다
어머니가
어린 제왕을 보살폈다

신라 진흥왕도
일곱살에 즉위
어머니가 왕권을 휘둘렀다

수렴청정은 제왕의 제왕놀이 밤에는 선왕 혼령 불러다 제왕놀이

진복기

결국 박정희의 당선을 위한 선거
그 대통령선거로 너도나도 뒤숭숭해지면
떴다 봐라
정의당 당수
코밑의 팔자수염
그 피곤한 갈색 얼굴 가득한 실없는 웃음
진복기 후보가 나타난다
반드시 나타난다 한다

벌써 두번째인가
세번째인가
유신체제 이전의 직선제 시절

서울 무교동 허름한 노인 장년 단골 다방이
그의 당사무실이었다
누구나 당비 얼마 내면
그리하여 입당원서에 지장이라도 찍으면
당장 담배연기 자욱한 거기
정의당 당원이 된다

어떤 위엄도
어떤 적의도 없는
이빨 누런 당수의 웃음이 고작이었다

낡은 천년왕국 기독교공화국의 꿈
저 미아리 넘어
삼양동 산동네 자택에서
무교동까지 오는 동안

대통령후보 기호 6번인지라
그가 버스 타면
그를 경호하는 사복경찰관
오라잇!
차장 아가씨 걸쭉한 소리 따라
미행 승용차 타고 투덜대며 뒤따라야 한다

대통령선거 기호 3번 박정희
기호 5번 윤보선

기호 6번 박정희
기호 3번 윤보선

그렇게 죽느냐 사느냐의 혈전
그런 혈전 한구석에서
빙그레 웃음 스며나오는 후보가 있다

무교동 1가 거리 걸어가노라면
지나가던 고교생들

지나가던 여대생들
낄낄낄 웃어대며 복되어라
진복기

황인성

오래오래 그대로인 사람
정조
절개
그런 희귀한 것이 남자에게도 해당되는 사람
능금 같은 얼굴
황인성

오롯이 옷깃 여미듯
아침마다
마음의 옷깃 여민 젊은이

민청학련 선배와 친구들이
성명서를 낼 때
그 성명 주체를
임시로 전국민주청년학생연맹이라고 이름 붙인 젊은이
그래서 민청학련사건이라는 이름
남겨놓은 젊은이

감옥에서 나온 뒤에도
항상 족두리 쓴 듯 조용히 앉아 있고
조용히 걷고
조용히 말한다
하지만 천막 치는 처음의 용기와 천막 걷는 책임은
언제나 그의 것

조용히 기독교학생회총연맹 총무를 맡고
그 가난한 월급조차
너무 많다고
월급을 스스로 뭉턱 깎은 젊은이

술 없이도 웅변 없이도
먼 길에 지친 어떤 체념도 틈입하지 못한다
센바람이 그에게 와서
건들바람이 된다
죽은 친구가 슬쩍 살아나서
그와 함께 있는 듯

공덕귀

윤보선 전 대통령 부인 공덕귀 여사
말 한마디 불쑥 나오지만
헤프지 않다
손짓 하나 반갑거니와
헤프지 않다

잔정보다
묵은 정
묵은 정 속의 굵직한 척추

어느 때는 남편보다
더 뜨겁게
널찍하게 부여안아
70년대 내내 한쪽 기둥 밑 댓돌이었다

비발디의 「사계」를 듣던 로얄석 따위
잊은 지 오래
집안 영양(令孃)들의
영국식 인사 받던 일 따위
한동안 잊은 지 오래

그녀는 덕수궁 담 밑 거리에서
종로 5가 강당에서
어느 집회

어느 농성장에서 항상 든든히 먹고 남은 넉넉한 음식 같았다

1979년 YH사건으로 갇혔다가 나온 한 시인에게
가물치 한솥 고아다가
몸이 회복되어야 싸운다 하였지
어느 때는 남편 몰래
푼돈 목돈 놓기도 하였지
그녀 옆에는 항상 강낭콩녀출 같은 김한림 여사가 있었지

정운갑

요것 봐 1979년 YH사건에 이어
YH노조 여공들
마포 신민당사 농성사건에 이어
총재 의원직 제명
총재 제명
그리하여 신민당 일부 세력으로
새 총재 권한대행이 되어버린 정운갑

유신체제 마지막에 잠깐 동안 허수아비 야당으로
오랜 정치를 거덜냈다
그 묵직했던 경륜
그 경솔하지 않았던 체통
하루아침에 사라졌다

물방울무늬 나비넥타이 단정히 맨 채

한 시대가 잔뜩 독을 품고 끝장나는데
그런 시대의 어이없는 감투 야바위의 역할도 있어야겠지

한국 현대정치의 한 누추한 단역이 있어야겠지

청담스님

앉은키 크지 웬만한 사람 몰래 서 있는 것 같지

진주농림학교 재학중에도 졸업 후에도
도저히 불교 없이는 살 수 없었다
이미 장가간 사람
딸도 하나 둔 사람

그러다가 바다 건너 일본에서
여러 절 떠돌다가 돌아와
고성 옥천사에서
남규영 스님을 은사로 출가했다
웬만큼 공부한 뒤
고향 진주 호국사에
설법하러 갔다

설법 끝난 밤
그의 어머니가 방에 들어와
식칼을 내놓았다
스님 오늘밤 나하고 집에 안 가면
이 칼로 내 배를 찔러 죽겠소 하고
내 소원은 손자 하나요
할 수 없이 어머니 따라가
옛 마누라의 방에 들어갔다

그뒤 그는 파계승의 자책으로
맨발로 떠돌았다

늘 꿈이 컸다
기어이
일제시대
전국학인대회 이래
1954년 전국비구승대회를 이끌어
1백 비구
1백 50비구니와 단식농성으로
조계종단 세워
초대 총무원장
종회의장
종정 등을 누렸다

도무지 설법 조리가 닿지 않는다
어디가 처음이고 어디가 끝인지
어디가 가운데인지
그저 끊임없이 이어져간다
밤새도록 날이 훤히 새도록
새벽예불도 빼먹은 채

1971년 11월에 절 아래 여염에서 입적 70세

노무현

모든 것을 혼자 시작했다
처음에는 공장에 다니다가
중학교
고등학교
대학을 검정고시로 마친 뒤
사법고시도 마친 뒤

그는 항상 수줍어하며 가난한 사람 편이었다
그는 항상 쓸쓸하고 어려운 사람 편이었다
슬픔 있는 곳
아픔 있는 곳
그가 물속에 잠겨 있다가 솟아나왔다
푸우 물 뿜어대며

그러다가 끝내 유신체제 맞서
부산항 일대
인권의 등대가 되어
그 등대에는
마치 그가 없는 듯이
무간수 등대
오직 힘찬 불빛 어리석었다

어디 그뿐이던가
사람들 으리으리 광내는데

그는 혼자 물러서서 그늘이 되었다
헛소리마저 판치는
텐트 밑에서
술기운 따위 없는 초승달이었다
아무래도 분노 같은 진실 때문에
그대 대한민국의 정치를 할 수 없으리라
속으로
속으로 격렬한
누가 몰라주는 진실 때문에

이총각

땅 위의 동일방직 똥물사건을 모르시나요?
하늘의 은하수를 모르시나요?

동일방직 공장 처녀들을
공순이라 부르는 시절
공장 사내들을
공돌이라 부르는 시절

그 동일방직 공순이들한테 똥물 퍼부어
밀어붙인 사건
똥물 뒤집어쓴 채
닭장차에 실려간 사건

그 인천 도시산업선교회 노조 공순이들을
이끌던 사람
이총각
총각이 아닌 노처녀
눈빛 치 떨리고
키 성큼 커서
감옥 드나들 때 한마디 말도 치 떨렸다

비밀집회 불빛에 빛나는 눈
거기서 입 다물고 나오지만
다음날 거리는

그의 소리로 꽉찬다
박정희 물러나라! 어용노조 물러가라!

더 많은 이름
더 많은 탄압으로부터 뛰쳐나와

정일권

걸음걸이 늘 느릿하다 지구의 자전(自轉)을 터득했던가
흑백 TV 화면에
오래 찍힌다
다른 지도자들은 종종걸음
TV 화면에 짧게 찍힌다

함경도의 불우한 아이 하나
일본인 집에서
이 일 저 일 해주며 자라나서
북간도 떠돌다가
일본육군사관학교에 들어갔다
조선인
만주인
중국인
몽고인 등의 사관생도

거기서 박정희 이한림을 만났다

한국전쟁 전선에서
30대 육군참모총장이었다
이승만의 총애

박정희 정권
국무총리

국회의장
당의장 따위 다 지내다가
대통령만 넘보지 않는
그 영리하기 짝이 없는 무능으로
만능을 누렸다
일제 식민지시대의 일본어
해방 이후의 영어
처세와 엽색의 전능까지

김정준

흰칠한 키라
방금 세운 전신주 같다고 누가 말하겠지
옛날 말투라면
두루미 같다고 누가 말하겠지

결코 파란곡절이 맞지 않다
태평양 복판의 말라리아
동지나해의 장티푸스
만주의 설사병
씨베리아의 각기병
아니 식민지 조국의 귀신에 들리는 병도 맞지 않다

그 빈틈없는 신학
그 안으로 안으로
고여든 신학

그러다가 우수 경칩 지나
개구리 나오듯
한번쯤
몇번쯤 현실에 대한 간접적 인식 솟아나와

긴 성찰 끝의 너무너무 온유한 비판
거기에 어떤 그림이 그려질까
어린 시절의 칭찬받은 정직 그대로

안병무가 꽃이라면
김정준은 잎이었지
가을 내내 제대로 단풍 들 줄 모르는
푸르무레한 잎이었지

김옥길

크낙한 독 가득히
크낙한 배짱 차 있다
여인의 수줍음 따위
구질구질하던가 타고나지 않았다

대문 활짝 열어놓은 집
오래오래 독신녀
독신 아우와 함께
그런 독신생활의 독선 없이 통이 크다
품이 크다

냉면 한 그릇으로 천하 일을 말하다가
남북적십자회담 때 나가
그 초등학교 아이들도 알아들을 수 있는
감정 호소의 연설 이전부터

학문이기보다
교무와 교육 쪽이라 무쇠 가마솥이라
일찍이 김활란 박마리아
그뒤의 그녀
가마솥 옆
누룩 녹아든 술항아리인가
술 한모금 모르는 옹기독 술항아리인가

김동길

머리숱 빽빽하다
나무꾼 못 들어오게
하루 내내 감시한 산주인 덕에
빼꼭한 뒷산 앞산 숲인 양
숲속 푸나무인 양 빽빽하다

그런 머리숱 올백머리에
어쩌다가 뻐꾸기소리 건너가듯
새치 하나둘 숨겨져 있다

눈썹 진하다 먹물 진하다
코 굵직하다
코 아래 구레나룻 진하다

그 코 아래
입다운 입
크게 찢어지며
틀니 없이
하! 웃는다
하! 웃고 나
바로 닫힌다

그 웃음에는 여운이 없다
하! 하고 끝나버린다

그런 다음 바로 다른 사람 보고
하! 웃는다
그런 다음 고개 돌려 다른 사람 보고
하! 웃는다

평안도 낭림산맥 기슭 맹산 산골에서 태어난 사내
나비 달린 사내
누님 옥길 아우 동길
누가 누구인지 몰라 서로 아우님 누님 그림자인가

70년대 한동안 사람이 모여들었다 떠났다

경부고속도로 트럭

전속과 과속은 이 세상의 본능인가

서울 부산 사이
경부고속도로 개통 뒤
그때까지의 사람들에게 이어져온
완행열차
완행버스
그리고 천하태평 완행의 달구지들을 달팽이들 휙휙 지나쳐버렸다

그 도로 주변의 마을 따위
아랑곳없이
휙휙 지나쳐버렸다
시속 140킬로

차츰 부산항 제3부두 제5부두 목적지
거기 가는 대형트럭
22세 운전사의 220킬로로 전속력으로
밤 고속도로를 달려갔다

서울 구로공단에서 부산항까지
최단시간에 가는 것만이
절대

그 대형트럭이 칠곡휴게소 앞두고

중앙선을 뛰어넘어
마주 오던 차를 들이받았다
피투성이 청년 22세

오재식

처음 한반도 서북지방에 들어온 기독교는
총각이 아버지의 두루마기 입은 것처럼
어쩐지 늙수그레했다
그런 기독교의 새벽 찬송가가
1950년 한국전쟁 이래
미국 구호물자 구호양곡과 함께
모두 굶주리던 시절
굶주리지 않고 벌떡 일어섰다

그 기독교가
1970년대 인권기도회 이래 젊어졌다
그 신록의 젊음
어쩔 줄 몰라
그 젊음 속
오재식이 서 있다
그가 없으면
다른 것도 없어야 할 듯이
그가 서 있다

그 젊음이 이른 아침 부석부석한 얼굴로 나타나면
이 일 저 일이 그를 쫓아다녔다
일이 그를 다그쳤다

마침내 이끼 낀 일 속에서 그가 보이지 않았다

오두방정

사람이란 것이 무슨 정자관 쓴 도학자만이겠는가
초라니이기도 하고 오두방정 떨어대는
한갓 네발짐승 사촌이 아니던가

어디 앉으면
앉은 자리가 꽃자리는 아닐지라도
가시방석일지라도
좀 듬직하게 앉을 일이거늘

그럴 수 없었다
앉은 자리가 솥뚜껑에 콩 튀는 뜨거움인가
앉자마자
엉덩이 떼었다가
붙였다가
떼었다가
붙였다가

엉덩이만이 아니라
머리통 좌우로 돌리는가 하면
손가락 저마다 움직이는가 하면
발가락도 양말 속 꿈틀꿈틀

어깻죽지도 나무에서 떨어진 원숭이 어깨인가
한군데 바라볼 수 없는 눈으로

여기저기 힐끗샐끗 돌아다보다가
그것 하나 장한 일
먼 마을의 어느 집 불난 것 알아보고
불이야
불이야
그 깨방정맞은 소리에
사돈네 집 불난 것 알게 된 사람
이크! 큰일났구나 하고 내달려갔다
이름은 김치득

강석주

일제시대 서울 안국동 선학원이 세워진 이래
그 선학원 창건 승려의 하나인
선승 남전의 상좌가 되어
내내 서울에서 거의 떠나지 않고
만공
적음
만해
이런 깐깐한 스님들을 섬겨온
산토끼 같은 행자가
그 티끌 묻지 않은 물가에서
오랜만에 웃으면
바람하고 노는 민들레 씨앗이었다가

한평생 사리사욕 없이
하루의 아침저녁이 그냥 수행이었다

눈이 번쩍 뜨이는
상당법어(上堂法語) 한마디 없이
그에게는 대웅전 대적광전도
그저 '큰 법당' 아침저녁이었다

박영복

그럴 것까지 없었는데 그렇게 되고 말았다
한 긴급조치 9호 딱지 미결수가
1977년 74억 부정융자를 받아낸
희대의 사기꾼 박영복에게 외쳤다

야 박영복
네놈이야말로 영웅이로다
이 나라에서는
너 같은 놈은 여기 들어오지 않는데 개털이나 들어오는데
네놈이야말로 영웅이다가 말았도다
침 탁 뱉어주었다

서대문구치소
그 정문에서 감방까지
18개 철문을 통과해야 하는
그 철문과 철문 사이 복도에서
키 훤칠한 박영복이 히죽이 웃음으로 맞았다
마치 너 같은 비린내 나는
민주화니 뭐니 하고 외치는 놈은
비린내 나는 항구
비 내리는 포구에나 가라는 듯이
허리가 꼿꼿했다
걸음걸이는
홍콩거리에서도 당당한 것이었다

이후락 부장
이제걸 실장
김보국 과장
박태룡
김해영 전 실장 들도 다 간여되었다 했다

박영복
그는 사기꾼만이 아니다
수많은 한국의 선남선녀들
가슴 부풀려
1만원도 없으면서
1천만원도 간에 차지 않게 만들었다

연탄 한 덩어리 5백원일 때
1억
10억 따위를 마음속에서 매운 풋고추 먹은 듯 얼얼하게 만들었다

그때를 앞뒤로
고도성장의 시대가 과장되었다
천막을 치면
그 천막이 홀렁 날아가면서 과장되었다
다목적댐 물 위에는 다급한 거품이 불어났다
덩달아 성급한 구름도 불어났다

김동완

시기할 것 없으면 그를 시기할지어다
오랫동안 봄 여름 가을 겨울
다져진 찰흙으로 만든
옹기 항아리

그 항아리 키가 크지 않아서
어린아이들도
기웃거려
검은 간장 위에 내려온
구름 한조각 본다

그런데 그 항아리 간장 다 먹은 뒤
거기에는
신학으로서의 현실
현실로서의 신학이 담겨 봉해졌다

너무 일찍 깨달아 나아갔다
유신체제 이전부터
벌써 그에게는 유신체제였다
그런 체제에 물러서지 않고
그는 그늘을 맡았다
햇빛에 눈부시지 않은 채

키 작은 사람

세찬 바람에도 부도(浮屠)처럼 끄떡없다
작은 눈인데
한 시대 다음의 일을 슬쩍슬쩍 보아야 했다

기독교교회협의회 살림을 맡아도
사회선교협의회 살림 맡아도
그는 봉급을 절반으로 깎아 받았다

걸핏하면 내거는 공관복음이 아니라
헐값으로 전하는
사도행전이었다
싸움은 그렇게 수행이었다
운동은 그렇게 겸손이었다
마침내 그에게는 공공(公共)의 시간들이 그의 것이었다

신현봉

치악산 아래
원주교구 지학순 주교와 함께 모이는 사제들은
첫째 천진스럽다
그 천진스러운 긴 미사시간을 지나

키 작은 진달래 철쭉처럼
막 3층짜리 2층짜리 집들이 함부로 들어선 어설픈 거리
거기에 나와 있는 신현봉 신부
키 큰 동료 옆에서 작았다

그는 항상 그렇게 나와 있다
누런 촛대 아래
좀처럼 끝나지 않는 기도

피정의 밤과
피정에서 돌아온 대낮
몇해 동안만이 아니라
일생을 그렇게 되기 위하여
하루의 일에 꼬박 몸을 바친다

병풍 속의 늙은 신선 옆 동자이기도 하다
앞으로 나서는 이름 양보하고

임병휴 형사

영등포경찰서 정보과에 있다가
강서경찰서가 설치되자
그곳 정보 2과에 속해서
70년대 내내 한 시인과의 10년 가까운 동거인 노릇

그가 바른 포마드
숱 많은 머리
잠재우는 포마드
그 냄새가 역겹다가
그대로 정들어버린 동거인

그 시인이 결혼식 주례를 하러 가면
거기에도 동행
술집에 가면
술 한잔 놓고
저쪽 자리에서 앉아 있다
술 마신 다음날
목욕탕에 가면
거기에도 동행해서
함께 벌거숭이로 온탕에 들어가고
그래서 냉탕 온탕 번갈아가는 것도 배웠다
부산 광주 대구에 강연 가면
거기에도 동행
상부의 지시가 있으면

집에서 나오지 못하게 전경 열 명을 배치한다
눈빛 빛나는 착실한 사람
자주 푸른색 와이셔츠의 사람
처궁이 부실해서
늘 아내와 엇갈리는 괴로움 말고는 착실한 사람
그러다가 그 시인이 감옥으로 가면
노루꼬리만한 인세 은행에 잘 간수해주기도 하며

장윤환

니힐!

지리산 천왕봉은 아득한 이웃이되
자주 내려와
논 가운데 실상사 언저리
남원 실상사 언저리에 나와 있는
한 소년의 이마에 닿았다
그런 소년으로 자란
장윤환

법과대학에서는 홍성우와 동기였다가
하나는 사법고시
하나는 신문기자가 되어
기자 장윤환은
내내 남원의 그 진한 풍류가 가뭇없이 따라다녔다

어눌해서
한꺼번에 주어와 동사 목적격이 쏟아지는 사람
그래서 실정법보다
법철학에 가까웠다
법학보다 가야금산조 머금은 밤중에 가까웠다

그의 간밤 폭음 뒤의 오늘 아침
게슴츠레한 그 머루눈 지그시 감으면

그의 허전한 어깨와 뒷모습에 너울거리는
니나노 같은 선의 빛난 뒤

남아서 빛나는 것은 싱긋
도금 이빨의 순진무구한 웃음과 회한 싱긋

고향이란 조상 대대 식구들이 묻힌 곳이다
다만 누구 하나가 태어난 것으로는
고향이 아니리라
멀리 지리산 천왕봉 보이는
그곳에서 태어나

김수온

조선 세조시대 이름을 떨친 김수온
그 푼수 모를 가난과 함께
책 한장 한장 뜯어
질근질근 씹어먹었다
그렇게 해서 그는 박학다식이었다

친구 신숙주가 임금한테 받은 책까지 빌려다가
질근질근 씹어먹었다
그렇게 해서 그는 더욱 박학다식이었다

죽을 때는 자식들에게 말했다
너희들은 책 읽지 말아라
내가 이제 혼미한 중에도
오락가락
눈앞에 나타나는 것은 글자뿐이다

일찍이 명나라 감로사에 찾아가
그 주지실 벽의 묵매(墨梅) 그림 앞에서
조계(曹溪)에는 황매요
감로에는 묵매로다
이런 시 한구절이야 그래도 괜찮았지

이후락

시대의 사람은
항상 앞시대에서 나온다
이름 없던 사람
여기저기 풀밭에서
세 잎짜리 토끼풀에 지나지 않아
주미 한국대사관 무관이었던 사람
이후락

그가 박정희의 둘레에서 지략이 치솟았다
『삼국지』 조조였던가
유비였던가
그 둘이 하나로 복제되었던가

1961년 5월 17일 이후
국가 권력의 핵심에서 떠나지 않은
권력 혹은 권력의 울짱
10년이 하루아침이었다

중앙정보부장 취임사
박정희교
교주 박정희 대통령 각하를 믿는 박정희교의 수제자

중앙정보부장으로
판문점을 넘어가

북한 평양의 4일간
김일성의 아우 영주와
김일성을 만났다

그의 목숨 걸고 갔다
유서 놔두고
그러다가 두번째는
두 아들과 사위마저 데리고 갔다
김일성이 영웅이오 하고
그의 어깨를 두들겼다

그렇게 해서 7·4남북공동성명이 나왔다
그것이 박정희 장기집권의 전략이 아니었다면
진짜배기
한반도 잔치이었을 것을
그뒤
남쪽에서는 유신헌법이
북쪽에서는 어버이 신헌법이
앞서거니 뒤서거니 선포되고 말았다

임기윤

부산 인권선교협의회 회장
그의 교회는 가난이 자랑이었다
항구에는 외국 화물선의 마스트들
날짜변경선 지나온 마스트들
그의 교회는 낡은 풍금이 자랑이었다
교회 구석 닭장에서는
늙은 암탉이라
알을 낳지 않았다

용두산공원
우우 비둘기 날아오른 뒤
저 멀리
내려다보이는
다섯 섬 여섯 섬

그가 섬 따위 보는 일 없이
늘 고개 숙여
따로 기도시간을 두지 않았다

이사 간 뒤의 빈 제단 거기
촛대 하나 덜렁
오로지 슬픈 새벽 종소리
서울의 민주화운동처럼
세상에 산지사방에 활짝 피어나지 않는데

그곳 항구에서
그 굳은 신앙과 신념이 한 폭짜리 돛배로 돛을 내렸다

70년대 다 마친 뒤
신군부의 부산보안대에 가서
맞아죽은 사실이
몇해 뒤에야 입에서 입으로 퍼져나갔다

그가 없다
아직 있어야 할 곳에 그가 없다

김철

올백 머리숱 다행히 성글지 않아
나이 지긋해도
이마가 넓지 않다
가난이 잘 숨겨져
겉으로 넉넉한 턱이었다
그 웃음은 기쁨 즐거움 반가움과 상관없기도 하다

북관 두만강 기슭에서 태어난
일본 동경유학생
거기서부터
그의 길고 긴 거리의 사회주의
그뒤로 폭력혁명이 아닌
시민사회주의가 모색되었다
뛰어난 머리 제대로 써보지 않은 채

통일사회당에 이르기까지 험한 거리
제2공화국의 짧은 기간
그는 웅대한 포부로 일어섰으나
바로 군사쿠데타에 얻어맞아
그에게는 고행의 길이었다

70년대 상반기 민주회복국민회의 이래
그는 밖으로 동지가 늘어나기보다
안으로 그의 불길이 타들어갔다

그의 눈이 그의 안경이었다
단 한 명의 국회의원도 없는
풀밭 정당의 동지 몇사람 그것이면 되었다
한국 70년대 사회주의란
심지어
사회민주주의란
진흙 묻은 치마처럼
빨리 벗어야 하는 이념의 부록(附錄)이었던가
사람들이 부쩍 늘어 북적거리기 시작할 때

임수미

온천지대 언저리
온천이 나지 않는
맨땅의 지하수처럼
겨울에는 차지 않고
여름에는 시원한 물 한 바가지

지금 그런 물 같은 아가씨 하나가
공화당 당의장 서리 곁에 사뿐히 앉았다
임수미
서울 청진동 장원의 매실
다른 자리에는
다른 아가씨들이 앉았다

유신시대의 여당은 이렇게 요정의 눈부신 아가씨와 더불어
입 벌리면 아가씨가 넣어주는 밥 한 숟갈
산해진미 한 가닥
두 손은 그저 달려 있을 뿐

며칠 뒤
꿈에 어머니가 나타났다
너 임신 조심하거라
어머니가 사라졌다
미인 임수미

끝내 구역질 났다
어느 놈의 씨인지도 모르고

그리하여 산부인과 찾아갔다
이번에는 산부인과 원장이
번들번들
눈독 들이기 시작했다
어디 가나
어디 가나
그네의 길은 늘 그랬다

윤공희

광주교구 윤공희 주교는 귀가 두껍다
들을 말만 듣는다
입이 무겁다 할말만 한다
모심은 뒤
조용히 왜가리 내려앉는다

3·1민주구국선언
구속자를 위한 기도회가
명동성당에서 진행되었다
그 미사
김수환 강론에 이어
윤공희 성명이 발표되었다

원주의 지학순
광주의 윤공희

광주는 서울 이상의 반독재의 중심이었다
그 중심의 성채 안에
주교 착좌
그의 긴 지팡이가 빛났다

끝내 정치가 아닌 종교 안에 있었다
라틴아메리카 주교와 비슷하게시리
처음에는 침착했다가

뒤에는 참나무숲의 거센 바람소리였다
싸움은 독재만이 아니라
뜻을 함께하는 사람 흩어진 뒤
자기 자신과의 그것

이제 가톨릭은 중세가 아니었다

조용술

무턱대고 너그러운 옛 마을의 촌장
혹은 대륙에 막 정착한 종족의 추장
복음교회 지도자
개신교협의회 인권운동에 나섰다
그가 참석한 자리는 늘 훈훈하다
각박하기만 한 시대
그가 있는 자리는 늘 든든하다

처음 담당형사나 정보부 담당관이
가서 보면
고개를 갸우뚱
이런 인자한 집안 어른 같은
며느리조차도
조심스레 아가!라고 부르다가 마는 어른 같은
늙은 목사가
그렇게도 푸드덕 날개쳐 앞장설 줄이야

그는 일찍부터 이름 없이 앞장섰다
감옥에 다녀와도
별로 알려지지 않았다

밤하늘에 별이 있으면 반가웠고
여름날 그늘이 있으면
그런 곳에 그가 말없이 가는 길 잠깐 쉬고 있었다

서승

공연히 왕양명의 제자 서애(徐愛)가 떠오른다
서승
이 사람이 바친 젊음이야말로
70년대와
그뒤 통틀어
시대의 어둠이었다
누구 하나 그의 얼굴을 본 적이 없이

남산 지하 조사실에서
그는 더이상 살아 있을 수 없었다 죽기로 작정
날쌔게
눈여겨둔 휘발유통에 불을 당겼다
그 불더미 속에 그의 몸을 집어넣었다

얼굴이 지글지글 끓어올랐다
가슴팍이
팔뚝이 지글지글 타들어갔다
그리고 쓰러졌다

재일교포유학생간첩단사건

그리하여 그는 기나긴 세월 감옥 안에서 죽을 수 없었다
그리하여 그는
한국과 일본 지식인사회에서

하나의 피할 수 없는 부호(符號)였다

세월이란 장기수의 무덤
그는 대구교도소 4동 0.9평짜리
그 감방에 처박혀 있었다
다 망가진 얼굴로
가슴으로
그러나 새로 솟아난 정신의 반사체 번뜩여

서준식

서승
서준식 형제
일본에서는 '서형제'라는 개념이 되었다
태평양 건너
미국 동부 지식인들 사이에서도
그것은 하나의 암울한 이미지였다

형과 조금 다르게
훌쩍 키가 커서
그림자가 길다
그 그림자 뻗을 공간이 없었다
작은 감방에는

그곳에서 이룩한 사색과 독서
그곳에서 생각한 세계 도처의 벽에 막힌 것들 아로새겨
새로운 사랑 맹렬했다

조국 한반도의 모순에 대고
맹렬한 등불 같은 젊음을 바쳐야 했던다
시퍼렇게 멍든 몸으로
세월을 만들고
때때로 산소용접의 하얀 불빛 같은 의식으로
역사의 윤곽을 만들었다

누군가가 묻기를
무엇 때문에 밑도 끝도 없이 조국에 건너와
조국의 정체성에 굶주려야 하나
물론 그의 대답은 묵무부답

서승의 누이

오빠의 감옥 5년이 지나갔다
10년이 지나갔다
15년이 지나갔다
그런 긴 세월
누이는 감옥의 두 오빠와 함께
나이를 먹어갔다
몇살인지도 잊은 채

일본 쿄오또오에서 서울
서울에서 대구
서울에서 다시 일본 쿄오또오 혹은 오오사까

이렇게 오빠 면회를 위해서
누이는 나이를 먹어갔다

오빠 옥바라지가 그녀의 일생이었다
오빠들 나오기 전에는
연애 같은 것
결혼 같은 것
문득 지나가는 젊은 남자 같은 것
돌아다본 적 없다

그런 창문도 열지 않는 누이의 세월로 다른 처녀들은
아내가 되고

엄마가 되고
할머니가 되어갔다

한상진

장차 서울대 사회학 교수
프랑크푸르트학파 이래
하버마스와도
누구와도 고도의 담론으로 바빴던 사람

민중이냐
중산층이냐
그런 논쟁적인 주장과 모색 가운데서
그는 방금 갈기를 끝낸
면도날의 서슬을 감싼 채
중민(中民)으로서의 중간지대 내세웠다

그런 그가 1971년 봄
대학동기 교포학생인 서승 등 14명과 함께
갑작스러운 시련

70년대 대학생이면
70년대 젊은이이면
그 누구인들 시련 없이는 백치이리라
그렇게 휘몰아갔던 시절

자작나무보다 소나무였다

그 천부적인 이론

그 예외적 현실인식
그리고 그의 향토적인 지향
먼 길 반기차 타고 서울에 와서 피어났다
라틴어 따위 대뇌 뒤쪽에 넣어버린 채

한경직

뭇 남녀노소들
그를 에워싸고
그의 한마디에 온몸을 기울인다
1950년 한국전쟁 이래
북한지역 피난민사회에서
그가 모세였다

폐허 서울
그 피난민들의 교회 영락교회가 우뚝 섰다
그가 솔로몬이었다
신약 이후의 사람들이
구약시대를 이루었다
그의 강론과 기도는 젊은이들의 귀를 열었다
그뒤 강원룡이 돌아왔다
그에게 갔다
그뒤 목사가 아닌 안병무에게 갔다

한경직은 70년대 이래
차츰 여당을 지지하기 시작했다 길이 반공이므로
떠나온 북한지역의 옛날로 돌아갔다

미국 뉴욕 한인교회 강단
강단 밑의 점잖은 목사 장로 집사 권사 들의 엄중한 시위로
그는 날개를 접고 내려갔다 뒷문으로 나갔다

조영래

70년대를 연 어떤 대학생들
조영래
심재권
장기표
이신범
김근태

그들의 내란예비음모 사건

그뒤로 그는 전태일을 가슴에 품고
사법고시 합격
사법연수원생
그리고 변호사

그는 변호사의 평생으로 싸울 것을 결심했다

그는 항상 뒤에서 일했다
김지하가 재수감된 뒤
김지하 양심선언도
그가 써서 감옥에서 나온 것으로 꾸몄다

아무런 감동도 나타내지 않는 무표정
그것이 믿음직했다
속으로 속으로 감동하는

그 무표정의 의지가
그를 깊은 골짜기로 만들었다

그런 그가 한두 번 얼굴을 내보인 것은
박정희 암살 뒤의 어느날
소주도 말 한마디 없이 안주 없이 마셨다

김재규

1979년 YH사건과
부산마산항쟁을 겪으면서
중앙정보부장 김재규
그의 마음속에 품고 있던
차지철을 쏘았다
그리고 박정희를 쏘았다

그는 육군을 휘어잡지 못했다
육군교도소 특별감방 제7호실
그 창 없는 감방에서
여름날 새벽
육군교도소 소장이 주는 커피 한잔
그것으로 서대문에 가서
목매달렸다
염주 가까스로 쥔 채

걸걸한 목소리
얼얼한 얼굴
몸에는 의리 가득한데
몸속에는 참을 수 없는 배역의 폭발이 있었던가
미국을 너무 믿었던가

종신 대통령 박정희의 고향이 그의 고향
그의 고향 선산의 조상 무덤들 다 파헤쳐졌다

떠돌아라
떠돌아라 그대 영원한 대한민국 중음신으로

장님의 조상

신(臣)이 만약 그래서 왔다면
신의 자손은
반드시 눈이 멀어 장님이 될 것이옵니다

북관 변경으로 가서
새로 등극한 태종을 용서하지 않는
태상왕의 마음을 돌리려 하자
그대마저 태종의 심부름이더냐 하고
노여워할 때 이렇게 아뢰었다

이런 성석린으로 하여금
태조와 태종 양궁(兩宮)은 마음을 겨우 통하게 되었다
허나 성석린의 맏아들 지도
지도의 아들 귀수
귀수의 아들까지 내리닫이로
다 태중에서부터 장님 3대를 이었다
말이 씨가 되었다
심지어 성석린의 작은아들 발도
그나마 후사가 없었으니

그런 장님의 조상 성석린은 그 벼슬이 영상에 올랐더라 아지 못거라

김소영

차라리 이 나라의 이름을 모르는 것이 행복이었다
불의 앞에서 분노하는 때
독재 앞에서 항거하는 때
그는 끝까지 신사로 서서
그 분노와 항거의 편이었다
방금 첼로협주곡을 듣고 난 듯이
아직도 은은한 여운

지나가는 바람아
빗어넘긴 머리 한올 흐트러지지 않도록

이오덕

태백산맥 밑동 경북 봉화군 산골
초등학교 아이들 한놈 한놈
호박 심듯
고추 심듯 가르치며
그놈들의 말
겨레의 말과 글 끌로 아로새겨

세상사람들 제 겨레얼 지키기를 호소하니
봉화의 어린이 노래 한 가락이 사뭇 갸륵했다

차츰 이 나라 여러 고장의 사람들
그를 알기 시작했다
현실의 잘 짜여진 모순구조 앞에서
할말을 꾹 참고 있는
신중과 반응의 낡은 감각이 빛났다

얼굴에는 윤기 하나 없이
암소눈
새김질 끝난 입
봉화를 떠나
대구
대구를 떠나
서울

그의 겨레의 말과 글은
때로 여기저기 쑤셔대는
긴 가물의 외골수 고집이기도 하며

이우석

나이 90세로 살아 있었다
만주벌판 독립군 전사 이우석
살아 있었다
관악산 밑 어느 구석방
아직까지 살아 있었다
한번도 빛나는 영예 받아본 적 없다

열여섯살로 독립군 전사가 되어
북로군정서 서일 휘하
블라지보스또끄에서
북간도 여기저기 무기수송 임무를 맡았다

전우끼리 서로 바지저고리 나눠입고
사흘 굶어도
밀전병 한 조각도 나눠먹고
청산리 1백여리 긴 골짜기
어랑촌 백운평에서
일본군 나남 14사단 신예병력과 맞서
그는 백병전 전사였다

체코총 들고 싸우다가 살아나
전우들 다 죽어갔는데
그는 해방된 조국에 돌아와
굵직굵직 주름살 패어나

오직 세월만이 그의 오랜 동지로
서울의 한 빈민굴 구석방
살얼음 추위에 곱은 손 비비며 살아 있었다

이것이 진짜 애국자이고 독립운동가였다
싸운 것 몇천배로 받아먹지 않는

한태연

이마는 훤해 달빛 지나갈 만
얼굴은 슬기가 시글시글 놀고 있었다
슬기와 함께
꾀도 한 보따리 풀어놓아 함께 놀고 있었다

종로 1가 술집 '낭만'
거기에 제자 남재희와 함께 와
맥주를 마시고 있었다
풍류 그만이었다

헌법학자
그래서 유신헌법에 간여한 뒤
아예 유신정우회 임명 국회의원으로 달아올랐다

입법 행정 사법 3부 따위는
괜히 이름뿐
그는 교수일 때보다 훨씬 너털웃음이 많아졌다

대륙법 혹은 영미법
그 어느 것도 필요없다
정신으로서의 법이 아니었다
몽떼스끼외의 초상화에는
영국식 가발이 없다

아아 이 나라의 교수들은 왜 정치판으로 떠나는가
왜 벼슬판으로 떠나가는가
그것도 아니라면
왜 오래된 강의만을 되풀이하는가
제자 옆자리 한 시인에게 잘도 욕 먹고 꿀 먹은 벙어리로 앉아 있었다

주명덕

그의 목소리에는 아주 서툰 덕이 들어 있다
어떤 괴로움도 꼭 틀어쥔 머뭇거리는 덕이 들어 있다
처음에는 설악산에만
그의 무거운 사진기가 들어갔다
그러다가 내설악에만 들어갔다

사진의 입산!

1970년대 서울거리에
정보부 검은 자동차가 늘어날 때
검은 코로나 차가
누군가를 구속영장도 없이 데려가는 차가 늘어날 때
그는 자주 서울을 떠났다

며칠씩이나 그 어눌한 아름다운 얼굴에
면도하지 않은 턱이
풍부하게 검었다

그런 다음 그의 사진기는
그 아랫녘 영축산에도 갔다
내장산에도 갔다
그러다가 아예 가야산에 처박혔다

가야산 환적대 밑 백련암

그곳의 고집불통 방장 성철을 찍고 또 찍어
그 성철 없어지도록

그뒤로는 눈 쌓인 가야산 여기저기
휩쓸어가는 찬바람소리까지도
그의 사진기에 다 들어갔다
그러다가 벼랑에서 떨어졌다 다리 절룩거렸다

승려 능운

왜군이 휩쓸어 올라가며
한양성이 떨어진 뒤
호서 충청도 내포 아랫녘
그 말씨 느린 산야의 백성 7백을 모아
도천사 스님 능운이 일어섰다

늠름한 스님이었다
붉은 가사 찢어 목에 둘렀다
삭발한 머리 길어
노여운 사자 얼굴이었다

쳐들어온 왜를 미워하기 전에
쳐들어오게 한
임금과 벼슬아치들을 함께 미워함이었다
그리하여 이몽학 등과
왜군이 진군한
한양성을 쳐
새 세상을 열 작정

그가 처단되었을 때 장대비 쏟아졌다

운문사 사미니 혜관

어디에 냉장고 같은 것이 있었던가
기껏해야
서울 필동이나
장충동
가회동쯤의 식민지시대 이래 부자동네에나
냉장고가 있기 시작했다

하물며 경북 청도 운문사
그 산중에야
무슨 냉장고 귀신이 있었던가

그런데 젊은 사미니들 소녀행자들
그 이승(尼僧) 대중 3백명 거의가
몸 뜨거움이야
어쩔 수 없지 않겠는가

한여름 얼음 한 덩이 아작아작 씹어넘기고 싶었다
얼음 먹고 싶어
얼음 먹고 싶어

이 갈망을 듣고
걸쭉한 사내 같은 사미니 혜관이 나섰다
지루한 버스 타고 대처에 나가
가로세로 60센티 120센티 얼음덩어리를

멍석에 말아 사왔다

막차 아홉시 도착인데
그 시각이면
취침시간

그 얼음짐을
질질 끌고
열시에 도착
그 얼음을 잘게 부수어
3백 그릇에 담아
한편 녹으며
한편 설탕 치고 나니

열한시
그때 종을 쳐
자다가 놀란 대중 뛰쳐나와
3백 그릇
얼음 녹아가는 것을
바라보며
꿈인지 생시인지

다 녹기 전에
어서들 드시지요

하기야
『벽암록』이 말하기를
기와가 풀리고
얼음이 녹는도다(瓦解氷消)

저녁 무렵

강화도 온수리 배 두어 척 포구
거기 선술집 주모
물안개 이는
저녁바다 내다본다
눈썹 없이
그린 눈썹 고와라

하마 올 때가 되었는데……

기다리는 것은
인천 온수리 사이
막배 타고 건너오는 손님들이다 낚시꾼들이다
하루 내내 술손님 없는 날

그 선술집 유리창에는
누런 종이 한 장
'자수하여 광명찾자
수상하면 신고하자'

김팔봉

사람 같은 사람이었다
시대의 깨달음과
시대의 실패
그리고 시대의 혼란 가운데서
터벅터벅 걸었다

머리가 컸다
몸통과 따로인 듯
키가 우뚝 솟아
아무런 잔재주도 들어 있지 않았다

식민지시대 좌익시인
백수(白手)의 탄식을 구슬피 노래했다
쁘띠부르주아의 탄식을

일본의 나프
조선의 카프
그러다가 식민지 후기
일제를 편들었다 쓰라린 굴절이었다

해방 뒤 엉거주춤 문단과 언론계에 몸담았다
6·25사변 서울에 남아 있다가
인민재판에서 사형선고
사형 집행되어

꿈처럼 시체더미 속에서
살아나

한밤중 기어나가 숨어 있었다
그렇게 살아나서
1961년 5월 군사쿠데타 뒤
박정희를 지지했다
그런 뒤 수유리 드넓은 산기슭을 얻었다

이후락의 부탁으로
전국불교신도회 회장 노릇도 했다
불교와 상관없이
대통령선거 지난 뒤
덤덤하게 물러났다

먼 아프리카 마사이 초원
그곳의 한 암사자의 후신이었던가

젊은 날
그의 형 조각가 김복진도
좌익이었다
입 다문 법주사 미륵불 세웠다

토자와

1940년대 초
경성제대 법문학부 토자와(戶澤鐵彥) 교수
일본인인데
일본인으로는 드물게
반전주의자였다

이른바 대동아전쟁이 일어났다
그는 과감하게 말했다
강의 도중
'일본이 망하는 것은 시간문제다'

전쟁은 남태평양에서 처절했다
필리핀으로 옮겨갔다

조선인 학생은 토자와 교수를 무척 따랐다
아예 척박한 전쟁 때문이었던가
강의는 접어두고
법률용어 하나하나 풀이하며
강의시간을 메워나갔다

가르마가
머리 한가운데를 갈라놓았다
둥근 안경 속의 눈이 잘 숨어 있었다

김상근

해방 직후 백범 김구 선생이
군산 나들이
군산 강연 나들이 때
그의 아버지가
그 손님을 극진하게 맞아들이는 것을 본 어린이
그 어린이가
장차 술술 말 나오는 목사가 되어
하얀 얼굴
지난날의 어린이 같은 얼굴

70년대 내내 종로 5가 기독교회관에 있었다
교회를 세우고
교회를 뭉치고
그런 교계 살림을 맡았다

밤새도록 성공회 이재정과 함께
성명서 초안을 만들고
지치는 일 없이
그 닦은 유리창 같은 웃음으로
그 가벼운 몸으로
병날 줄 몰라

어느 집회에 가도
그의 사회가 기다렸다

어느 기도회에 가도
그의 인도가 기다렸다
그가 알리는
다른 행사가 기다렸다
10년 전이나
10년 후나
그대로의 얼굴

아무리 세월이 흘러도
활시위를 떠난 화살이라 날 수밖에
칼집에서 뽑은 칼이라
햇빛에 칼날 한번 번쩍일 수밖에

심우성

느릿느릿 인사동 거닐었지
그의 앞에는 자라인지 거북인지
앞장서 느릿느릿 기어가고 있었지
그렇게 느릿느릿
탈 탈춤
그 넓적한 얼굴은
곰팡이 없이
맨얼굴

영 안 어울리는 꼭두각시놀음을 하며
꼭두각시 뒤에서 실을 잡아다녀
아기자기하게시리 움직였지

세심하고 셈도 빨라
그런 놀음에는 영락없이 부지런했지

백성들이 살아온 것
백성들이 놀아온 것
그것이 그의 모든 것
저 막막한 60년대
그는 아버지에 이어
집이고 뭐고
조금씩 없애가며 그것들을 지켜냈지

막걸리 한사발에
껄껄껄 웃기는
마치 새 날아가버린 앞산이라도 반기는 듯

이동원

한일협정 조인 당사자 한국 쪽 이동원
일본 쪽
일본 극우계열 능구렁이 시이나와 마주 앉아
새파란 외교였다
김포비행장에서
한일굴욕외교 결사반대 달걀 얻어맞고 건너가
새파란 장관의 외교였다

박정희 정권이야
청구권의 이름
배상금이 아니라
보상금으로라도 몇푼 받아내야

이완용
송병준이 서로 다투며 돈 받아먹고 팔았던 국권이었다
배상금이 아니라 어이없이 낮추고 낮춰
싸구려로 받아내야 했다
현금 일부
물자
차관

그런 일에 나선 새파란 동안(童顔)의 외교였다
영국 유학생
태국 대사에서

일약 외무장관이 된 사람

뿔테안경 속 눈빛은 필요없는 전술이 넘쳐났다

혜융

저 50년대 자유당 시절
경남 통영군 미륵도
미래사

효봉 가문의 사람들
구산 일각 일초 일관 법정 들이 있었지
법철 법달 들이 있었지
활연이 있었지

거기 샘물 같은 혜융이 있었지
기도소리
까치소리인 듯

어느날 그가 홀연히 떠나
혼자 지리산 남쪽 중턱으로 무턱대고 들어갔지
거기 작은 바위굴
나무뿌리
나무열매 그런 것으로 짐승이 되어

조주무자(趙州無字) 화두 하나뿐이었지
그러다가 그것도 내버렸지
머리 길고
수염 길어 그대로 짐승이 되어

일체의 사람 노릇 다 내버린 뒤
혼자 죽었지

그가 짐승에서 사람으로 돌아온 것은
70년대 후반 그의 해골을
누군가가 수습해와서였지
그대로 두어야 할 것을
쯔쯔

서인석

매우 아름다운 남자
매우 청정한 남자
그래서 그것을 으깨고 싶기도 했지만
흐린 하늘에는 솔개 떠 있고
그 아래에서
그는 어제의 그 자신이었다

70년대 중반 빠리에서 돌아왔다
쏘르본느의 오랜 신학
그 보수신학으로부터
60년대 빠리의 5월혁명을 본 눈 지그시 감고
언제나 격동하는 서울로 돌아왔다

너무 우아한 남자
너무 조용한 남자

이 단정한 로만칼라의 신부
그러나 그는 시대의 아들이었다
오자마자
성서 속의 가난한 자
구약 속의 민중들을 말하며
말 한마디도 실내악 직후의 단정한 여운 위에 수놓았다

어느날 오후

그는 서강대 신학교수이기보다
70년대 민중의 이웃이 되어갔다
민중 자체가 아니라
민중의 먼 친척의 관념으로
마당에 피어 있는 모란꽃이 들녘의 구절초꽃으로 되어갔다

김용복

가톨릭의 서인석과 한무렵
개신교의 김용복이 돌아왔다

누구에게 물어볼 것 없이
오자마자
반독재의 신학
민주주의 신학
민중의 신학으로 일어섰다
그의 미국인 아내도
종로 5가 기독교 인권기관에서 민중의 아권으로 일하기 시작했다

강풍이 불면 비틀거릴 듯한 몸
안경 속의 개방과 배척이 섞인 눈웃음으로 먼저 흔들렸다

서남동 고은 박현채 백낙청 김윤수
서인석 김용복
그리고 현영학까지 어울려
민중에의 토론
일주일에 한 번씩 만나
언제나 그가 양론 조정

싱그러운 아카시 수많은 잎새 바람에 실컷 노는 것처럼
그 나무 밑
땅속 억센 뿌리

길 건너 저쪽까지 뻗어가는 것처럼

우르르 모이 먹다가 놀라 날아오른 비둘기들이
남겨놓은 깃털 몇개

김종서

남방 전라도 순천에서 태어나
북방 6진의 큰 범이 된 대장부이렷다
그 기상
그 의리
본디 문과로
북관땅 관찰사였는데

가장 빛나는 왕 세종과
가장 빛나는 신하 김종서

아버지의 무골을 이어받아 문과 무 쌍전하니
처음으로 북방 국경이 공고해졌으니
술잔칫상 김종서한테
화살 날아와
술통을 뚫어
그 술통의 술 쏟아지는 판인데도

꿈쩍하지 않고 태연자약
자 한잔
권커니 잣거니

문종
어린 단종 지나 그를 첫번째로 죽여없애고 나서야
세조는 왕권을 온전히 휘어잡았다 그랬다

서울역

대낮같이 밝았다
거기
서울역전
사람들 빠져나갔다

지퍼가 고장난 가방 든 채
호남선에서 내린 한 소년이 서 있다
올데갈데없이

바야흐로 네 인생이 시작되는 밤이었다
네 눈에 서울은 고래 뱃속
그 고래 아가리에
서슴지 말고 들어가거라

나와보거라 무작정 상경 아닌 놈 그 누구더냐

그 노처녀

소문 없는 장자 『남화경(南華經)』의 일인자
대밭머리
사랑채에 하루 내내 앉아 있는데
그 뒤에는 꼭
그 학자의 고삐를 쥔 듯
나이 지긋한 노처녀가 앉아 있다 이달순이

무위의 진리에 아무리 사람이 들며나며 모이다가도
그 노처녀 때문에 들며나며 떠나야 한다

그 일인자는
장자 속의 큰 새
날개 잃은 새인가 김복룡 신선

한 못생긴 메주 쪼개진 것 같은
그 노처녀한테서 뛰쳐나갈 생각 아예 없다

뭇사람이 등지는데
한 사람은 치맛말 꼭 휘어잡아
다 익은 지붕의 박
말라빠진 줄기가 이어져 물기를 올려 준다 『남화경』 필요없다

청진동 니나노

러시아문학 박형규
러시아문학과가
한 군데밖에 없었다
그는 러시아문학의 실업자였다

그가 똘스또이 전집을 번역해냈다
실컷 일했으므로
실컷 놀기 좋아하는 사람이었다

대폿집
생맥줏집이 고작일 때
그를 따라간 술친구들 니나놋집
화자
미자
옥희
미스 홍 들
그 치마저고리 입은 아가씨들 있는 집

너무 눈부셔서 술이 취하지 않았다
그녀들만이 술 취하여
백로지 깐 술상 젓가락 장단에 자진모리
그녀들의 노래만이 있었다

어느덧 박형규는 잠들어 있었다

박세경

이승만 독재 후기
그 태평로 시대의 국회
자유당 법사위원장이었던 사람
청년시절
중년시절부터
우렁우렁 큰 짐승처럼
장년시절의 목소리였다
이목구비가 훨씬 웃자란 보리밭 위로 솟아났다

검은 황소눈
긴 콧마루
두꺼운 책 같은 입술
그 입술 열려
방 안을 울리는 느리게 부딪치는 말소리

장 뽈 싸르트르가
쟈앙 뽀올 쌰아르트르으로 나온다

그의 큰 키에 긴 소 등허리
때로는 계략과 경륜이 하나이기도 하고
때로는 가능과 불가능이 하나이기도 하다

변호인석에서 일어나면
그가 제대로 보인다

방청석 한번 휘둘러보는
그의 큰 눈은 한번쯤은 담 넘어가는 탐조등 불빛이었다

조남기

밤이나 낮이나 머리는 새까맣다
염색머리
머리밑에서 흰머리 나오지 못하도록
부지런한 염색머리

굳이 충실하게 따르는 사람도 없다
그러나 그는
세상 여기저기를 소금 맛보듯 살펴본다
꺼지지 않는 촛불
언제나 그만한 밝음과 으슥함으로

한국기독교교회협의회 인권위 위원장
설교는 새롭지 않다
새로 세운 강남 청담교회
새로운 것을 갈망하지 않았다

누구를 붙잡고 굴복시킬 줄 모르고
누구를 눈 부릅떠 규탄할 줄 모른다
그저 심심하게
몇마리 새가
이쪽 가로수에서 저쪽 가로수로 건너간다

그의 고향 황해도의 웃음에도 도금 이빨이 뛰쳐나오지 않는다
넥타이는 아침 그대로 단정하다

손경산

지난날 탁발 나서면 아낙들이
너도나도 홀딱 반해 정성을 바치던 아름다운 비구

불교 조계종 총무원장 손경산
사상(四象)으로 보자면 태음일 터이지
금강산의 젊은 시절
태고사가
조계사로 바뀌어
조계종 비구승단 일어나자
그는 교무부장
총무부장
총무원장이 되었다

그러므로 옛날은 이판승이었다가
그뒤로 오래오래 사판승
부처님 오신 날이 국경일이 되었다
그런 뒤 그는 한동안은 독직사건에 끼어들어
그를 때린 수사관이
그날 바로 큰병 들어버렸다

한두 달 감옥 오랜만에 머루눈 불 밝힌 대머리 이판승으로 돌아가
내버렸던 화두를 찾아들었다 이 무엇꼬!

124

호인수

효녀 심청이 제 아버지의 소경눈 뜨게 하려고
공양미 3백석에 몸 팔아
용왕에게 바쳐진 인당수 험한 바다
하 거기쯤인가
서해 백령도 뿌리
북한땅 장산곶 지척에 두고
바닷속으로 깊게 뻗어나가고 있다

거기에 갈매기의 자유가 있다
거기에 젊은 신부 호인수의 하루가 있다

마음속에는 곱디고운 앉은뱅이 맨드라미 꽃밭
어린 시절이나 지금이나
언제 누구하고 다투어보았나
서정시 한 편 나오면 좋아서
미사시간 좀 늦어지기도 한다
바다 건너
인천 답동 가톨릭쎈터 뜨거운 농성집회
백령도 바닷바람에
실컷 휘날리는 옷자락이 거기 와 있다

유동우

영등포 문래동 구로동
그 무뚝뚝한 공장 굴뚝들 검은 연기 내뿜어 하루가 간다

깡마른 몸매
깎인 턱
코끝이 날카롭다
그의 입에서 네 네라는 대답은 없다
공장 노동자 유동우

그가 노동현장의 글을 썼다
노동자가 대변해주는 대상이 아니라
스스로 대변하는 때가 왔다

사람들이 고싸움처럼 치켜세웠다
그는 부풀어
그날밤 술판 소주 한 병이면 팍 쓰러졌다
싫어
싫어
하고 외치며

김현옥

일제시대 소학교 심부름꾼
조회시간 종을 쳤다
수업시간 종을 쳤다
일본인 교장실 티끌 하나 없이 청소했다
그 시절은 청소가 아니라 소제였다

그런 사람이 자라나
육군장교였다가
부산시장
서울시장을 지냈다

도시는 선(線)이다
소설가 이병주가 지어준 어설픈 표어도 내걸었다
여의도를
도시로 만들었다
무턱대고 밤섬을 폭파한 뒤

장승 같은 키로 박정희의 개발에 신났다
그가 세운 서민아파트
와우산 와우아파트가
와르르 무너졌다

그의 개발은 숨가빴다
내무부장관 시절

새마을운동이 시작되었다
모든 성찰의 시간 떠나간 곳에서
오랜 두레 사라져가고 있었다 그는 유죄였다

세 성바지

신라 효성왕의 딸 유황(兪黃)공주
소문난 효자 원일신(元一信)을
부마로 삼아
아들 삼석(三錫) 삼명(三命) 삼재(三宰) 득윤(得允)
사형제를 두었다

두 아들 삼석 삼명은 아버지 성을 따랐고
삼재는 어머니 유황공주의 유를 성으로 삼고
득윤은 괜히 황을 성으로 삼으니

장차 원씨 일문과 달리
창원 유씨
창원 황씨가 자손 이어가니
이는 본디 한갈래 핏줄인데
세 갈래 강물
흘러
흘러
서로 개 닭 보듯 무심할 때도 있고
매가 까치 보듯 탐낼 때도 있고
옹기종기 모여 난
부스럼 같을 때도 있었으니

저녁 냉갈 자욱한 마을 개 짖는 소리에
어느 길손이런고

임정남

백양로 연세대 문학동아리였다가
이윽고 '70년대' 동인
임정남과
아내 강은교
언제나 쌍둥이처럼 나와 있었다
그러다가 자유실천문인협의회 시절
그 체포 미행 도청의 시절
일의 전반부는 그를 따를 자 없다가
일의 후반부는 다른 사람이었다

크리스찬아카데미 월간 『대화』 창간 이래
그 편집실
정치에 대해서
노동에 대해서
긴급조치 9호 시대의 문학에 대해서
그는 언제나 도망칠 각오로 일하고 일 저질렀다

어떤 일에도 그가 뒤에 있었다
심지어 한때의 연세동산 백낙준 옹 뒤에도
달동네 노동운동 야학의 뒤에도

빤히 뜬 두 눈은 뒷골목 어린이들의 눈이었다
곱슬머리
어디에도 남루가 없다

호주머니 속 단돈 5백원이
5만원이었다

유신체제의 땅 위에서 날랜 짐승이었다
때로는 청설모로 건너뛰고
때로는 두더지로 뚫고 갔다

채희완

꽉 틀어쥔 게발가락 힘차다
그런 바닷가에서 돌아와
단단한 땅 파내어
들어올리는 옛 그릇 힘차다
그런 힘 숨긴 고집으로

고집은 그 막바지에서 옹고집이 된다

마당에 굿판 벌려
차일 걷어낸
맨하늘 속
한밤중 화톳불 타오르니

이놈
저놈 탈이 불빛에 얼룩져
덩더쿵 불온이다

술 한 말 마시고 흙벽에 기대어 있다가도
새벽이면 머리 한번 흔들고 일어나
벗어둔 탈 하나하나 챙긴다
탈꾼 하나하나 챙겨
꾸짖는다

70년대 후반 이 땅의 젊은이라면

그들의 굿판 뒤에는
으레 채희완의 장군잠자리 머리 같은 눈망울
껌벅 준엄했다

김택암

천주교정의구현전국사제단의 젊은 신부
사제이기 전에
순정이었다
그 순정이 모진 병처럼 무서웠다

순정이란 이리저리 머리 굴릴 줄 모르고
따질 줄 모르고
바로 숨었던 용수철로 튀어나오는 힘이었다
그것이 무서웠다

그러다가 고상(苦像) 앞으로 돌아가
무릎 꿇으면
들판 한군데 방금 갈아엎은 새 흙 같은
방금 갈아엎어
바람 쏘이는 새 흙 같은 침묵을
그의 천주로 삼았다

그의 안경은 지식보다 연민 쪽으로 향했다
1978년
두꺼운 얼음장 오래되어
어쩐지 녹기 시작할 듯한 이른 봄
그의 손은 장갑 없이 시렸다

그가 돌아가는 마을에서는

허리통 굵은 아낙
한번 소리치자
새떼 우르르 떠올라갔다

임진택

한반도의 거기에
지평선이 하나 있다
전북 김제 들녘

그 들녘의 새벽 같은 신명으로 태어나

쥘부채 탁 펼쳐
조선 숙종조 판소리 이래
얼쑤
한바탕 똥물 토하듯
묵은 피 토하듯

아니다 바람 일듯
바람에 실버들 흔들리듯

그 걸쭉한 것
그 구슬픈 것
그 다급한 우박 퍼붓는 것
그 가녀린 것
온 몸뚱어리 판소리
어디 가 공짜로 밥 먹었던가
그 소리의 입과
그 소리 듣는 귀가 하나가 되어

한바탕 둥글게 모여 앉아
그 가운데 서 있는
임진택
떠꺼머리 임진택

그대의 「오적」이 내달리니
감옥의 김지하가
문을 열고 나온다
이 아니 소문난 잔치 아니던고

유근일

일찍 깨어나 인기척 있다
아직 간밤 그대로인
이른 아침
그는 깨어났다

1960년대 후반
그는 제2공화국 시대의 정치적 청춘이었다
깡마른 정신의 청춘이었다

군사쿠데타 이래
감옥으로 가서
늙은 혁명가 김성숙을 만났다
김산의 『아리랑』에 나오는
붉은 승려 김충창
그 김성숙
그런가 하면 자유당 법무장관 홍진기도 만났다

그러다가 무기수 송지영도 만나서 함께 살았다

그뒤 그것으로 끝나지 않았다
중앙일보 논객이었다가
민청학련사건으로 다시 검거되었다
곧 세상에 나와
그는 변화를 갈망하는 시대

변화를 미워하는 시대 사이에서
차츰 메아리가 생기는 논객이었다

군살 다 뺀 사람
이사 갈 때마다 이것저것
버린 사람
그런 사람으로 그가 혼자 걸어간다
덕수궁 앞

김낙중

바람이 일어나면
그는 바람에 날아가야 했다
삐쩍 마른 몸
용케 바람에 날아가지 않고
꼬장꼬장하게 서 있다
그의 밤하늘 속 기러기 목소리는
다른 소리 뒤에 이어진다

그는 사람이 아니다 그냥 뜻이다
1950년대 전쟁의 복판
임시수도 부산 광복동거리
웬 미친 녀석 하나
대낮에 유리등 등불 하나 들고 걸어나와

평화통일
평화통일을 외쳤다

판문점 중립국감시위원단을 만나러 가려다가
청량리 뇌병원으로 잡혀갔다

그러다가 대학 3년짜리 그만두고
통일독립청년고려공동체안을 써서
세번째 감옥
그러다가 24세의 뜻 하나로

휴전선 임진강 강물을 어이없이 건너
평양에 가
그의 공동체안을 내놓았다
거기서도 웬 미친놈인가
남쪽 스파이인가
감옥에 처넣었다가
판문점으로 돌려보냈다

그는 사람이 아니었다 뜻이었다
작은 두 눈은
늘 구름쯤을 보았다

아마도 그는 한민족의 분단
그 분단이 만든
영구보존의 내관(內官)이었던가

윤정민

1979년 11월 24일 오후 다섯시
서울 명동 YWCA 강당
신랑 홍성엽
신부 윤정민

그러나 신부 윤정민은 가공의 이름이었다
그 위장결혼식으로만 집회가 가능한
계엄령의 시절

그 신부 윤정민은
결혼반지도 필요없이
첫날밤도 필요없이 위장 신랑의 짝이었다

피투성이 시대의 마루턱에 걸린 그 이름 민주주의였다

청량리 588

사랑이라고? 이 새끼야 그런 게 어디 있어 가지고 와봐

표문태

어쩐지 겉돌았다 먼지바람 속에서 외톨이였다
수유리 4월혁명 묘지
1960년 4월
그날의 거리에서
세종로
그 거리에서
총 맞아 쓰러진 젊은이들의 뼈 한 토막들
묻혀 있다
경찰봉 맞아 죽은 젊은이들의 뼈
가루 내어
한줌씩 묻혀 있다

세월은 일일이 대답하지 않았다
4월 19일이면
해마다
그들을 추모하는 사람들이 찾아왔다

그 무덤 저만치
아무도 찾아오지 않는 무덤 다섯
무연고 묘지
누구의 자식인지 모를
그 혁명의 거리 피의 거리에서
쓰러진
이름 없는 젊은이의 무덤 다섯

바로 그 무덤 속의 젊은이를
그의 양자로 삼아
해마다
향과 초
떡과 소주를 가지고 와
제사 지내는 사람 있다

수필가 표문태
허술한 남방셔츠나
잠바에
오래된 허리띠 닳고닳아

친구도 거의 없다
4월 19일
그는 수유리에서 하루를 보내고 허리 두들겨 펴고 돌아간다

김벽창호

어릴 적 제 어미가 데리고 온
사생아 전실 자식
의붓아버지가
하나에서 백까지 세어보라 했지만
하나에서 열까지 세고 그만두어
이름이 벽창호가 되었다

그 이름으로 호적에 넣었다
김벽창호

그가 자라서
눈칫밥 먹고 잘 자라서
청계천 세운상가 일대
팔씨름 일등이었다

한번 내로라하는 팔씨름꾼 만나면
당장 넘어뜨리지 않고
이쪽이 쓰러질 듯
이쪽이 다시 이길 듯
저쪽이 쓰러질 듯

이렇게 시간을 보내는 동안
사람들이 모여들어
와아

와아
와아

무려 45분이나 끌고 가 슬쩍 넘어뜨렸다
설렁탕에 소주 두 병 맛있다
아 이 세상의 맛 가운데
벽창호의 맛이라니

안남인 귀화 이씨

충청도 홍주땅에는 이양필이라는 사람이 살았다
그의 아들은 말랐으나 민첩했고
그의 딸은 개미허리
두 뼘 안에 잘록했다

이양필의 조상은
저 남국 안남국의 왕실 이양환인데
남송 왕조로
난을 피해서 바다를 건너
다시 한번
바다 건너
고려에 이르렀다

또한 해서지방 옹진에는
착하디착한 이명운이란 사람이 있었다
그도 안남왕 이용한의 아우 이용상의 후손이었다

서로 멀고 먼 시절에도
바다 건너가고
건너와
남의 나라가 내 나라 되어 사는 동안
그 자손의 먼동 터올라
날이 밝았다

김제 망해사

징게맹게 외애밋들
그 싸락눈 뿌리는 들녘 끄트머리
산 하나 혼자 두런거린다
거기 천년 전부터 망해사

주근깨 많은 어린 얼굴
거기 들어와
새벽마다
저녁마다 종을 쳤다

꿈속에서도 자주 종을 쳤다

뒷날 사미계를 받아 어린 팔뚝에 연비 흉터
애초부터 법명은 종성(鐘聲)이었다
어린 사미승 종소리 스님

아가 종소리야 사리 때로구나 물 보러 내려가자
하고 늙은 스님이
그 종소리를 앞세워 내려갔다

암자에는 종만 덩그렇게 걸려 있다
여기 망해사 종만이 아니라
다른 절에서도
그 종소리들 바다로 바다로 울려갔다

아니 저 밤바다 어디에서도
울려간 종소리
다시 온다

서하에서 온 사람

한반도의 성씨들을 두루 살피건대
그것은
옛날 옛적부터
고대
중세
근세에 이르는 동안
여러 나라에서 생겨난 것이라
성씨가 곧 역사의 기둥 노릇이었다 하지
후대에 이르러
어느 성씨 족보가 그런 일을 바꾸어놓은 것과는 달리

임씨(任氏)는 멀리멀리
씰크로드 지나 서하(西夏)에서 건너온 조상이라
전씨(田氏)는 한나라 초
장수 전횡(田橫)의 장군 아들 경(慶)이
바다 건너
조선에 와 자리 짜는 생업으로 살았음이라

후손 임돈재는 홀쭉이고
후손 전욱은 뚱보인데 둘다 임씨네 전씨네 친목회 회장이었다

김진우

금강산인(金剛山人)이라는 화백
죽을 때까지 대나무만 그렸다
그 묵죽(墨竹)은
차라리 떨쳐일어선 기상이라
줄기는 죽창
이파리는 칼

철 지난 사군자 화백이었으나
한말 유인석 의병전에 참여한 의병이었다
그가 감옥에서 나온 이래
줄곧 대만 그렸다

1930년대 산골집 창밖에
비바람 치는 밤
그린 화제인데
정작 대나무 이파리에는 바람이 없다

지난 시절의 의병 김진우 화백
벼루에 먹물 아직 남아 있다 해소기침 길다

만경강

만경강 강물에는 하늘이 내려올 줄 모른다
그런 강 저쪽
전라도 김제 사창진 그 쓸쓸한 나루

거기에서 한 늙은 죄인이 배에 탔다
춘우정(春雨亭) 김영상(金永相)
그다지 내세울 것도 없는
시골 유생이었다

그가 일제의 회유책으로 주는
노인은사금을 거부함으로써
일본 헌병은
그를 천황모독죄 체포해
군산형무소로 호송했다

만경강을 건너는 배에서
그 유생은 두 손을 묶인 채 물에 뛰어들었다
뱃사공이 건져올렸다
그러나 형무소로 들어가 단식 자결하고 말았다

그때 만경강 투신 광경의 그림
그 화가 채용신의 본명
바로 그 김영상의 후손 김호석이기도 하다는 것

첫사랑

서울 관악구 봉천 3동 달동네
보름달이 떴다
통금시간 밤 열한시 반쯤
한 젊은이가 비탈길을 올라온다
공장 야간작업 뒤
그 이름 윤상곤
아버지도 모르고 어머니도 모르고 그렇게 어엿이 자라난 젊은이

비탈길 끝
거기 골목길에서 몸 언 채 기다리는 사람 있다
그 이름 김순자

보름달이 하늘 복판에 있다
그 달빛 소리 가득한 세상 어디에 가난뿐이더냐

스무살 상곤이의 억센 손이
열일곱살 순자의 거칠어진 손을 잡았다
분냄새도 없다

사랑한다는 말도 없다
젊은 사내가 떨면서 말한다
변치 말자
처녀가 숨막히며 고개 끄떡이며
엉겁결에 입술을 깨물어 입안에 피 머금었다

154

석정남

헤겔의 『역사철학』이 그렇게 썼던가
아시아인은
누군가가 대변해주어야 할 대상이다라고
그뒤 누군가가 말한다
노동자는
누군가가 대변해야 할 대상이다라고

이런 말을 알든 모르든
여공 석정남의 수기를 읽고 먹물들 놀랐다

그 처녀는 공장 구석구석을 그려냈다
그 처녀는 공장 밖의 세상도 생생하게 그려냈다
풀빵 열 개의 점심 뒤 세상이 잘 보였다
누군가가 대변하지 않아도 되었다

7백만 노동자의 시대
석정남
그 얼굴은 둥글었으나
그의 마음속에는 양날의 칼이 썸벅썸벅

누가 밥을 사주면
한번에 설렁탕 두 그릇 당당하게 먹었다
아무 부끄러움도 필요없다
그렇다 일하는 놈들 당당할 것

청주 정진동

청주에 가면
숙명으로 사는
어제도
오늘도
내일도
도시산업선교회 목사 정진동 있다

제아무리 탄압과 핍박이어도
도리어 두더지처럼
땅속을 뚫고
저만치 가서 우뚝 서 있다

청주 시외의 농민들
청주공단의 노동자들
그들의 억울한 것 대신하는 동안
끝내 아들 법영군까지 희생되었다

청주에 가면
숙명에 앞서
천명으로 사는 정진동 있다
칼 없이
총 없이 추위에 튼 맨주먹 쥐고 서 있다

그 굵은 듯한 두 눈

그 두꺼운 입
그 에돌아가는 말
그러나
그 지루한 여름날 땡볕 오십릿길 같은
변함없는 신념

그렇구나
헌 잠바 입은 목사
가도 가도
거기 있을 뿐
많은 사람들은 서울에 있다

진주 오제봉

진주 의곡사 오제봉은
스님인가 하면
서예인이고
서예인인가 하면
스님으로 돌아가
간밤의 폭음 깡그리 잊어버린다

그가 쓴 술 깬 뒤의 후회와 같은 얌전한 반야심경에 이어
그가 쓴 금강반야바라밀경이나
법화경 보문품은 길고 길어
전주에서 부산까지의 긴 철로 위 귀머거리 자갈이었던가

끝내 부산진역에 이르러
항구의 밤거리가
그의 법당
그의 서실
그의 뒷간이었다 아무데나 오줌 쌌다

하기야 본디 의곡사 대웅전 다기(茶器)가 요강이기도 했으니

그 식모할멈

자식 하나 없는 할멈
10여년 전
영감 일찌감치
저승으로 간 뒤
할멈만 남아
식모살이 20여년

영감 제삿날이면
몰래 밥 한 그릇
국 한 그릇
반찬 한 그릇
그리고 청주 한 병만은 손수 사두었다가

식모방 그 작은 방에
쪽소반 내다가 제사상 차렸다

영감 어서 나 데려가우
아무리 생각해도
거기가 여기보다 나을 테니……

이것이 제사 축문일 수밖에

복부인 오여사

남편은 총무처 계장이었다
천만다행인 것은
꽁생원이라
공무원의 비리 따위 모르는 계장이었다

이런 남편 출근한 뒤
집 잡혀
이 땅 사고
이 땅 잡혀
저 땅 사고

이렇게 해서 사고팔고 사고팔고

이런 일 서너 달 만에
억대 부자가 되었으니
어느 날 남편더러 말하기를
여보 그 계장인가 뭔가 그만두고
내 거래장부 회계나 맡아주구려

집에 걸려오는 전화마다
오여사
오여사
오여사였다

몇해 전 연탄 아궁이 불 보던
그 아내가 아니었다
턱에 검은 점 하나 찍은 성형수술을 마쳤다
자라나는 아이들도
어머님! 그다음에야 가까스로
아버지! 였다

왕학수

고려 역대 왕은 왕씨였다
고려가 망하자
왕실 종친인
왕씨들을 섬으로 보냈다

거제도에서 배에 태워 바다에 띄웠다
배 밑창 뚫어
배 가라앉혀
다 죽였다

그런 뒤 한두 군데
왕씨의 서자 따위 남아 있었다
왕실의 옛사람 민들레 씨앗으로 남아 있었다

장차 그들이 대를 이어
전주 완산
영남 상주 영주 등지에 자손 널려 살게 되었다

그 자손 가운데
박정희와 함께 대구사범 출신
고려대 교수 왕학수 있다
명동의 술집 '은성'
그의 커다란 웃음소리
막걸리가 항상 콧수염에 묻어났다

막걸리 한 말 마신 뒤
골목 전신주 밑동
오줌 10여분 싼다
어허 칩어라
하고 추운 밤 진저리쳤다

학문이야 흐지부지
술이
그의 학문이었지

청전 이상범

청전 이상범 화백은 눈도 껌벅껌벅 크지만
입술이 두툼한 문풍지였고
입이 열리면
막술 들이켜기 좋고
토하기 좋았다

의재 허백련
소정 변관식
심산 노수현과 더불어 근대 4대 산수화백

1936년 히틀러체제 베를린 올림픽 마라톤경주에서
조선청년 손기정이 우승하자
그의 가슴팍 일본 히노마루를 지웠다
동아일보 미술부 기자 시절

그는 감옥 가고
신문은 폐간

그의 그림과는 달리
가난과 야인 노릇으로 늙어갔다
그러다가 자유당정권 국무위원들이 청해서
이승만 탄신 축하 그림
새벽 하늘 기쁜 소식(曉天報喜)의 화제로
까치 우는 소리 가득한

옛 성터
옛 기와집
그 지붕 위의 까치
그리고 부지런한 농부와 염소 한두 마리

소위 10월유신 그해
1972년 그는 세상 떠났다
사람이 그림이었다

금영균

1976년 5월 3일
독재에 맞서는
기독교회관 금요기도회가 처음으로 열렸다
그 이래로
1979년 10월
박정희 암살이 있기까지
한 번도 걸러본 적 없다
아무리 억누르고 막고
붙잡아가도
금요기도회 그것 하나 이어갔다

이 기도회 예배위원 금영균
언제나 실실 웃는다
그의 단정한 곱슬머리 물결
실실 웃는다
그의 두꺼운 붉은 입술이 벙글어

헌 양복이라도 곱게 다려 입고
헌 구두라도 곱게 닦아 신고
먼저 와 실실 웃으며 사람들을 맞아들인다

그의 봉천동 가난한 교회 뒷방
부산대 여학생 수배자를 숨겨둔 채
마음씨 하나

다디단 수박 속이었다

웃으며 아멘!

김경락

제일교회 박형규 이래
권호경
김동완이 있고
김경락 있다

70년대 초반
부정기 기도회에는 언제나 그가 있었다

기도회 장소가 봉쇄되면
쌍문동 이문영의 집
창동 문동환의 집
회기동 윤반웅의 집
그런 방에 모이는 기도회에 그가 있었다

몰래기도회 김경락

다문 입 그윽하고
열린 입 유창한 말이었다
비분강개를 함부로 내뱉지 말라
용기를 쉽게 내보이지 말라
그런 말을 할 듯 말 듯
그의 입은 할말만 하고 이내 닫힌다

문은 열기 위해서인가 닫기 위해서인가

여익구

짖지 말고 꼬리 쳐라 검둥아 누렁아
마음 너그러운 사람 온다
여익구
사흘이 멀다 하고
그 사람 온다

민청학련사건 관련자 대부분이 기독교인데
그는 동국대 불교
일체중생 실유불성
그 평등으로 꽃피우려는 사람 온다

그뒤 나는 그를
우리집이 아니라
오대산으로 보냈다
오대산 월정사 사미승이 되어
천수경을 청승맞게 읊었다

그뒤 나는 그를 돌아오라 했다
돌아와
그의 키보다 큰 아내를 맞았다
민주화운동은
차츰 말이 많아지는 운동이었다
언제부턴가 그는 나를 떠났다
몸이 배기는 자갈밭에 누워 있다가 떠나듯

그뒤로
가을걷이 끝난 밭뙈기에 첫서리 푸짐했다
어디 가
무엇 하는가
무엇 하지 않는가

김학민

황량한 겨울 저녁이었다
여기저기 불 놓아
얼룩얼룩
불빛에 모여 기다렸다
서울 고척동
영등포교도소
거기에서 맨 처음으로
연세대학교 김학민이 나왔다
까까머리
애송이 학생이었다

나오자마자
붕 떠올랐다
무등 태워

사형
무기
20년
10년
7년 따위가
기껏해서 8개월 만에 나오다니

맨 처음 나온 까까머리
김학민

그는 하나의 열매였다
그 열매 속 매운 씨앗 가득한

서산에 지는 해를 구슬프게 노래하며
그는 차츰 충동에서 조직으로 옮겨갔다
이 사람
저 사람 사이
반드시 그가 있었다
방금 추운 데서 돌아온 빨간 얼굴로

김인한

식민지의 한 시절
좌익 형제
소설가 김팔봉 김기진의 아들
조각가 김복진의 조카

김인한은 침몰하는 군함인 양 커다랗다
몸집도 키도
우람하건만 사나운 데 없다

빙그레 웃는 금강역사
하루 내내
말 몇마디

해직기자 집회
언제나 일찍 나와
그 집회 부근의 전신주 밑
묵묵히 서 있다

적지 않은 유산 따위도 건너뛰어
이승에서
저승의 빈손 빈몸으로 기다리고 있었다

아버지의 이름 내세우지 않았다
백부의 이름도

성악의 누나도 내세우지 않았다

봄 여름 가을 겨울
한결같은 심성의 손님으로 와

박동선

백인 미녀를 비서로 뒤따르게 하고
백인 상류사회 한 부분을
한 손아귀에 넣어
호화찬란한 야회복의 밤이 베푼다

미국 워싱턴 조지타운 클럽 1977년
항상 엷은 선글라스의
단정한 동양인
말과 몸짓이 자르르 기름지다

그의 손아귀에는 미국 상원의원들이 들어 있다
그것으로
태평양 건너
한국의 박정희에게
불가결한 인물이 된다
미국에서 박동선은 박정희의 조카로 통한다

미국쌀 중개상으로
모든 양국관계의 중개상이 된다
그러나 그는
상하 양원 실력자 포착
신문기자들을 잊어버린 채

그리하여 뉴욕타임즈는

그를 일러
'최고의 사기꾼'이라고 규탄한다

개발독재의 나라 국제무대 하나가 화살 맞아 풀썩 쓰러지고 만다

김병상

먼 남아메리카에서
라틴아메리카에서
한 해방신학의 신부가
육군 장교의 습격으로 죽어간 뒤

먼 동북아시아 남한에서
경건주간 뒤
한 신부가 그의 갈 길을 깨달았다

하나의 일이 결정되기까지는
몇년 혹은 몇십년이 걸리는
가톨릭에서
그는 빠른 결의의 깃발이었다

신부의 목 로만칼라
때묻어도 좋아라
면도하지 않은 얼굴 좋아라
그가 긋는 성호를 깜박 잊어버려도 좋아라
그는 깊숙이 불의와 불의의 기생충과 싸웠고
날마다
새로 올 정의를 꿈꾸었다

천승세

방금 도살장에서 쓰러진 황소 송장
더운 김 내는
그런 진한 피 홍건한
하늘의 시뻘건 낙조

그 낙조 뒤 쓰디쓴 어둠의 후회 파묻어
표적에 대하여
표적 없는 분노로
파도친다

밤새도록 밤바다 너울 입안 가득히 물어뜯으며
가장 신나는 유배지는
알류산열도의 북태평양이었다
작살의 세월이었다

박암익 훈장

독립운동가 박아무개의 유복자 박암익 선생
아버지는
만주벌판에서 왜늠 열 명 죽이고 죽겠다는 맹세로
아홉 명쯤 죽인 뒤
왜놈 총 맞아 세상 떠났다 한다

그의 유복자 박암익이야
오직 한학에만 온몸 기울여
서당 훈장

서당 공부 파한 시간
누가 찾아와
술 얼큰하게 취해서 말하기를
나라를 위해서라면
선생님 춘부장 어르신처럼
이 한목숨 아낌없이 바치리이다 하면

쉬잇
그런 소리 말게나
네발짐승으로 기어다니면서라도 살아남아야 하리
본디 만물의 영장이라는
사람도 네발짐승이었으매
아니 그보다 그대 한 몸이 나라인 줄 왜 몰라

자아 엔간히는 취했으니
남은 잔 비우고 깨어나 돌아가시게

아버지는 아버지이고 섭섭할 것도 없이 아들은 다른 아들이었다
그렇구말구 피는 계승이 아니었다

원병오의 휴전선

1945년 여름 이래
한반도를 둘로 갈라놓은 북위 38도선
1950년 여름 이래
다시 한번
한반도를 둘로 갈라놓아
서로 총구멍 맞댄
1953년 이래의 휴전선

그 휴전선 가시철망 6백리
북쪽의 아버지
남쪽의 아들이 새의 학자였다

남쪽의 아들이 새 발목에
그의 이름을 달아 날려보냈다
몇해 뒤
북쪽의 아버지가
그의 이름을 달아 새를 날려보냈다

아무런 사연도 없었다
사연이 있으면
남쪽의 국가보안법 반공법 위반이고
북쪽의 무서운 형법 위반이었다

다만 서로 이름만 달아

새를 보내고
새를 돌려보냈다
경희대 교수 원병오가 남쪽의 아들이었다
북쪽의 늙은 조류학자가 아버지였다

분단시대 핏줄의 아름다움은
어느덧 아들의 머리가 훌렁 벗어진
슬픔의 대머리이기도 한 것

노영희

70년대 서울 명동 YWCA 강당이 어디였던가
거기야말로 광장이었다
먼 훗날 가보면
그저 아늑한 중강당쯤일 뿐
거기야말로 깊이 내려앉아
비로소 지상으로 떠오른 광장이었다

그 YWCA 간사 노영희는
그녀가 학부 사회학과 학생 그대로
70년대 프로그램을 짜냈다
밖으로부터
온갖 협박과 음해가 와도

그녀는 기도하다가
기도도 내버렸다

그가 태어난 지리산 노고단 아래
한번 떠난 뒤
동유럽 산골 아이처럼
며칠 굶어 쑥 들어간 커다란 눈에는
아주 오래된 선의가 담겨 있다

늘 검은 옷이었다
비위에 맞지 않는 물약을 먹은 뒤였다

명노근

전남대 캠퍼스는
캠퍼스 이전에는 벌레소리 못이었다
그런 못이 메워지고
날이 날마다 최루탄 가스밖에 없었다
그 대학 영문학 교수 명노근
그러나 사회학이나 정치학 쪽인 듯

충장로거리에서 만나면
그 검정 털보의 웃음이 길었다
그러기 전에
이마가 앞섰다
툭 불거져

말소리에는 엷은 수묵화 먹물이 스며들어
빈방을 울렸다
해직교수의 시절
집회 때마다 항상 와이셔츠가 깨끗했다

한번 만나면 이 이야기가 저 이야기 또 저 이야기
누구에게는 잔소리이고
누구에게는 비가 와 철철 넘치는 도랑물 소리이다

정홍진

70년대 후기 중앙정보부 국제국장

그러기 전
그는 이후락 부장 시절
남북적십자회담
남북공동성명 채택에 이르기까지
평양에 가거나
평양에서 온 사람들을 맞이하는 실무를 지휘했다

까다로운 사람
치밀한 사람
그런 다음
머리가 팽이처럼 도는 사람이었다

늘 뱃속에서 그늘진 곳에서
그는 권력의 전술이 몸에 익었다
한 장의 그림
마음놓고 바라보는 일 따위야
거위에게나 던져주고 말았다

나 그를 사절했다 미안하다

윤형두

여수 오동도 동백꽃 피는 바닷바람이었다
그런 바람이었다
필화사건으로 감옥의 관식 사식도 먹었다
『다리』지 사건

그뒤로 그는 마치 보복인 듯
옛 서화를 수집했고
옛 골동을 사들였다
일본 동경 칸다의 고서점에도
몇십번이나 건너갔다

그리하여 그의 출판사는
마치 보복인 듯 이책 저책을 간행했고
그래서 엄청난 지형이 쌓여갔다

그러나 몇겹 문 열고 들어가면
거기 엄청난 고서 소장실
희귀한 옛 문물의 귀신들로 가득했다

아장아장 아기걸음 그대로
오랜 친구 데리고
맛있는 골목식당 용케 찾아가고
혼자가 되면 고서 있는 곳이면
새벽에도 질끈 길을 나선다

황주석

신학생이었다가 신학 포기가 옳았다
민중 속으로
민중 속으로 들어감이 옳았다
그 젊음은 그렇게 실컷 파묻혔다

공장 노동자로 들어가
공장 노동자 처녀와
비밀결혼으로 동지가 되었다

합섬담요 한 장이면 그것이 행복이었다

그러다가 한국 70년대 막바지
YH 노조위원장의 당연직 비밀남편이자 동지로
그 사건의 대책을 맡았다

1979년 무더운 여름
그 사건의 소용돌이가
굳은 유신체제를 무너뜨리는 힘의 시작이었다

한번도 넥타이를 맨 일 없다
한번도 구두를 신은 일 없다
한번도 술 만취해 횡설수설해본 일 없다

그 자신을 파묻는 젊음의 무서움

붉은 소방차 내달리며 소리질러도
놀라지 않는 무서움

김진균

그냥 장독대 항아리이다
그냥 장독대 항아리 채워진 캄캄한 간장이다

그냥 기둥이다
거기에 대못 박아
곡식 씨앗들이 무덤덤하게 걸려 있다

그냥 진술이다
어떤 기교도 없는 문장이다
그런 문장도 뜸부기 울 때 한두 번 쓴다

그냥 술이다
그 술이 몸속에 들어가서야
다섯 병쯤
여섯 병쯤 들어가서야
말 몇마디가 빛난다

통금시간의 외등이 더욱 밝아진다
그럴수록 그는 그냥 암실이다
그 암실에서
수많은 진실들이 인화된다

황인범

황인범은 믿음이다 그는 먼 길을 걸어와서
대문을 열고 고개 숙여 들어온다
그 튼튼한 이가 활짝 웃어
꽃핀다

그런 다음 지친 구름이라도 있어야 한다
그런 것 바라보다가
해야 할 일을 말한다

사서삼경을 잘 읽었던가
싸움은 사나운 것 아니고
그의 믿음은 예스럽다

거기 늦가을 뜰의 잎새들
바람에 몰려
한쪽으로 몰려가는 것 바라보다가 떠난다
술은 벗들에게 맡긴다

옥천역 청소부

경부선 통일호 좌석은 딱딱하다
그 통일호가 잠깐 서 있는 동안
옥천역 구내
허리 구부정한 늙은 청소부

깨끗한 역 구내
금잔화 가지런히 피고
맨드라미 피고

열차 오고 가는 것
통 아랑곳하지 않고
쓴 곳 또 쓸고 쓸고

집에 가야 죽은 마누라 사진도 없다
역 구내가
차라리 집 노릇

막 생겨난 새마을호가 달려가며 일으키는
그 사나운 바람에 한번 휘청거린다

어변갑

조선 세종 집현전 직제학이
그의 벼슬자리였다 시도 제법이었다

먼 조상 어종익은
사실인즉
본성이 지씨
그런데 얼굴이 기이하고
백근 무게의 활을 쓰는 장부였다
겨드랑에 비늘 셋이 있어
고려 왕건이 보고

세 비늘이 있으니 물고기로다 하여
지씨 성을 버리고
어씨 성으로 받았다

그런 어씨 자손 어변갑
그는 젊어 충신이었고 늙어 효자
돌아가
늙은 어버이 밥상 반찬 세 가지 나물까지 헤아렸다

무릎 연적

정자관을 쓰거나
간략하게
망건 바람이거나
사랑채에
어울리지 않게 십장생 병풍 아래
흠
흠

뻐꾸기는 긴 여름날 쉴 줄 모르고 우는도다
흠

안방마님 슬쩍 모르게
눈에 띈 종년 불러들여
먹을 갈게 한다

맹물이 차츰 먹물이 되어가는데
발그스름히 종년 볼에 따라

그러는 동안 망건 바람의 손바닥은
무릎 연적
그 하얀 물 담긴 연적
작은 것 어루만진다
처녀의 무릎 그대로

먹물 다 간 뒤
듬뿍 찍어
산이 높으면 달이 늦게 떠오른다(山高月上遲)

아가 이 글 좀 보아라 하면서
연적 대신
진짜배기 종년 무릎에 손을 얹는다

아무 소리 안과 밖에 없어
숨막힐 듯
숨막힐 듯

방 안은
천 길 벼랑 아스라히
무슨 일 일어나기 전

예춘호

두 눈이 콧날에 달려와
두 눈이 의가 좋다
그만그만
목쉰 소리에 쇳내음

메주 뜬 방바닥인가
한번 나오면
어디가 서론이고
어디가 결론인지 몰라
긴 담론

저 60년대 초
부산의 한 대학강사가
혜성으로 떠올라
공화당 사무총장이 되었다

인명록은
그 이전의 인명록을 무시한다
거기에 새로
그의 이름이 빛났다

그러다가 박정희 3선개헌 반대로 무소속이었다
유신 말기
그는 재야에 다가섰다가

점점 재야의 골짜기에 내려왔다
누구와 맞기도 하고
누구와 어긋나기도 하며

강창일

제주도 돌하르방 슬하에서 자라났다
네모졌다
한라산 눈송이 여섯모졌다
그 아래
열네모진 젊은이

제주해협 설문대할망 두 다리 건너

서울에서 정치학 전공의 젊은이
오류를 사절하라
견고하라

강창일
그대 턱에 고향의 수평선이 탁 걸려라

민청학련사건 이래
상아탑적이기보다
집정관적이다
감찰관적이다

양심과 모순의 정치적 관계를
감시하는 시각
좀처럼 감정을 내보이지 않는 턱에
그대의 오랜 양식을 걸어버려라

이길재

그것 하나만으로
그는 60년대 이래
한 시대의 삶을 이룩했다

가톨릭노동청년회 창립
가톨릭농민회 창립

큼지막한 눈
큼지막한 입
큼지막한 누런 얼굴에
황사바람 자욱한 날 큼지막한 웃음

날마다 바빠야 할 농민운동
멀리 함평에서
대전에서
안동에서 온 농민들과 만나야 하고
송정리로
증평으로
어디로 가 현장에 있어야 하는
논과 밭의 사람
아니 그게 어디 사람이던가 논두렁 밭두렁이지

그러다가 그 농민운동은 끝내
70년대 유신독재와의 싸움이었다

닦지 않은 듯 누런 잇새
오래전 도금한 이빨 빛나며
해장국 그릇 대번에 비워버린다

장차 80년대 후반 국민운동본부 전국 사무국장이기까지

절도 9범

조선 세종 연간
절도 3범은 교수형에 처했다
그러나
지나친 고문이나
지나친 형벌 또한
무겁게 징계했다

그런 일과 무슨 상관이겠나
안양교도소 절도 9범
바늘도둑이
소도둑 되는 동안

원숭이 모양이어서
숫제
수번 127번을
원숭이로 불렀다

싸움은 으레 지고 나서 울고
도둑질은 타고난 솜씨
손가락 지문 없애버린 사람
그래서 절도 50여회
마누라와 장모가 통곡하는 꿈 꾸고
붙잡혀
절도 전과 9범이라

감방 잡범 12명 함께 자는데
그런 밤에
새 칫솔 훔치기
공장에서
남의 새 팬티와 러닝 훔치기
왜냐하면 새 팬티와 러닝셔츠가
감옥의 화폐 기본단위이므로

야 쌍방울 두 벌이다
그것은
쌍방울 팬티 러닝 한 벌에
5백원이라
1977년의 시세였다

가짜 소경거지

서울 종로 5가 건너 효제동 모퉁이
하루 내내
뚱그런 소경거지 엎드려 있다
검은 안경 쓴

웅얼웅얼
무슨 뜻인지 모를
웅얼웅얼

허섭스레기 모자 놓아
거기 십원짜리 백원짜리 받는다
하루 내내 움직이지 않는 중노동에 견주어
거지 노릇이야말로 너무 싸구려 임금이로다

몇차례 단속이 아니라면
그대 조국은 거지가 될 자유와 권리가 있다

그런데 그 거지 날 저물면
가느다란 지팡이 짚고 일어나
이화동 비탈
술집 골목으로 스며들어
검은 안경 벗고 소경 눈을 떠

단골 선술집 술을 청한다

아줌마 소주하고 그것 줘요
그것이란 으레 돼지머릿고기 얼큰하게 볶아낸 안주였다

5년 뒤 그 가짜거지는 충남 조치원 역전으로 옮겨갔다

도둑보다
큰 도둑보다
작은 도둑이 낫고
작은 도둑보다
거지가 낫다
그래서 석가도 거지대장 아니었던가

방용석

70년대 후기 동일방직사건
원풍모방사건
섬유산업으로 나라경제가 용을 쓰던 시대
그런 낮은 임금 사건들은
누르는 자와
거스르는 자가 확연히 적이 되었다

눈빛 힘찬 노동자의 의지
그 의지 속에
젊은 노동자 방용석이 있었다
그가 일어섰다가 앉아도
누가 누구인 줄 몰랐다
그토록 모두의 의지가 활활 불타올랐다

이윽고 방용석이 일어서서 앉지 않았다
낮은 임금만이
나쁜 환경만이
성장의 바탕이었다
방용석은 차츰 여기저기 나타났다
그 과묵으로
그 신념으로

복지 따위 천당에나 가서 찾아라
구로동 비둘기집 1평짜리 2평짜리 셋방

좀더 싼 경비로 살아가기 위해서
여공 남공 동거가 늘어났다
아이 낳아 공중변소에 버리는 일도 있어야 했다
그러는 동안 박정희정권은 성장으로 성장으로 내달렸다

김희택

서울 강서구 화곡동 이 집 저 집
가택연금 대상자
감옥에서 나온 자
요컨대 요시찰자 많았다
고영근 목사 다음
김희택

이 굽힐 줄 모르는 젊음
이 돌아설 줄 모르는 젊음
10년 전의 확신이
10년 후의 확신 그대로인 젊음

젊음은 젊음의 대표이기를

어떤 고민의 밤 지나
그렇게 단련되었던가
강관은
오래되어 녹슬지만
그의 질긴 내장은 녹슬 줄 몰라

함부로 이름 날리지 않는 김희택
이른 봄바람에 날아오른 연에도
추를 달아
내려와버리는가

어떤 누나나 누이도 없이
씨멘트 바닥
오래오래 부동자세였다
그런 부동자세의 단단한 그림자였다

이명준

휘파람 같은 것을 잘 불듯 하건만
휘파람도 노래도
쉽사리 나오지 않았다
그의 입은 어느날은 실로 꿰매고
어느날은 한일자로 붙어버렸다

그가 왔다
무슨 일을 끝내고 온 듯이
방금 손 털고 온 듯이
그런 끝을 문득 내보이고
입은 꼭 닫혀 있다

그는 입보다 몸으로 말한다
신체언어
어디에도 굽실대지 않고
타고난 콧대

한강 철교 건너다니며
몇해 만에 얼어붙은 한강 빙판 바라보다가

봄이 오면
그가 빠져죽고 싶을 때가 있었던 것처럼
그가 미워하는 독재자를
저 물속에 던져버리고 싶을 때가 있었다

그러나 그는 남몰래
갑옷 같은 가슴팍에 십자가 그어 고개 저었다

고준환

기자보다
학자의 길을 가기 시작한 사람
장대키 자랑스러웠지
장대키 그것보다
그 성량 풍부한 목소리 자랑스러웠지

이마 넓다가
정수리에 홍시 하나
천도복숭아 하나

학자의 길보다
종교의 길 가기 시작한 사람

그의 법학
그의 뒷모습에는 술과 여자 따위 없지
차 한잔 대접받고
일어서는 나그네이기 십상

그의 몸속의 원융세계
그의 머릿속 학문
아마도 다 내보이지 않고 그냥 떠날 사람

원혜영

첫인상에는 단명인데
두번째 인상에는 장수로 바뀌는 얼굴이었다
눈은 초여름
입은 한여름 쓰르라미
줄줄이 나오는 말이었다

어느만큼 침착해야 하는
토론회 약정토론 따위에는 맞지 않았다

앉은키 크고
일어나면 호젓하다

말마디 하는 놈 감옥으로 가고
낯짝깨나 뱀뱀한 년 갈보질 가고…
이런 한말 속요에도 뜻이 담겨 거기 한 준수한 뒷모습 있다

그렇게 경인선 분주한 지역에서
관악기 같은 아들 하나 자라나 바다를 품었다
그의 아버지
자연환경의 밥상 풀무원식품이 시작되었다

김희조

우연입니다!
세계는 우연입니다!

왜 그다지 혼자 잘났는지

뜻이 있어
뜻 있는 스승도 섬길 줄 알고
뜻 있는 벗도 사귈 줄 아는데
그 끝은 언제나 재주놀이 다람쥐였다

70년대 해직교수 발기에도
슬쩍 빠져나가

혼자 쳇바퀴 돌려
그 무궁한 자연과학
연구보다
강의
강의보다
사회 명사

그런 명사칼럼이 가장 알맞다
한평생 깊은 물 모르고
겨우 발등 적시는 물에나 들어가
아이 시원하다

구산

조계산 송광사 삼일암 방장실에 가면
구산스님 앉았다
일어서나 앉으나 마찬가지

머리끝에서 발끝까지
잠결도
생시도 오로지 수행일 뿐

스승 효봉에게는
이 상수제자 한 사람이면 되었다
천군만마인들
다 군더더기

구산스님 하나 앉아 있으면 되었다

작은 몸 웃음으로 만든 몸
소 기르는 조사 이어
소 때리는 선사이다가
돌사자였다가
그것도 그만두고 웃음뿐

70년대 그의 방장실은
피 흘리는 거량 따위 녹아
졸졸 흐르는 물소리

아니면
갓난아기 오줌 싸 젖은 기저귀 따뜻하여라

최기식

누가 보면 소년인가 청년인가
고개 갸우뚱거리다가
그만두고
원주의 한 성당 가파로운 검은 지붕 위로
치악산 넘보았다

무슨 볼일이라고 급히
하늘의 까마귀 몇마리 건너가는 것도 보았다

말소리 은근하기는
가을 햇볕 남은 것인 양 아까워
마음은 흐르는 물 막아
거기 송사리들 놀았다

지학순 주교가 의붓아버지라면
그는 막내의붓아들인 듯
서로 마음 익혀

70년대를 보낸 다음
새로운 연대를 여는 아픔이었다
우선 미문화원방화사건의 주역들
그의 품안에 숨겨주는 큰일일 줄이야

그 절대공포의 시절

그 시절을 위해서

그의 70년대는 멀리서 바람에 실려오는 종소리였다

정광호

국토의 남쪽 끝 해남 토말
땅끝 토말
쓸쓸하기 이를 데 없음
헌 주낙배 서너 척
심심한 썰물 개펄에 매여 있음
포구라 하랴
포구 아니라 하랴

거기 사뭇 함부로 다가갈 수 없는
한 무리 위엄
짙푸른 동백나무 잎새 사이로
간밤 태어난 붉은 동백꽃

그 토말에서 돌아오다가
해남읍에 아침 일찍 나온 젊은 농부 정광호가
거기에 이사 온
시대의 떠돌이 석영의 집에 들렀다
바지 괴춤 올려
엉거주춤

벌써 한낮이었다
방금 잡아온 허벅다리 가물치
퍼덕이는 것
무섭게 퍼덕이는 것

식칼로 잘라
그 하얀 분노의 속살
실룩이는 살
시뻘건 고추장에 찍어 입안에 밀어넣는다

몸에 기운 차야
농민운동도 하고 밤운동도 한다면서
모처럼 껄껄 웃어대며

신중현

70년대 대한민국 사회체제
위수령
긴급조치
유신체제이기도 하지만
어느 청소년들에게는
어느 연예인들에게는
그런 시대 뒷골목 붕 떠오르는
황홀경
대마초의 시대

대통령 아들인 고등학생도 대마초꾼

그 언저리 대마초들
자욱한 환각들
자욱한 록 환각들
거기 신중현

저 50년대 전후의 폐허 명동에서 전쟁고아 구두닦이였다
작은 키
작은 몸 매운 고춧가루 가득 차
누구에게도
그 누구에게도
좀처럼 점수를 주지 않는 사람이었다
거만한 눈꼬리에다

메기입에다
그가 기타 하나 들고 앉은 듯 서서
그가 작곡한 노래 마수걸이로 온 나라에 퍼져나갔다
이웃나라에까지

박정희 찬가 지으라 했는데 사절했다
죽도록 지하실 고문 받았다

정릉 골짜기 여관에 처박혀
가사 짓고
작곡 끝내고 기지개 뒤
온 나라 비 내리는 노래 벌판이건만

유신체제 끝까지 달밤 먹밤뿐이었다

권대복

거의 세상살이 무능한 선비였다
고전적인 사회주의자
해직기자 권영자의 오라버니
사상은 반드시 밖으로 피어나기도 하지만
깊이 잠겨버리기도 한다
조용한 선비였다

그런 선비가 70년대 통일당 참가
긴급조치 9호 위반으로 감옥에 갔다
박정권을 비판했다는 것
당원 유갑종 정동훈 김성복과
그 밖의 옛 동료들과 함께

들어가나
나오나
누가 알아주지도 않았다

장차 국가보안법의 감방에서 목매달아
자진해버리는 일 어찌 알 수 있으랴
그의 호젓한 꿈이란
젊은 시절 내내
사십대 오십대 내내
한결같은 이념의 계절로
녹음이 단풍이 되도록

어떤 변동 필요없었다

적셨다 나와야 하는
1분 목욕탕
3분 목욕탕
그 감옥 목욕탕에서 나온 알몸
그 알몸 배꼽 언저리
그 검은 점 하나

박선균

미아리고개 오두막집 교회 목사
무늬 없는 떡살로 눌러낸
마른 떡이듯
도무지 살 붙은 데 없는
양심의 빈 그릇이듯
그 사람

죽으나 사나
안병무 소개로
함석헌 옹에게 가서
죽으나 사나
함석헌 씨을의 소리
그것밖에 없었다

늘 헐거운 옷차림
목울대만
목 안에서 크고
늘 적막한 산골 풍경의 그림이듯
그런 사람

중앙신학교 그 시절부터
처음에는 한경직
다음에는 강원룡
그러다가 그런 곳 떠나

죽으나 사나

가난으로부터 가난에 이르는 길
함석헌 옹이
안병무 찾아가
'집에 쌀이 떨어져 돈 좀 있어야겠어……'
이런 말도 그의 귀가 들어야 했다

이안사

오래 답답함이었다
차라리 원나라 속지인 남경지방
지금의 간두지방ㅇ로 건너가
차라리 원나라 지방관이었다
큰숨 내쉬었다 여진족 산야 거느려 에라 만수

그의 아들 행리
그의 손자 춘
대대로 두만강 기슭 천호(千戶)였다 에라 만수

심지어 북관 남쪽
함흥 아래
덕원 천호였다
원나라 외직이었다 에라 만수

그 증손자 자춘
원이 고려 쌍성총관부 공격할 때
고려에 내응
그제야 고려 동북면 실권을 거머쥐었다 에라 만수

멀리 고조부 이안사의 핏줄 이어
마침내 이성계의 조선을 세웠다
피바람 불었다
그까짓 명분이야 실리가 다 빈잔 채워주지

설대위

미국 이름 데이비드 존 실
어지간하다
어지간하다

심은 나무가 큰 그늘 만들었다

한국에 와
10년
20년
장차 36년

전주 다가산 밑
전주예수병원 원장
어느 결핵환자 검은 피 토하고 쓰러졌을 때
그 환자 입에 대고
인공호흡으로 살려냈다
검은 피 빨아내어
죽어가는 생명의 숨 빨아내어

이 세상에서 거룩한 일은
첫번째로 주여 주여가 아니라 사람을 살려내는 일

박순경

이남덕 이효재와 함께
내설악의 산비탈에 이르렀음
검푸른 눈동자
순백의 눈자위
순백의 살결

말과 글은 어눌한 지난 시대이고
마음은 뒤늦은 자주노선을 잉태하였음

어차피 이 세상의 먼지와 티끌
덕지덕지 진흙 구덩이
그런 데서 먼지 하나 용납할 수 없거늘
슬픈 풍경이었음
지나가는 강원도 홍천 인제

하얀 싸리꽃 여기저기 피어
그것을 무어라고 이름짓지 않고 그저 스쳐갔음

비워둔 집
비워둔 연구실의 조직신학
그것은 누구의 시간이 되어 책 속에 잠자고 있음

불효자는 웁니다

화곡본동 엄씨 상가에
뒤늦게 장남 엄주팔이 나타났다
한밤중
술 잔뜩 취해서
「불효자는 웁니다」라는
옛날 유행가를 불러댔다

사람들이 차일 밑에서 수군댔다
형제들이 말렸다
말리다가
그 힘센 엄주팔의 손아귀에
멱살 잡혀 나가떨어져

예로부터 사람들에게는 효와 불효 있다
차라리 짐승들은 깨끗하다
날짐승
길짐승들은 깨끗하다
에미
애비가
새끼를 낳아 길러주면 그만

그 새끼 덕으로
그 새끼 효성으로 살지 않는다
그저 낳아서 길러주면

그것으로 끝난다

이 얼마나 깨끗한 무상(無償)인가

무릇 효를 강조해옴이 이윽고 충을 강조함이요
무릇 충을 강조해옴이
징그러운 독재 강조하는 시절이었으니

이우재

크리스찬아카데미 간사 좌장
농업 부문
농업경제 부문 파고들었다
70년대 농촌의 모순 파고들었다
가장 화려하지 않은 부문

일제시대 인정식(印貞植)이 맡은 부문

이우재
눈을 떠도 싱거운 듯
입을 열어
말 몇마디도 싱거운 듯

하지만 속으로 좁고 속으로 넓다

겉으로야 충청도 내포지방
어느 마을 이장쯤
전 이장쯤

허나 속으로 속으로 저만치 앞서 있다
토대론도 다 익어
반영론도 다 익어

한명숙 신인령 김세균 장상환 황한식 들과

우르르 서대문 감옥 여사 남사에 들어왔다
모진 고문으로 멍든 몸으로

이우재
어떤 일이든 한 가지 마치고
다음 일에 손댄다
자벌레 재며 가듯
그렇게 재며 감옥 초짜가
용케 내가 있는 방 찾았고 그러기 전 내 방 찾으려고 함부로 얼쩡거렸다

유영모

그의 모습 없는데 그의 얼은 있었다

함석헌은 나와 부르짖는데
한동안
조금쯤 데면데면할 때도 있던
그의 스승 유영모는 쑥 들어가고 아무도 없었다

그러나 있었다
여기
저기 그늘

'이어서 그리스도론'
'씨울'
동양 옛 생각의 합일론
결코 내가 예수를 이어서 예수의 자리에 서는 일

그는 없다
삼각산 보현봉 바람소리 어디에도

강희남

전북 김제 난산교회 목사
그의 한글 붓글씨는
기러기 날아간 뒤의 무딘 강물처럼
저만큼 길다
가로쓰기

그 가로쓰기 글씨를 세워놓으면
하얀 옥양목 두루마기 입은
그가 된다

강희남 목사

그러나 그는 진작 교회살림 모르쇠였다
전주 아니면
서울
혹은 감옥에 들어가는 날이 자꾸 불어났다

옥중 단식 45일로 살아나
그와 악수하면
그 손아귀 힘
이쪽 손이 아프다

장기 외통수의 사람
외통으로 막혀

그 막다른 데 꼼짝 않고 서 있다

오래된 엷은 간색 안경테 속의 눈길
기도와 적의가 한꺼번에
불 켜져
웃음도 영 서툴다

황한식

크리스찬아카데미사건 반대신문 진술 몇가지
처음에는 바닥에 앉혀놓고 주먹으로 패고 발길로 찼다
그런 다음 세워놓고 패고 찼다
얼굴이 퉁퉁 부어올랐고
입술 안에 피가 괴었다

그런 다음 침대 각목을
꿇어앉힌 뒤 끼워넣고 팼다
그런 다음 발가벗겨놓고 패고 차기 시작했다
두 시간쯤 지나서
'네 사상을 대라' 라는 신문이 있었다

나흘 동안의 고문
나흘 동안의 잠 안 재우는 고문 뒤
나는 얼이 빠져버렸다
나는 돌았다
술 취한 조사관은 다시
오금에 각목 끼워넣었다

'네 동지가 쓴 것 그대로 베껴라'
그런 다음
'똑같이 베끼면 되느냐
좀 다르게 써라'

'여기는 지하 1층이다
1층 아래
지하 2층에 가면
지구 위에서 아주 없어져버린다 너는'

천영초

70년대는 마구잡이 성장이 '위대한 성장'으로 치달았다
70년대 후기는
소위 극우보수 유신 제2기로 치달았다
그런 시대
공장에 들어간 여학생
먹물이라 했지
학필이라 했지
그런 대학생들이 하나둘
숨 콱 막히는 공장으로 들어갔다
차라리 감옥보다 더 험악한 공장으로 갔다 소위 위장취업이었다

경제학도 김근태가 들어갔고
미국에서 건너온 예일대 졸업생 김난원이
동일방직에 들어갔고
김영준도 울산 공장에 갔다

여학생 천영초
그도 공장으로 들어가
야간잔업의 공순이가 되었다

의식화라니
들어간 그들이 도리어
공장에서
새로운 의식으로 거듭났다

프레이리의 말
지식인은 현실을 배우고
민중은 이론을 배우는 교육의 현장인가 아닌가

하는 일마다 잘난 체 없이
입 다물고 있어도 방 안이 든든했다
뒷날 정문화의 아내가 되었던가

이호웅

문리대에서 월간 『형성』을 엮어냈지
인천 앞바다를
자유공원
매카서 동상 아래서 바라보며 자라나
그 매카서를 바라보는 세월

이호웅
그대도 70년대 저항으로
새로운 '형성'을 꿈꾸었지

너부데데한 얼굴의 안경알도
그다지 번쩍거리지 않게
얼굴 하나 움직이는 것도 무거웠지

늘 물었지 알고 있는 것도 물었지

그가 종합하는 것
물어서
듣는 대답과
그 자신의 것을 어떻게 아우르는 진테제인가
뚜렷한 아침에
빛을 잃은 가로등 불빛처럼 뚜렷할 때

화곡동 시인의 집 술상머리

처음 사귄 여대생과 만나 가시버시가 되었지
차린 출판사도
'혐성' 사였지

민종덕

전태일 이후
전태일의 어머니 이소선 여사 옆
혹은 그 뒤
전태일의 아우
전태삼의 옆
전순옥의 옆

항상 민종덕이 잠자코 서 있다

청계피복노조의 살림꾼
공장에서나
공장 밖에서나
그는 감시의 대상이면서
동시에 그 감시를 떨쳐야 하는 요령의 대상

서울 청계천 6가 7가
그 소외양간만한 공장에서
70년대 풀빵 몇개로
끼니를 때우거나
새벽에는 닭냄새 나는 생라면 씹어먹고 추운 길 나서야 했다

낡은 수동식 기계의 소음 가득한 곳
먼지 자욱한 곳
오로지 그것밖에 없는 청춘 죽이는 곳

거기서 나오면
세상은 긴급조치 9호의 찬바람에
휴지조각
그리고 비판 한마디 없는 신문지조각 날아다녔다

한신

군사쿠데타 뒤 카키복 그대로
군정 내무부장관 노릇

군으로 돌아갔다
모두들 돌아가지 않을 때 그는 큰 키로 돌아갔다

6군단장 장군 각하였으나
마누라가 찾아갈 때는
버스를 타고 오게 했다

사변 이래 군의 상층부는
거의 관행으로 되어버린 부정부패
그 가운데
한신
그리고 김익권 들이 부정을 사절

아직 철조망 치지 않은 휴전선 시대
그는 그 휴전선 언저리로 돌아갔다
지난날의 격전지인
조국의 산들은
휴전선 너머로 첩첩하고
그 남쪽으로 첩첩했다

군단 본부의 화단에 벌써 하얀 코스모스가 피었다

최권행

토우 아냐
철불 아냐
백제 미륵반가사유상의 젊음
최권행

너 어디 갔니?
불문학과에서
말로보다
차라리 쌩떽쥐뻬리의 아름다운 문체
그 순수한 문체에나 기울어지거라

네가 왜 바람찬 반독재투쟁이더냐

고대 그리스 남색에 걸맞게
고대 그리스 신화 속
어여쁜 소년
아니 위선자 지드의 남색 가르쏭
그러나 서울 광주 사이
너 어디 갔니?

어느 고등학생

학교 교실 안에는
태극기가 걸려 있다
국사선생의 질문에
잘 알고 있는 것도 대답하지 못하고
머리 숙인다

학교 마당에서는
한반 친구들과 저만치 떨어져
플라타너스 넓적한 잎사귀 어지러운
철봉대 셋 중
가장 낮은 철봉대 아래
한두 번 머리 든다

방과후 학교 정문 나와서
진짜 혼자였던가
그때에야 수줍음도 뭣도 없어진 얼굴
발로 길가 빈 깡통 번쩍 차낸다

이윽고 어느 골목에 접어들어
일주일에 한 번쯤
드나드는 단골집

놀랍도다 니나놋집
중년 갈보들이 대낮에도 젓가락 장단으로

술상머리 두들겨대는 니나놋집
거기 가서
청주 몇 주전자 마시기 시작한다

그런 날은 밤이 되어서야
비틀비틀
정신 바짝 차려
집으로 돌아간다
방과후 학교에서 남아 공부하고 오는 길이라고
머리 숙여 꾸며댄다

그 고등학생 김주길
여드름 따위도 필요없다
진작 속으로
일찍 여색 통달하고
세상만사 통달한 김주길

그런 줄도 모르는 할아버지야
아직도 수줍음 타는 손자더러
끌끌
저것이 어찌 저 모양인가 언제 사내구실 하겠는가
놋쇠 재떨이
땅! 땅! 쳤다

박희범

서울대 상대 경제학 교수였다
신촌에 입심 좋은 최호진이 있을 때
종암동에 그가 있었다
5·16군사쿠데타 이래
국가재건최고회의 의장 박정희 소장
경제 담당 고문이었다
그러나 실패였다 군인이 학자보다 영악했다
청빈의 지식인이
권력에 다가가는 것
그것이
얼마나 무모한 것인가를 보여준 나머지

70년대 내내
지난날의 종암동 상과대학 시절
멀리 떠내려가서

대학교수가 명예로운 학자로 끝나지 못하는 시대가 시작되었다

백작부인 이옥경

조선시대 여자는 이름이 없었다
홍씨 가문의 계집아이 하나가
고종의 입양조카가 된다
잘 익은 구기자열매 빛 입술

그 아이가 자라
일본으로 떠나는 특파대사 이지용의 마누라가 되어
경(卿)이라는 이름 달아 함께 갔다

남편 성 따라 이씨가 되었다
이경이었다
살결이 백옥이요
이빨이 설옥이라
이옥경이었다

일본 가서 1만엔을 뇌물로 받고
한일의정서
러일전쟁 공수동맹 체결하여
조선반도가 일본의 군사기지가 되어버렸다 겁 없는 부부였다

그 이래 용산 일대
1백15만평은
임진왜란 일본군 주둔 이래
언제나 외국군 군용지가 되고 말았다

끝내 나라가 넘어간 뒤
기생 산홍이까지도
비록 기생일지나
어찌 오적 대신의 첩이 되느냐고
소실살이 거절했건만

이옥경은
남편으로 모자라
일본공사관
하기와라
쿠니와께
하세가와와 사통

그녀의 집 하인들은 작대기로
그녀 사진의 음부 언저리 찍어대며
이 구멍은 왜놈의 구멍이라
왜놈들의 개구멍이라

『매천야록』 펼치다가
이 대목에
잠시 머물렀다

백영서

처음부터 지식인밖에 될 것이 없었다
고등학생 때부터
지식인의 시작이었다
이런 학생이 곱게 곱게 나선 것

장차 정치가가 되기 위해서
정치를 위한 정치
장차 장관이 되기 위해서
차관이 되기 위해서 나선 것 아니라

끝까지 하얀 얼굴과 햐얀 손
지식인의 외형과 내재이기 위해서

현실이 양산하는
비리
불의
기만을
과거의 것으로 탐구하는 것
너무 긴 악장 속의
안타까운 화음이고저

그 형광등 불빛 같은 굴곡 없는 밝음

성남옥

70년대 10여년 동안
서울 종로 5가
기독교회관
거기 KNCC 인권위 작은 사무실
언제나 어여쁘고 속 깊은 아가씨 있다

인천에서 출근하는지
신촌 어디에서 출근하는지
알 필요 없었지

날마다 소음 구더기
사람의 농성 구더기
기관원 구더기

날마다 간밤 누가 끌려가고
누가 갇히고
누가 죽어간다는 소식 구더기

그런 구더기 사무에 골똘한 아가씨 있다
대학 학부 나온 뒤
거기에 들어와서

기도회 때는
강론하는 사람

소리치는 사람 사진 찍은 뒤
조심스레 물러가는 아가씨 있다

말 한마디도 벽장 속에 두었다가 나오는지
저문 미소 뒤 짤막
어떤 사람 틀니 빼낸 얼굴 보아도 찡그리지 않았다

안성렬

놀란 짐승의 눈인가 똥그랗다 착하디착하다
놀랐다가 가라앉은
착한 짐승의 눈인가
아무리 뒤져도 뒤져낼 악의가 없는 눈인가
그런 눈으로
서울 청진동에 있다가 화곡동에 와 있다가

영등포 여공들의 수고 많은 짐 지고자
원풍모방
상고사
동일방직 사건들의 대책을
뒤에서 밀어올린다

해직기자지만 해직기자로 연연하지 않고
노동운동에 쏟아부은
그의 정성이
그의 뒷모습을 만든다

없는 일도 만들어내는 사람
하얀 얼굴에
어쩌다 분꽃 피어나
중국 황하 하류의 새해 아낙 같기도
아니 몽골 미녀 같기도
몽골 풀밭 같기도

박한상

신민당 사무총장
굵은 선 없는 말짱한 얼굴에다가
구레나룻 하나 처하일품 아니던가

영등포 지구당 단단히 다져놓아
그의 국회의원 선거에는 불안이 없다
그러나 그는
영등포 국회의원이기보다
종로 국회의원이 알맞다

머리 벗어져
태평로 국회의사당
여의도 국회의사당 상임위 방 말고
정동 법원 변호인석에 자주 앉아
주자 위에
맹자였다

그러다가 YH사건 치르고 나
그의 검은 변호사 가방 속에는
수많은 주신문 반대신문의 말
그리고 시대 내달리는 말들이 가득했다

술 몇잔 깨끗하게 마시고 일찍 일어난다

김진홍

70년대는 실로 여러 사람의 뜻이 솟아나왔다
여기 한 사람의 뜻
가는 겨울 둑새풀처럼 쑥처럼
청계천에서
남한산성에서
서해안 가까이 어디에서
작은 집 뚝딱뚝딱 지어올려
거기 십자가 달고
밤에는 십자가 네온싸인도 없었다

가난한 사람들 불러들이고
가난한 사람들 모여들어
서로 울짱이 되어

가난이 죽음이 아니라 삶임을
가난이 사랑임을 일구어내는
젊은 목사 부부

김진홍 부부

여름의 파리하고 하루를 보내고 나면
여름밤 모기하고 하룻밤 보내야 했지
그래도 가난에는
겨울보다 여름이 낫지

활빈교회 그 가난공동체의 길밖에는
다른 길 없었지
70년대 변두리 인생 우리들의 내면풍경이었지

서임수

진한 눈 귀 코 혀 몸의 사람
키 6척이 넘어 껑충
그가 사는 집의 처마를 높여야 한다
소설가 강신재의 남편으로 그치지 않고
그 자신이 수필가였다
『장미도 먹을 여인』이라는
기이한 제목의 수필집

신문사 주필
교수
국회의원
대학 학장
국영기업체 사장
그리고 한때 명동 사보이호텔 언저리 플레이보이로 드나들었다

어느 분야에도 천직이 없었던지
그때
그때마다 덥석 의자에 앉아
한동안 늠름한 간판이었다

시대의 삶을 힘들이지 않고 산 남자
새삼 얼치기 고뇌에 빠지거나
먼 미래 따위 꿈꾸거나
아니면

누구의 충복이거나 하지도 않는
그런 사람
그 일생은 하나의 전공이 없어도 좋을 빈 기(旗) 게양대인가

이위종

뻬쩨르부르끄의
러시아 주재공사 이범진의 아들
젊은 이위종

아버지 아래 참사관으로
러시아어
독일어
프랑스어 술술 나왔다

그가 나라 기울어진 뒤
블라지보스또끄에 와 있는 이상설과
고종의 밀사 이준과
씨베리아 횡단
국운의 길 갔다

헤이그 만국평화회의 현장
그들은 회의장에는 막혔으나
이위종의 프랑스말은
여러 나라 기자들의 놀라움이 되었다

회의장의 국제공용어는 프랑스어
젊은 이위종의 콧수염과 연미복은 세련되었다

똑같은 유창한 프랑스어 둘

하나는 지난날 김옥균의 자객이 되고
하나는 빼앗긴 나라의 정신으로 불타올랐다

서경원

가톨릭농민회 호남지구 연합회장
가톨릭농민회의 한 대명사
전국의 뜻있는 농민들 모이는 곳에
서경원의 긴 갈색 얼굴
말 같은 얼굴
칼날 번뜩이는 눈빛 있다

볍씨 하나
고구마 종자 하나
그냥 한해를 눈감고 보내지 않고
세월 따위도
까다롭게 가로막고 따져보았다

몇천년의 농촌에서
농사꾼 하나둘 떠나는 시절
그는 뻐꾸기만 울어대는 삼거리 맨주먹으로 죽창으로 서서
도시의 권력 앞에 맞섰다
질끈 머릿수건 동여맸다

신인령

크리스찬아카데미 지식인 가운데
변혁 혹은 비판의 여성 하나 서있다
그의 법학은
이론의 범주를 넘어섰다

노래 부를 때
말할 때
막 붓으로 그려낸 눈꼬리 굽이친다

상황을 보는 그 눈 서늘하였다
시대를 사는 가슴속 감정 활활 불타올랐다
그런 것으로 꽃이 되어 피었다 진다

꽃 다음에 싱그러운 신록
그 지식인 가운데
꼭 있어야 할 이데올로기 프리마돈나

가령 이태영 이효재와는
또 다른 다음 시대의 감각으로
어느덧
그것으로 70년대를 다 보내며 불 꺼진 방의 미결수가 되었다

이양구

오리온 회장
하늘의 오리온 별들 우러렀던가
오리온제과로 시작해서
몇개의 오리온 회사를 거느린 회장
체중 1백 킬로 이상
일본 씨름선수와 한판 결의형제인 양

그 커다란 육체
그 무거운 육체
줄담배로 체중을 견디고 있었다

어린 시절
자전거 타고
한 손으로 핸들 잡고
한 손 치켜들어
짜장면 그릇 열 개도 포개어 날랐다

그런 두 손으로
하나씩
하나씩 차지

산줄기에 서린 기운도 짐작하는 재벌이 되었다
자유당
공화당 시절

아주 조심스레

그의 청평호 별장에는
김종필의 유화 한 점이 걸려
일년에 한두 번 건너가는 주인을 맞는다
주인이야 그림 따위 쳐다보지 않고

이글이글 타는 의안 같은 큰 눈
쩌렁쩌렁 울리는 큰 소리
그 물속에서 잉어들 붕어들 달아난다

튜브 낀 채
첨벙!
물속에 뛰어든다
무거운 체중
나는 정치는 몰라요 몰라
용케도 아주아주 가라앉지 않는다

김영준

누군가가 알뜰살뜰한 사윗감을 놓쳤다
창백한 얼굴
얌전하디얌전한 얼굴
목소리 하나
얼굴에 걸맞지 않게
굴속을 지나 방금 밖으로 나온 듯
굵은 반울림이었다

무슨 일 일어나지 않아도
무슨 일이 일어난 듯

민청학련사건 이래
그 몇백명의 학생들과
몇십명의 교수와 지식인들 함께 엮어버린 사건 이래

그는 복판을 떠나
얼핏 가장자리에 있다 없다
한 달에 한 번쯤
여자의 어김없는 월경인 양 꼭 찾아왔다

적막한 술잔 오고 가다가
오지 않았다

동해 포항으로 가서 포항제철 공장에 스며들었다

그러다가 그리움이 망각으로 변할 무렵이면
깊은 밤 문 두들겨 찾아왔다
적막한 술잔

그뒤로 그는 사람들 피해
겨울 개펄 언저리에서 생각과 노동으로 몸을 숨겼다

김형

서울 YWCA 총무
한완상의 부인
부인에 앞서
동지인가
때로는 두령인가

검은 눈동자 호수에서 건져올린 보석이야
비싼지 싼지 모르나
뜻밖에 긴장 가운데서도
유리창이 까르르까르르 깨어질 것 같은
그 호수 전체의 웃음소리

그 정연한 토로
그 걸쭉한 육담
그런 것이 70년대 여성운동의 한 예술이었다

미적지근한 것
투미한 것 저리 가
그래서 이론보다 현장이 그의 바람찬 춤판이었다

군부대신 이근택

구레나룻 부드러웠다
훤한 대머리
송장 하나 묻어버린 석양머리 같았다
휘장 두르고
훈장 달아 눈에 번쩍
대한제국 군부대신 이근택

지난날 임오군란 때
민비가 궁녀로 가장
멀리 충주까지 달아났다

시아버지 대원군은 중전 승하 서둘러 발표했다

그런데 떠꺼머리 이근택
충주에서
날마다
동해안까지 달려가 싱싱한 생선 지극정성으로 구해다
그 첩첩산중 넘어 갖다바치니

장차 민비 환궁하자
당장 지방관
궁내부 무관으로 발탁
그뒤로도 민비가 일본 낭인패에 살해된 뒤
그 민비의 허리띠

일본인 상점에서 찾아냈다
그 허리띠 사다가
고종에게 바치니

이번에는 황제의 신임을 얻어
황실의 경호실세
친로파였다가
친일파로 바꿔
일본군 하세가와와 의형제 맺고
이또오 히로부미의 양자가 되었다

이런 이근택의 고대광실
한 노비 속다짐
내가 사람의 종년은 돼도
개의 종년은 될 수 없다 외치고
뛰쳐나왔다
다른 종들도 뛰쳐나왔다

이 충주 산골의 천자문 겨우 뗀 사람이 누구뇨
2천만 민족의 대역 제2호 아니뇨

정진동과 더불어

아주 깨끗한 풋나물
개울물에
세 번이나 씻어낸 풋나물 같은 아가씨
그런 아가씨가
학교 중퇴한 뒤
청주 도시산업선교회
그 썰렁한 방에 들어와 앉아
한층 더 조용하다

심심하기로는
오래 아껴둔 메밀묵 같은
식은 순두부 같은 목사 돕는 일이야
벼랑 너머 끝없다

끝없는 날의 봉사로 보내는 하루하루
그 깨끗한 풋나물 얼굴에
이른 아침 새소리 같은
주근깨가 하나둘 생겨나 따뜻하다

진정서 쓰고
항의서 쓰고
성명서 등사하고
합의서 만들고

여기저기 다녀와야 하고
털털털 먼짓길 장거리버스 타고 다녀와야 하고
어느새 화장 한번 해본 적 없는 얼굴
그 얼굴의 젊음 다 바쳐
그 웃음은 천년 전 그대로이다

그 이름 알 필요 없다

양홍

신부 양홍
믿음직한 가을걷이 뒤 뜨물 가득히 흐린 날
정의구현사제단
반유신의 사람들은
으스스
서리맞은 배추처럼 푸르렀다

세상 쉽게 초월하지 말아라
세상 가운데서
순한 짐승이
사나운 짐승 되어 컹컹 짖는 법이 있다

그런 밤
사제관의 방구석에
독한 술 한 병 들어와 있다
마시면
그 술의 정직에 이어
온몸에 퍼지는
그 양보할 수 없는 취기
그것도 내일의 힘이 되기 위하여

신부 양홍
저 아래로 가라앉은 신앙이
떠오르는 저항으로 취하는 밤이 있다

권근술

신문로 뒷골목에 출판사를 차렸다
청출어람
청람

그것이 출판사 이름이었다
도무지 그 거창한 몸집에 어울리지 않았다
좀더 큰 일
좀더 굵직한 일
아니면
좀더 먼 데까지 차지해야 할 포부가

서너 평짜리 방 한칸
돌아앉았다가
한번 일어난다
잔글씨 교정 보다가

두꺼운 손바닥이 어둠이었고 신뢰였다

동아 해직기자 이래
속으로 활활 타오르는 것 있어도
꾹 참아
아무것도 내보이지 않고 웃는다
누런 이빨 가지런히
그러나 그 눈웃음은 웃음이 아니었다

손창섭

나오지 않아야 할 소설가를 위해서
그가 소설가로 나온 것
손창섭
결코 이미지가 서린 얼굴이 아니었다
얽은 듯한
무정한 얼굴이므로 표정이라고는 아예 없이
누구나 몰라보아라
긴 고난주간을 지낸 것처럼
그에게는 햇빛이 없었다

1950년대 전후문학의 숙직실
그에게는 폐허 명동의 술도 노래도
날마다 건달 아니면 거지 같은 예술도 없었다
있는 것은
오직 현실의 한 단층
내일이 없는
비 오는 날
잉여로서의 존재
폐허의 사람은 폐허였다

어디서 사는지 모른다
그의 얼굴은
다시 한번 안경 쓴 무뚝뚝한 얼굴
어디서 어디로 다 가도록 몰라보아라

그의 목소리는
낡은 첼로의 최저음

그의 아내가 일본여자라는 것밖에는
아무도 본 적 없다
70년대 초
그가 일본으로 떠나버렸다
일본으로의 통속적 귀화

그 음울한 습진투성이 문학의 중단은 무엇인가

대전역 보선원 임씨

안나 까레리나의 철로가 아님

대전역 구내
몇백 갈래의 철로들
이 세상에 갈 곳이 많았다는 것을 슬프도록 알려준다
디젤기관차 시대에도
슬픔은 있다

몇백 갈래의 철로 가운데서
떠나는 열차는
하나의 철로를 따라
목포로
부산으로
서울로 간다

그렇게 열차가 떠나고 들어오지만
쌩! 하며 내달리는 기차 세찬 바람에
기우뚱 넘어지지 않는 사람 있다
대전역 보선원 임씨

어제 동료 심씨가 열차에 치인 뒤
그 시체조차
너덜너덜 흩어졌다
가난한 장례는 슬픔보다 무서움이었다

장례 뒤 겨울 간 봄의 철로
땅이 녹으며
약해진 지반 찾아내야 한다

아직 추위가 남아
얇은 작업복 속 말라깽이 몸이 가엾다

철로 여기저기 땅! 땅! 쳐 귀기울이며

창신동 노파

창신동 빈민굴 꼭대기
거기 날마다 태극기가 휘날리고 있었다
바람 없는 날은
휘날리지 않고 조용히 처져 있었다

그 국기게양대 아래로
미끄러지지 않게
조심조심 내려가면

벌써 판잣집 게딱지 골목이다
그 게딱지집 방 한칸
석면으로 추위를 막고
하루 내내 우두커니 앉아 있는 노파

눈 귀 코 입 그런 것이 무엇이란 말인가

아들이 있었는지
며느리가 있다가 달아났는지
어린 손자가 있었는지
아니 먼 피붙이 일가붙이가 있었는지
그의 입으로는 들을 수 없다

저 아래 라디오가게에서
커다란 노랫소리 올라온다

하루 내내 아무런 말 아무런 일 없는 삶이었다
그 노파의 이름은 박금이
그러나 그 이름도
누가 임시로 붙여주었다

수많은 이야기와 노래
그리고 노래가 되기 전의 노래의 씨들이 있다
그 노파 있으나마나

말씨로 보아 충남인지 전북인지
하기야 강 하나
두 지방을 흘러가므로

고흥의 한 영감

자네는 물에 넣어도 녹지 않을 사람
불에 넣어도 타지 않을 사람

그런 말을 하는 정처없는 떠돌이 지아비 앞에서
그렇게 단호하게
집안을 지켜

지아비 돌아올 때마다
밴 씨앗 태어나
4년 터울
7년 터울
5년 터울의 사형제 잘 길러낸 뒤
다시 3년 만에 돌아온 지아비
단호히 물리치며

이제 당신은 이 집 사람도 귀신도 아니니
썩 물러가시오 쒜쒜

할 수 없이 오던 길로 돌아선
그 늙은 지아비

아들들 가운데 누구도 어머니의 뜻에 따라
그런 아버지를 붙들어오지 않았다

개가 짖어대며 저만치 따라갔다
아들들의 어머니
집 뒤란으로 가 실컷 울었다

오대영

머리숱 성깃성깃 엷은 갈색이었다
잔바람이라도 불면
휘히 머리 속 드러나다
그런 머리 밑
이마도 마치 숨어 있는 듯

오직 하나 따뜻한 눈길이 보배였다
오랜만에
낯선 거리에서 만난
고향사람
이름 잊어버린 고향사람

종로 5가 기독교회관
명동의 어느 강당
부지런한 일선 공무원처럼 먼저 와 있다
스스로 말단의 임무 지니고

저 불광동 조촐한 집에서 새벽같이 나와
아내와 아이들이야말로
선(善)이지
어디 선이 맹자의 혓바닥 위에 있나
그런 가족 없는 듯
아무런 집착 모르고
가파로운 저항의 길에 나와 있다

비 오는 날 우산도 남에게 건네주고
비 맞으며

권오헌

연단 밑에 있었다
행렬 뒤에 있었다
그러나 그런 곳에 빠진 적 없었다
가장 낯익은 얼굴이었다

먼저 고개 깊숙이 숙여 반가워하고
흩어진 뒤
혼자 천천히
찬바람 속에 나선다
바람에 굴러가는 삐라조각 따위 데리고

하도 오래되어
안경이 자꾸 콧등 아래 내려와 걸려 있다
자그마한 얼굴 오종종히
작은 눈동자가 알맞을 터이지

그런데 그 몸속의 의식은
속으로 치달아
목젖 들어올렸다
아무도 박수치지 않는
그런 남민전사건으로 감옥에 들어가도

누가 들어간 줄이나 알았나
없는 듯이 있는 그의 먼동 튼 그림자 하나

박영록

제2공화국 민선 지사
강원도 지사
말은
언제라도 웅변대회였다
다방에서도
술자리에서도
수군수군 비공식 모임에서도
물론 집회에서도
웅변조의 일장연설이 그였다

먼 데 턱없이 쳐다본다
오래된 애국충정 곁들여
서베를린에 가서
손기정 기념비 속의 '일본'을 끌로 파냈다

그 제2공화국 이래
내내 야당 노릇으로
어쩌다 국회의원
어쩌다 그저 원외 정치인

할말 많이 품고 있는
그 혈기
유신시대에는 술 한잔 마시면
바로 붉어지는 얼굴

이이화

어느 대학 학부 따위
대학원 따위
나는 모른다

이런 나는 누구냐
경부선 황간역 지나
그 어드메쯤 태어나

충남 공주에서도
전남 광주에서도 자라는 동안
집안의 한학 온몸에 담아
그것을 새로 되새기는구나

나는 조선 오백년의 역사 진행을 보았다
정치사만이 아니라
궁중비사만이 아니라
백성들의 삶과
양반들과
백성 사이의 삶을 보았다

긴 밤 화롯불 식었다
옛이야기로서의 역사
아니 서사담론으로서의 역사가
나의 역사였다

지리산 뱀사골 밤
술 취하면
거친 술판 힘도 질기고
입도 질기다

나는 누구냐

아래의 이빨 가지런히
먼저 훌렁 벗어진 머리가 섬뜩하고
그 뒤에 이빨이 섬뜩하다

내 이름이나 알아두게나
이이화라

조승혁

부은 듯한 얼굴
오랜 병을
오래 견디고 있는 듯
조승혁
그 부은 듯한 얼굴
잔주름 피어

바람의 시대에 서 있다

1960년대 초
이승훈 조문걸 들과 함께
공장에 들어가
노동의 나날 겪어내면서
그의 신앙을 전하고
그의 동료들을 보살폈다

그 이래 그는 교회 밖에서
사회와 공장을 섬기며
산업선교의 사람이 되었다

수도권 도시산업선교회의 실체로
그의 일생을 삼았다

액션! 액션!

그 활동이란 말의 힘
교회의 제도와 전통에서 벗어나
세상에서
세상의 생산현장에서
한구석의 꺼진 불 켜
문제를 찾았다

일하는 곳
일하는 사람의 피땀을
교회로 삼았다

그의 두꺼운 손바닥
악수와 노동에 맞다
그리고 어느날 벽을 무너뜨리기에 맞다

박광서

호젓이 젖은 성냥처럼 불빛을 내지 않으며
헤겔철학에 다가갔던가
사람이야 순하디순한
데릴사위 같기도
다친 짐승 같기도 하며 그냥 얌전인지라

난데없이 이 나라 분단을 갈아엎을 쟁기가 되어
가래가 되어
그의 의식 밑창에는
아직 한번도 휩쓸리지 않은 질풍노도가 숨겨져 있다

사람을 섬긴다
뜻을 섬긴다
술자리의 술 취한 동료도 지극히 섬긴다
누이의 뜻이라면
오라비 앞서 가도록 가만히 놓아둔다
그림 속의 사람
현실 속의 사람인가

그런데 그는
역사 속의 어떤 사람으로 방금 사라지기도 한다
옛날의 현 없는 금(琴)이
사람으로 태어났는가

그의 말 한마디는 들릴 듯 말 듯
오직 가슴속의 의식
전위 이외에는 싸잡아 내버린 뒤
그가 호젓이 있다

은명기

1972년 여름 7·4남북공동성명의 잔치가
그해 10월 17일 비상계엄령으로 끝장나버려
여전히 분단뿐
분단의 강화뿐
그것이 10월유신
박정희 총통제가 시작되었다
그해 12월

그런 시절 전주 남문교회
나이 이슥한 목사 은명기
그해 12월 상툿바람 체포되었다

처음에는 그가 나선 적 없다
경찰국장이 찾아오고
분실장이 찾아오고
도지사가 찾아왔건만
다만 그는 그들의 청 거절했을 뿐

그러다가 나라와 민족을 위한 철야기도
그 철야기도 방해에 대한
철야농성으로
그 농성중에 체포되었다
계엄령 해제 직전 계엄령 위반으로

그로부터 그의 이름은 긴 유신체제 1기 2기
늙어가는 목사의 뜻
긴 낮과 밤의 하늘 높이 비행운으로
하늘이 아니라 땅 위의 비행운으로

김덕생

조선 태종 연간 명사수 김덕생
경복궁 친위호군이었다

인왕산 호랑이가
어쩌자고 경복궁 담을 넘었다

김덕생이 대번에 쏘아죽였다
왕의 침전에 달려들기 직전

그러나 조정은
임금을 구한 것이 아니라
임금을 향해
활을 당겼다는 대역부도로 처형했다

호랑이가
새끼를 젖 떼고
먹이 잡는 일을 가르칠 때는
왕이나 뭐나
마구 잡아먹는 것을 보여준다
이런 때의 호랑이가 가장 사납다 거리반나다

최정순

결코 이대 입구 의상실 따위 드나드는 처녀 아니다
대학 졸업 뒤
그 투박한 몸 하나로
역경을 헤쳐나가는 처녀

고문당한 젊은이
정신 들어갔다 나갔다 하는
그 비범한 젊은이 이을호
그를 지극히 남편으로 섬겨

그 남편의 철학을 세상에 알리는 한 처녀
이제 떳떳한 아낙으로
이 출판사
저 출판사 떠돌며
한번도 짜증내지 않고
남편과 아이들의 가족을 쌓아았다

한번 작정하면 그대로인 사람
착실한 것
억척인 것

이을호

고문으로 머리와 마음 다쳐
갇혀 있거나
갇혀 있다 나온 뒤거나
제정신 못 갖춘다

정신신경 치료조차 포기하고
혼자 산골에 처박혀 있어야 했다

알아들을 수 없는 말
종잡을 수 없는 말
그리고
한밤중의 돌발행위

빼어난 머리인데
그만 시대의 야만에 다쳐버려
정상으로 돌아오는 날
다음해
다음해 어느 날일까

왕버들눈 탐스러운 봄기운에도
그의 철학이 뱉는 말은
영 야릇하고 둥싯거리고

나는 이제 내가 아니다 나는 누구?

박지동

아침부터 무뚝뚝
게 따위한테
바닷가 게 따위한테 물려도
그냥 무뚝뚝

화창한 날
방금 한바탕 싸우고 난 듯
멱살 쥐었다 놓아버린 듯
숨 거칠도록 무뚝뚝

그의 걸음걸이는 발바닥에 발굽이 달렸으나
그런 그가 신문사 쫓겨난 이래
백열구 불빛 아래
학문 쪽으로 푹 기울어질 줄이야
무거운 병 앓다가 일어나
그가 그인 줄 모를 만큼 학문 쪽으로 기울어질 줄이야

소가 차츰 논밭을 가는 짐승이 아니라
쇠고기가 되는 시대
그의 소는 아직 밭을 갈고
이랴이랴
그는 소 뒤에서 학문을 갈았더니라

구두 뒤축 한쪽이 팍 닳아서

기우뚱거리는 거리가
그가 머무는 도시

금호동 김씨

어깨 없다
어깨 없이 앉아 있다
금호동 바위등성이 위

막 세워진 강 건너 압구정동 아파트를 바라본다

헛소리가 그의 일이었다
저물자마자
강 건너 아파트 불빛들 하나둘 찬란허황

그런 아파트 불빛 바라본다

일어서려 했다가
다리가 뻣뻣해져 다시 앉아야 한다
피도
눈물도 없는 바위등성이 위

늦은 철 모깃소리 앵
그러나 피 빨아먹을 대상도 아니거니와
피 빨아먹을 힘도 없어
피차
금호동 김씨나 모기나 마찬가지 신세

그런데

그런 김씨 아들이사
금호동 일대 어깨라
좀도둑 따위 혼내주는 소년장사라
아버지와는 아무런 상관 없이

이경배

부지런함과 바쁜 것 하나
70년대 후반
키 나지막한 사람
종로 5가
인권위 총무 이경배 그 사람

그 사람의 옷 속 희로애락 따위 통 내보이지 않으면서
서울 시내 경찰서 정보과 찾아다니고
중앙정보부 정문 앞에 가 으레 서 있어야 한다

정작 인권위 사무실 그의 책상이야
다른 구속자 가족 농성으로
방구석에 처박혀 있었다

끌려간 사람
잡혀간 사람
고문당해 너덜거리는 사람
그 사람들 이름 하나 하나 하나 뜨르르 외우고 있는 오늘내일

예종

조선의 왕 1년을 지내고 세상을 떠났다
그동안 젊은 무장 남이가
처형당한 일 하나
세조시대의 *끄트머리*
괜히 맡아

이에 앞서
그의 사촌형 어린 단종은
왕이 되자마자
숙부에게 권력을 넘기고 그것으로 모자라
목졸려 죽어야 했다

역대 조선왕권은 이런 수작들이 쌓여서 5백년

이종욱

산양인가 하면 아니다
옛 연금술사의 도제인가 하면 아니다
막 시를 쓰기 시작했다
기자 노릇 그만둔 뒤

팔레스타인 시인들의 시 번역하고
라틴아메리카
아프리카 시 번역했다

제3세계 문학으로 향한 그의 고즈넉한 눈

술자리에서
차츰 술꾼들의 소리 높아지는데
그는 처음 그대로였다

어쩌다가 웃을 일도 아닌데 싱긋 웃어 보이고
배꼽을 잡고 웃을 일과
비분강개로 술상머리 내리칠 일과 떨어져
그는 가만히 처음 그대로였다

그렇다고 신선인가 하면 아니다
어디까지나
그는 구름 쓸어낸 하늘의 한쪽
안개 걷힌 바다 복판의 파도 골짜기였다

음력 정월 명동성당 앞길

오고 가는 사람
총총하다
총총하다

『토정비결』 펴놓은 영감과
그 비결 위에 놓은 돋보기 안경만이 한가롭다

죽은 나무에 꽃이 피는 격이라
보름달이
구름 속에서 나오는 격이라

시어머니 자물쇠 광 속의 쌀 뒤주라

그런 괘 비결책 속에서 한가롭다

오고 가는 사람
총총하다
총총하다
성당의 종소리
총총하다

욕쟁이 아저씨

남산 남쪽 기슭
해방 직후
해방촌이었던 곳

가파로운 골목
굽이굽이
한번 접어들면
나올 수 없는 골목
지붕이
사람 키 나란히
거기 평안도 영감 욕쟁이 뻣뻣한 백발 상고머리 오르내리며
날마다 큰 목청 욕이 납신다
니기미⋯⋯
니기미⋯⋯
야 이 쌍⋯⋯ 쌍⋯⋯

1978년 3월 1일 3·1절
상고머리 숱 뻣뻣한 그 욕쟁이 욕이 들리지 않았다

3·1절 기념으로 그날 아침 세상 떠났다

조정하

박형규 목사의 아내 겸 동지
아들 종렬의 어머니 겸 동지
한번 웃으면
철사로 맨 금간 항아리 하나 기어이 깨어진다

지난날
한 청년이 연애편지를 보냈다
그것을 뒷간에 가 뜯어본 뒤
가슴속 방망이질로
온몸 달아올랐다

누가 알까
누가 알까봐
그것 무서워
그 편지 짝짝 찢어
뒷간에 다 뿌려버렸다
뒷간 똥파리들 놀라 빠르게 달아났다

뒷간 나와서도 가슴 쿵쾅거렸다
바로 그 편지 보낸 청년이
기어이 남편이 되었다
바로 신학교 나온 목사가 아니라
이 대학
저 대학

이 일 저 일 하다가
동경 매카서사령부 통역도 하다가
목사가 되어

가장 먼저 현실에 참여한 목사였다
그런 목사와 나란히 걸어가는 날
이제는 가슴 쿵쾅거리지 않는다 실컷 좋아 함박웃음 짖는다

원택

연세대 졸업장 따위 집에 두었던가
까다로운 스승 찾아가
삭발한 뒤

너나 실컷 둥글어라
둥근 물이거라

연꽃이라도 필 터이면 피어보거라
성철 선방 시봉 원택 비구
겉으로 적적하기는 비구니이고
속으로 휑뎅그렁하기는 정녕 비구일세
오직 한 길에 딱 맞아떨어져

옛것이 새로워라

성철

가야산 환적대 밑
숨찬 백련암

성철 결가부좌
하루 오고
하루 오고

화두 있던가 없던가 상(相) 없던가 억!

김사형

1396년 조선 태조 5년 조선 함대
현해탄 건넜다
일본 대마도
이끼섬을 공격
김사형의 세 폭짜리 돛배전함 몇척이었다

이것이 국토 밖으로 나가본 일
저 대륙과 반도
아우르던 고구려 이래

이끼섬은
일본 수군과 해적과 어부의 전진기지
수없는 왜구에 의해
조선 국토 깊숙이 싸움터 되어온 이래
앞으로 더 큰 싸움터 되기에 이르기까지 팽창기지 자위기지

거기에 과감한 김사형 들이닥쳐
관운장 수염
관운장 호령으로 밀어붙여 올랐다

그런 뒤 세종 2년
이종무가 대마도를 한번 정벌
일본 사신이 와 빌었다

만약 대마도 점령 그대로였다면

현해탄의 어제오늘 어정쩡한 공해(公海)가 아닐 터이지 영해일 테지

성종

조선 오백년의 임금 중 몇십명 성종이시라
어린 시절
수렴청정 때문이던가
그 수렴청정 발 걷은 뒤로도
미행을 즐겼다

혼자 미복 입고
임금 노릇 버려두고
임금과 조정 따위 예교 버리고
보통 날라리 선비로 변장

밤거리 여기저기
저녁 무렵
이 골목 저 골목 거닐 때가 좋아라

그렇다 해서 그의 정치 사뭇 멋진 정치도 아니어라
그저 궁 안의 궁녀놀이
그저 궁 밖의 미행놀이

까치 암수가 위아래로 날면서
그 소리로
새끼를 낳는다 함도
그가 미행으로 안 일 그따위 일

어느날 밤 벌거숭이 부부가 나무 오르내리며
북쪽 나무 까치집
남쪽 나무로 옮겼다
그래야 이번에는 과거에 급제한다고

허허 딱하기도 함이렷다 장원은 아니더라도

그 광경 엿보고 입궐하신 뒤
장원은 아니더라도
급제 방(榜) 끄트머리
까치집 서방 이름 석 자 분명하여라

이직형

70년대 중반 성날 대로 성난 박정권 탄압
거기 듬직한 장남 같은 사람
믿음직한 매부 같은 사람
내일모레
세대주 같은 사람

뿌연 뜨물 흐린 하늘 아래
어느 한가지 일에도
호락호락 넘어가지 않고 눈 번쩍 뜬 사람

속을 내보이지 않아
물고문에도
잘 기절하지 않는 사람

그런 이직형
초대 한국기독학생회총연맹 학사단 담당
그 전국 대학생 조직
그런가 하면
도시산업선교회
그런가 하면 인권위 사무국장

어느덧 군사정권에는 탱크가 된 사람
간다
이직형의 캐터필러 땅 흔들며 굴러간다

박종만

잘 보이지 않는다
법과대학 다녔으나
저만치
농과대학 다닌 듯하다

잘 보이지 않는다
그러나 무섭도록
견고한 목각 속의 신념

그가 익힌 실정법보다
자연법이지만
그것조차도
그에게는 다시 실정법의 규범일 따름

말소리도 크지 않다 잘 들리지 않는다
큰소리
허황된 소리도 있으련만
그런 소리 하나도 없는 궁한 얼굴
실전보다 작전이 필요할 때
그가 없는 듯
슬며시 문 열고 들어와 있다

최민석

방 안에는
박정희는 빨갱이
이승만은 나쁜 놈
김일성은 나쁜 놈
이런 낙서로 벽을 메웠다

최민석

6·25사변 전 행복한 소년이었다
6·25사변
중학교 4학년
학도병이 되었다

유엔군 통역장교
총 한번 쏘지 않고
총 쏘는 전선에서 머리가 돌았다

제대 뒤 머리 더 돌아
숲으로 가서
냇가로 가서
해가 진 뒤에야 돌아왔다

공무원되었다가 곧 그만두었다
남편 되었다가 곧 그만두었다

이혼한 뒤 딸 하나 남았다

오늘 먹을 것 이상은 벌지 말라 어쩌구
그래서 그는 새벽에 나가
하루의 양식거리만 벌고
나머지는 술

끝내 집 나가 소식 없다
그러다가 다시 돌아와
청량리시장
지게벌이로
하루만의 양식 벌었다

삼층집 옥상 방 한칸 만들어
거기 살다가
어느날 술 취해서
추락사였다

최민화의 이복형 최민석
허여멀쑥한 사람
통역관의 영어
다 잊어버린 지게꾼
망우리 묘지에 묻혀 있었다
세월 좀 지나 그 무덤 어디인지 찾다 말았다

임중빈

꺼칠한 상고머리 쭈뼛쭈뼛 놀라
위쪽으로 솟아 있다
바람 치면
후딱 넘어질 듯 키 후들후들

일찍부터 인물의 관심이 깊어
날래 문고판 인물평전 내고 또 냈다

조선 세조조 한명회 19대손이
한용운이라고 말하기 전
유난스러이
근세 인물과
현대 인물 뒤져냈다

잡지 『다리』지에
사회참여를 통한 학생운동
1968년 빠리 5월혁명
미국 뉴레프트
중국의 문화혁명
그런 것이 함부로 인용되었다

공소장에 쓰기 좋아라

아마도 김대중 자서전 집필 손대다가

덜렁 붙잡혀 갇혀버렸던가
반공법 5년 구형

혁명이란 곧 공산주의라는 그 맹목의 시절
거기에 우화 하나

문병란

그가 걸어가면 쇳가루가 날린다
무쇠의 풍화인가
그가 머뭇거리면 쇠냄새가 나다
시집 『죽순밭에서』를 낸 시절이었다
늘 후배와 제자들 불러
함께 소주를 주고받는다

광주를 떠날 줄 모른다
밤에도 쉬지 않고
낮에도 쉬지 않고
시는 메타포보다 논바닥 직설

시간은 단조로우나 공간은 복잡한 도시
그 도시 충장로에서
해남이나 고흥에서 온 후줄그레한 젊은이가
그의 가방을 들고 뒤따른다

그의 한계도 광주이고
그의 무한도 광주
굵은 심줄의 빨랫줄 마르지 않은 빨래 무거우나
그 빨래 사이
어디에서나
검은 욕망 같은
무등산이 보인다

지철로왕

처음으로 시호(諡號) 지증(智證)이라 했다
마립간이라는 이름을
당나라 따라
처음으로 왕이라는 이름으로 불렀다
신라 22대 왕 지철로
성은 김씨
이름은 지대로 혹은 지도로

이 왕의 고추 길이가 무려 1척 5촌이라
배우자가 없었다
전국 각처에 배우자 물색을 풀어 넣었다

모량부 오래된 나무 아래
두 마리 개가
커다란 북만한 똥덩어리를
서로 물고 다투었다

그 똥덩어리 누가 눈 것인고 알아본즉
그 마을 처녀 하나가
빨래를 하다
숲 속에서 눈 똥덩어리라

과연 그 처녀 신장 7척 5촌이었다
그 처녀가

장가 못 간 왕한테
왕비가 되니
하늘 아래 정한 배필

밤마다
촛불 밝힐 줄 몰랐다
거기서 연년생으로 퍼질러 낳아
세 옥동자
그중의 한 왕자

법흥왕이 대를 이었다

딴전 하나
법흥왕도
법흥왕후도 끝에 가서 다 승려가 되거니와

한창기

1976년 월간지 『뿌리깊은나무』가 나왔다
가로쓰기가
계간지 『창작과비평』에 이어
『문학과지성』에 이어
한자 없이
아름다운
아름다운 우리말이 과감히 살아 있었다

어디에 행여 오문일까
행여 오자일까
60년대 『사상계』의 시대 이어
『뿌리깊은나무』의 시절
밖으로 암담한 나날의 시절
안으로 공포와 불안 비껴 차츰 세련된 시대

그는 강강수월래
한국의 발견
판소리
차와 옹기
그리고 브리태니커 회사 따로 좋아라 했다

전남 벌교사람
법대를 나왔으나 검사도 판사도 아니고
문화에 두 발 디뎠다

그의 독신생활 침대 호랑이가죽이 으르렁거렸다
얼핏 보면 빈상이라
서정주가
어이 자네는
참 지지리도 못난 가난뱅이로다
헛짚은 빈상이다
일년 삼백육십오일 결코 가난뱅이 아니었는데
성에 낀 유리창 닦아내면
유창한 영어로
험프리 부통령이 쫄딱 반했는데

이상신

안암골 호랑이 고려대는 늘 뜨겁다
늘 최루탄가스로 매웠다
그런 대학 못 말리는 교수 이상신
늘 진한 콧수염 우거져
멀리 터키 이스탄불 같은 데 떠돌아도
대번에 알아볼 수 있음

그 대학 후문 내리막길
그가 빠른 걸음으로 내려오며 속으로 부르짖었다
박정희 타도하라
박정희 타도하라

그는 정신적으로는 교수보다 학생이었다

하루의 목쉰 강의 마치고
안암동 대폿집에 앉아
점점 취하는 그의 몸속
타도라는 말만 채워졌다

드디어 박정희가 죽은 뒤에도
타도라는 말 그대로였다
제2의 박정희
제3의 박정희가 나오는 시대에 앞서

조세희

우툴두툴한 마른 유자껍질 얼굴의 젊은이
갈색의 작가
막 건져올린
남대천 귀향의 늙다리 연어이기도 한 작가

『난장이가 쏘아올린 작은 공』

이것이 70년대 현실과 상징 사이
끈질긴 문학의 암초였구나

그렇다 모두 다 난쟁이였다
그 난쟁이가 쏘아올린
작은 공이란
누구

조세희는 그것을 쓰고 시대의 잠수부가 되어
늘 물 위에 떠오르지 않은 채
물속의 중세 근세를 헤엄치다 솟아올라
물 위의 오늘을 보고 있구나

그는 끝내 글을 버리고 방방곡곡 사진이나 찍고 찍었다

이낙호라는 사람

서울 적선동이라면
밤낮으로
북악산 인왕산과 함께
그 너머
삼각산 보현봉과 함께 사는 동네 아닌가

그 동네 백송 한 그루 멀리 있는 곳
은행나무 서 있는 집
거기 이낙호라는 사람
일제 중추원 참의 지낸 아버지의 재산 이어받아
새 호주

묵은 주인이나 새 주인이나
댓돌에 가지런히 놓인 구두코에 먼지 앉으면 큰일난다

방 안에서
「고가마사오」라는 일본소설을 읽는다
읽다가 미닫이문을 열어본다
쯧쯧
혀를 차고 미닫이문 닫는다

마고자 금단추 무겁고 밥은 놋쇠그릇인데
생각이나 느낌은 다 일본이라
그가 가고 싶은 곳도

330

일본 후지산 아소산

지난날 조선총독 사이또오가
'조선인을 반(半)일본인으로 만드는 요결'로서
먼저 조선사람들이
자신의 일, 역사, 전통을 알지 못하게 하라……
그들의 조상과 선인들의
무위 무능 악행을 들추어내어
그것을 조선인들에게 가르쳐라……라고 했다

그런 식민지시대의 이낙호
벽장 안에는
일본도라는 칼 한 자루 보배로 두고 있다

후지산 보고 와서
날마다
후지산! 후지산! 하고 입을 열었다

그 이낙호가 급환으로 입원
고열로 헛소리
헛소리조차 다 일본말이었다
아노네
아노네

그가 일제 잔재의 세월 보내고 죽었다
한일수교 이래
그의 친구들은
한일의원연맹 국회 중진의원이었다
그 국회의원 이모 최모 장모의 조화가 득달같이 실려왔다

스승들

열네살의 임방울 아버지의 손에 이끌려
찾아간 곳
춘향가의 박재현
거기서
춘향가 흥보가 익힌 뒤
거기 떠
유성준 찾아가
수궁가 적벽가를 익혔다

목구멍 찢어지는 갈성(渴聲)을 크게 터득

송만갑의 추천으로
그의 서편제 무대가 베풀어졌다
노래야 서편제이지 서편제이구말구

그 시절 일제시절
쑥대머리 유성기판 1백만장 썰물로 팔려나갔다
그러나 그를 가르친 스승들
제자 임방울의 이름이 하도나 커버려
어디서 사는지 죽었는지 모르게 묻혀버려

스승이란 석가나 공자가 아닐 것
스승이란 제자의 뒤에서 봄눈처럼 녹아 사라지는 것
이러코롬

삼대

홍릉에 가면
할아버지
아버지의 한의에 이어
내과 소아과의 삼대 의원 윤호영 있다
해방 직후 떠나온
황해도 몽금포에서 태어나

그래서 군의관 제대 뒤
개업한 병원도
삼대 의원
감기환자 바로 낫고 복학 앓는 아이 바로 나았다

용두동에 가면
시할머니
시어머니
그리고 며느리 삼대의 추어탕집 있다

수만 마리 추어 귀신들
미끈거리는
그 삼대 고부의 추어탕집 있다

그런데 추어탕집 술꾼 싸움 나
추어탕집 산초가루가
마구 뿌려지니

뿌린 쪽은 박정희 지지자이고
눈 못 뜨는 사람은 김대중 지지자였다

그 추어탕집 남정네들은 다 먼저 죽고 며느리 삼대

윤필용

눈빛 날카롭다 새로운 사금파리 같다
입술 날카롭다
입술도 사금파리 같다

경복궁 안 수도경비사령부
필동 수도경비사령부
그곳에서 그는 한동안 대통령 다음이었다
육군 준장일지나
소장도 중장도
그를 찾아갔다
그를 찾아가다 길 어긋날 정도

하물며 중령 소령 들이야
거기 가지 않고
어디로 가나
그들이 찾아가는
그 집 없는 것이 없었다

녹음 뒤 낙엽 그 권세 길지 않았다
하루아침 자고 나
별 하나 떼어냈다

1961년 이래
한국에서는 육군 소장이 가장 신난다

소장은 바로 대장이 되고
대통령이 된다

리비아 카다피는 항상 중령 계급장이었다

윤구병

서양철학 박홍규의 제자
차라리
제자들의 이름은 있으나
스승 박홍규의 이름은
세상에 없다

그런 스승에 대한 숭배의 괴한이었던가
대학시절부터
혹은 삭발입산
혹은 방황

때때로 두더지 흙 속 헤쳐가며
머릿속 칸트와 헤겔 따위보다
가슴속의 충동 앞장서
무슨 일 저지를지 모를 번들번들 산만한 두 눈동자

어쩌다 『뿌리깊은나무』 편집장 되어
발행인 한창기와 배가 맞았다

입안의 굵은 이빨들
으ㅎㅎㅎ
웃을 때마다

짐승 같은 그의 진실 껑충 치솟는다

338

유위법 아니면
무위법 두 언저리

박완서

개성 가는 길
개성 못미처
개풍 있다
서울역에서 거기까지만 가도
경의선 살아나겠다

박완서
딸 여섯
아들 하나 출무성히 길러
시집보낸 딸도 있는데

그 오랜 주부 노릇 끝에 이야기를 시작했다

저 50년대
전쟁과 전쟁 이후의 폐허
그 폐허의 순정이던
화가 박수근을 기억했다가 이야기를 시작했다

그로부터 가장 부지런한 이야기꾼
때로는 인간에 대해서
무자비하리만큼 후벼내어

마치 고깔 쓴 승무인 양 날렵하고
입안에 장수(長壽) 이빨들 다른 사람보다 쪼르르 많기도 하다

그 눈은 순하디순하건만
세상을 볼 때는 칼날

그가 본 세상의 한 귀퉁이 피가 난다

월산 선사

지난날 만주를 떠돌던
도량 큰 사람이
어느날 육조단경 읽는 소리 듣고
그만 머리를 깎아버렸다

지난날 청담 성철 향곡 들과 결사
문경 봉암사
가부좌 틀고 앉아
눕지 않았으니

비구승단 세우는데
그 우뚝 솟은 몸체 나섰다가
산중으로 돌아가

눈부신 게송 따위 없다
눈부신 법어 따위 없다
오로지 토함산 솔바람소리
어제도
오늘도
내일도 말없는 평상심

허리 꼿꼿이 앉은 등뒤가 더 벼랑져 앞은 자비롭고 뒤는 삼엄하다

한경남

화려한 이론들의 수식 모른다
오직 성실하다
늘 잔치 뒤에야
회의 뒤에야 그가 천천히 온다
그가 와서
이미 끝난 잔치 뒤
떠나간 자리
빈자리
썰렁해진 자리마다
다시 그가 차지한다

그 기상 좀처럼 내보이지 않고
이 말 저 말 사이에
그는 순하게 앉아 있다 반독재 고요하다

어디 가서 무슨 일이든
그가 하는 일
누구와의 음모이기보다
그 자신과의 약속이었다 민주주의 고요하다

옳지 누구의 동지일 만하이
백년 뒤 무덤과 무덤 사이
궂은비 오는 날에도 그럴 만하이

최장학

너부데데하거나
함부로 달착지근하지 않게
씁쓰레하거나
그 묵직한 체중에는
묵직한 얼굴에
묵직한 품성 더 얹혀져

그의 입에서는 말이 눌려나온다

70년대 해직기자일진대
눈이 뜨겁고
입이 뜨거워야 하건만

도무지 최장학이야
함께 있으되
방금 일으켜세운 돌장승
물 건너
탐라 돌하르방

하기야 우리나라 옛 사나이 가운데
도무지라는 의젓한 사나이 있었다

도무지!

344

박재봉

소년시절 청주 무심천
긴 냇둑 걷던 아름다운 소년시절
눈길 하나도 조심스레
내려앉는 황새를 바라보던 눈이던가
저녁 예배당
바쁜 종소리 귀기울여 들으며 돌아가던
그 소년시절

동기생 남재희는 활달했으나
그 소년 박재봉은 늘 수줍었다

그 수줍음 그대로 키워
어느 때는 그윽한 남자이기도 한
어느 때는 고즈넉한 여자이기도 한 듯
그런 온화한 목사가 되어

작은 뜰의 진한 녹음 속 얼굴이 희다
일찍부터 인권이나 민주화 반열
다른 동료들처럼
커다란 목청 내지 않았다

늘 고즈넉
그 아름다운 얼굴의 검푸른 사마귀도 고즈넉
서울 기독교장로회 총무

광주 YMCA 총무
여기저기 살림 맡아
70년대 중반
탄압과 저항 사이
늦가을 수수밭 수수잎새 서걱이다가
바람 잔 적막이 그의 마음이었다

김중배

장차 울림으로
그의 붓은 장지연의 비장감이나
문일평의 박식으로 꽃피워
사람들의 심금 울리기를 기다리는 중에도

그는 천관우와 같은 무기교보다
번득이는 기교와 함께
그의 시대감각은 눈부셨다

동아일보 시사평설은
밤이 깊어지면서
더욱 빛나는 별빛이었다

사(私)로써 공(公)을 꿈꾸고
그 공이 행여 사를 부정하지 않도록
그의 글들은
공과 사를 다 살려내는 제2악장

그 휑한 눈 크게 떠
그 큰 웃음소리
모든 것을 다 보아서 걸러내는
그의 입이야말로 크게 웃는다

지식인이란 이 세상에 만족하지 못하는 사람

오늘도 김중배는
내일이 배고프다

어린이의 날

소파 방정환이
1923년 5월 1일 어린이의 날을 정했다
그의 중절모
앳된 얼굴에 어울리지 않았다

어린이를 위한 뜻이
어찌 하늘의 뜻 아니리

천도교주 손병희의 사위
일러
사람이 곧 하늘이거니와
어린이가 곧 하늘 아닐 수 없거니와

소파 삼십 평생

그러나 그뒤
어제도
오늘도 5월 1일은 어린이날이다
어린이의 날에서
어린이날

뭇사람들은 이런 날 태어나고 싶다가도
5월 1일 지나면
각자 태어나야 하는 날에 태어난다

성한표

그림보다
노래보다
가만히 책이었다
함께 달리기보다
남아서
가만히 달린 뒤 빈 곳을 지키고 있다

돌아온 사람 하나하나 정돈시켜
하나의 체계를 이루었다
밭에 밭고랑 있고
밭두렁 있다

그토록 체계야말로 인간의 일이다

새가 날아갔다
짐승이 놀라 달아났다
그는 현실을 즉자적으로 비추는 신문보다
현실의 난바다 어느 현실
거기 물속에 서 있었다

가만히
현실을 하나하나 대자적으로 파악하며

강문규

그의 비정서적인 눈은
신앙보다
신념 혹은 회의에 더 어울려야 한다
그러나 그의 시야는
결코 저문 골짜기가 아니다
그의 입은 찬송가를 부르기보다
어느 난상토론에서
차츰 한 가지씩 이겨내는 토론에서 꽃이 된다

그 무엇도 쉽게 인정하지 않는 날
하늘에서는 구름이 빠르게 이동한다

그는 혼자 앉아 있어도
긴 토론에 지칠 줄 모른다
둘이 앉아 있어도
어제에 이어
오늘의 토론을 막 시작한다

여럿이 앉아 있으면
어떤 문제도
그의 결론을 위해서 어려운 과제가 되어야 한다
그러나 그가 돌아다본 드넓은 방향으로
그가 앉은 곳이 일어서는 곳이 된다

오랫동안 YMCA 그 자체였다
오랫동안 YMCA의 꿈 그 자체이리라

김지길

누구를 증오하는 일을 전혀 모르는
그 얼굴
세찬 바람에 주름잡혔다
천천히
천릿길 가는 사람
그 길 가며
누구를 증오함으로써
한층 더 과감해지는 일 모르는
그 얼굴
오로지 오랜 시간의 대열에만
그가 있다고 알려주는 인자하기 짝이 없는 그 얼굴

항상 앞쪽보다 뒤쪽을 맡아서 가는 얼굴

얼얼한 목소리 낮게 더 낮게
평화를 베풀어
그보다 나이가 아래인 사람은
다 아우이고
그보다 나이가 더 아래인 사람도
다 아우

넓적한 얼굴
넓적한 가슴
그리고 오랫동안 느릿느릿 그대로인 신앙의 잔물결 기슭 그 얼굴

양관수

둔중한 몸인가
둔중한 말이고 동작인가
그렇게 동작 무던히도 굼뜨지만

그의 날개 활개치면
어느새 공중 아득하다

그 화경눈빛
웃음도
분노가 되어

그의 고향 동백꽃도 잊은 채
오직 자유만이
정의만이
그 추상명사만이

깊은 몸속의 음울한 신념이었다

그의 긴 웅변 그치자
어잇! 토론 끝내자

하나둘 벽에 기대어
새벽 새우잠 잤다

신라말 경명왕

다 기울어가고 있었다
다 꺼져가고 있었다
다시 일으켜세울 수 없었다
신라말 경명왕
그저 주질러앉아 술이나 마셔

진작 사천왕사 벽화 속의 개가 짖어댔다
불경을 외워도
또 짖어댔다

또 사천왕사 오방신의 활줄이 모두 끊어졌다
벽화 속의 개가 뛰쳐나와 짖다가
다시 벽화 속으로 들어갔다

경명왕 7년
경애왕 3년
그런 세월은 멸망의 시간일 뿐

경명왕은 내가 왕인가 내가 허수아비인가
술 취해서
그까짓 무거운 왕관 벗어버리고
멀리 남산을 바라본즉
남산이 있다 없다 할 따름
밤에는 오직 새로 들어온 궁녀의 흰 모가지가 그의 진정이었다

제 칼

신라 후기 신무왕은
서해 청해진 장보고의 힘으로 왕위에 올랐다
그 일로 왕의 아들
장차 왕위에 올라
부왕의 은인 장보고의 딸을 둘째 왕비로 맞아들이려 했다

어찌 옛 백제땅 섬놈의 딸을 왕비로 맞아들이신단 말입니까
빗발 반대

그 사실을 알고 장보고 화를 내어
서라벌을 밀어버리려 했다
괘씸토다
괘씸토다

그때 신라 장군 염장
거짓 불만을 꾸며
장보고한테 달려가니

둘이 한바탕 술자리
술 잔뜩 취한 밤
염장은
장보고의 칼집에서 칼 빼어
장보고의 가슴팍 찔러버렸다
남의 칼에 죽지 않을 일대 호걸이

제 칼에 죽어야 했다

그리하여 그뒤 바다를 영 잃어버리는 시대였다
유구는 물론이거니와
멀리 안남까지도 천축 앞바다까지 오고 가야 할 바다를 다 내주어버
린 시대였다

김도연

70년대 유신학번 젊은이들이야
무인지경으로 관습으로
정치학이나 사회학 원론으로
현실과 맞닥뜨려야 했다
사회과학만이 오로지 살길이었던가
법과대학이나
정치학과
아니면 경제학과 학생이
대부분인 민주화투쟁 가운데서
드물게 국문학과 제적생도 있었다
김도연

이근성 나병식 들은 사학과인데
김도연은 국문학과
얼굴 어디에 흉터 빛나고 있다

장차의 문학평론을 꿈꾸었으나
이미 정치에서 한 발걸음도 벗어날 수 없이
아버지의 이름 없는 의지에 이어
눈빛 너그러우나
마음속은 찰흙으로 다진 흙벽돌

껄껄 웃음소리 하나 남기고
가타부타 없이 앉은 자리 떠난다

심재택 심재권 형제

전주고등학교 출신들
장기표 조영래 들과의 대학시절
그들 형제
서로 다른 동아리에서 뜨거웠다
동숭동과
관악산 신림동에 걸쳐 있는 학번이라
동숭동 마로니에 운동이
신림동으로 이어졌다

심재택은 신문사 강제 해직기자였고
아우 재권은
쉽사리 검거되지 않는 현상수배자였다

그는 검거당하는 것도 싸움에 진다고 생각했다
그래서 그는 담을 뛰어넘고
지하실에서
지하실로 옮겨다녔다
아니 벽장 속에 숨어들었다

그의 눈은 언제나 뒤를 봄으로써
그 눈빛이 바뀌어갔다
수배자 만성불안의 눈빛
그의 가슴속은 검은 긴장이 차 있었다

언제까지 그렇게 수배자인가
형 재택은 비석 뒤 무덤처럼 묵묵한 채

정신이상의 아내

유신체제
대통령 긴급조치 9호 위반으로 붙잡혀가
극심한 고문으로
멍든 몸

대강의 치료 받고 나와서
다시 유신체제 타도를 외치다가
집에 돌아오면
이번에는 아내가 정신이상이 되어
그의 남편을 보고
칼을 휘두르며

이놈의 박정희새끼
이놈의 박정희새끼
외치며 남편 앞 칼부림이었다

남편 김석렬 울음을 터뜨리며
정신이상의 아내가 휘두르는 칼에
어깻죽지를 다쳐
피가 번져나왔다

박정희새끼 죽었다
박정희새끼 죽었다
아내는 날뛰었다

권영빈

한국에서는 중국사를 동양사라 한다
동양 즉 중국이었다

권영빈
눈은 암벽의 조용한 구멍처럼 서늘하고
광대뼈는 먼 곳과 교류한다
고대 중국의 난세나
중세 이래
송 원 명 청을 지나면서

강유위 진독수로
현대중국사 미로에 들어선다

그러다가 대학 아닌 잡지사로 나와야 했다
해괴망측한 연좌제였던가
교수 대신
잡지 편집자가 되어
언제나 시끌덤벙한 판에서
한번도 난폭해보지 않은
마음속의 정장(正裝)

새벽안개 속
결투판의 심판처럼
어느 쪽도 편들지 않고 공정했다

경북 안동 출신의 사학도가
전북 군산의 불문학도를 아내로 맞고
스승 고병익과 함께
내설악 오르내리는 겨울이 좋았다
그의 정신 속에는
그런 산이 먼 바다 파도소리 들으며 솟아오른다

홍지영

본명 홍성문
그는 극우반공의 필봉으로 이름을 내걸었다
그의 맹렬한 우국충정

그 뒤에 누가 있건
누가 없건
그의 필봉은 독감의 고열처럼
온몸의 다급한 문장이 펄펄 끓고 있었다

온건사회주의도
사회민주주의도
중도좌파도 마구잡이 질타하지 않으면 안되었다

아직 주사파나 PD 따위 대립되지 않은 시절
그에게는 많은 사람들이
북한의 지령을 받은 의혹의 대상이었다
아니 심증
아니 물증으로까지 끌어올리는 대상이었다

함석헌도 누구도
박정희정권에 맞선 자들
십자가도 무엇도 빨갱이 광대였다

반공의 광장은 늘 확성기 대가리가 컸다

그 광장 한구석의 출구 열리면
마구 달려나오는 그의 필봉 대가리가 컸다
70년대 곽벽의 분다 주리설(主理說)이 떼굴떼굴 굴러갔다

정창렬

한양대 한국사 교수
논문 하나
긴 시간이 걸린다
그는 너무나 늦은 책임에 묻혀 있다
서글서글한 눈
무거운 입
침착한 손발이었다

나는 그를 서대문구치소
3사 상 복도에서 보았다
내가 서 있는데
그가 나를 불렀다

그는 저쪽으로 지진 뒤의 아이 울음처럼 담당교도에게 끌려갔다

크리스찬아카데미사건
『자본론』
『반뒤링론』을 빌려준 것만으로
아니 그런 책을
연구실에 소장하고 있는 것만으로
빨갱이가 되어
덩달아 감옥에 들어왔던 것

하기야 조선 후기 주자학은

양명학 따위도 역적이었던 것
아니 이탁오 따위도
읽어서는 안되었던 것

이 무슨 조선 봉건의 근본주의 떨거지인가
어제도
내일도
망해버린 조선 주자학 쓰레기인가

두 청소부

무시무시한 정권은
시시한 정권이기도 하다
충북 청주 시청
수염발 희끗희끗한 청소부 최명식 영감과
또 한 사람 유지행

두 늙은 청소부가
퇴직금 주지 않는 시청에서
퇴직금 달라고 왔다 갔다 한 것으로
덜컥 죄명을 씌워 철창 속에 넣어버렸다
1973년 겨울

그들은 퇴직금은커녕
그 철창 구류 9일 동안
하나는 독감
하나는 요통만 생겨 나와야 했다

그렇다고 하늘이 그들의 퇴직금을 내려줄 리 없다
왜 이렇게
그들의 가슴에다
욕으로
사납지도 못한
증오로
무섭지도 못한

저주로 채우는 것이 권세인가

권력이 최고의 아름다움일 때가 언제인가
고대 이집트 역대 파라오
그대들은 무엇인가
아니 옛날 요순 시절
그것은 또 무엇인가

언제 어디서 권력이 눈곱만치 아름다움이었던가

최동

고려대장경 판각 각수(刻手) 가운데
3천6백여명 각수 가운데
그 각수 이름들도 더러
판각 뒤에 슬쩍 새겨넣은 것 있다
그럴 만도 하겠지

그런 각수 가운데 최동
하루 20여자 새기는 일
잘하면 30자
더 잘하면 50자
하루의 뼈 깎는 일이었다

그것으로 몽고군을 물리치는 가호가 이루어진다면
하루의 뼈 깎는 일이 거룩한 일이었다

때로는 경판 한 장에
네 명의 각수가 동참하기도 하는데
판하본을 목판에 붙여 말리고
초보자는 목판의 넓은 여백을 파고
그 다음으로는
글자의 면을 파고
그런 다음에야 세밀한 글자를 파야 했다

총각 최동

최총각
7백60여년 전 그 사람
한 자
한 자 새겨가던 그 고행은 차츰 무심이었던가
젊은 눈 조금씩 흐려지며

거기 어린 시절 추억이 끼어들어
그때까지 파낸 글자 다음으로
잘못 저질러
판각 한 장 내버려야 했다
구름 속에서 저녁해 나와
환한 세상이었다

오직 '물러가라!'

삼선교 부근 살다가
살림 줄여
쌍문동 살다가
또 살림 줄여
도봉산 밑 창동 살다가

재산이라는 것은 기울어갈 때는 바퀴 달리는가

창동에서 살림 줄여
의정부에서 살고 있는
이마 주름 딱 세 개만 있는
좁은 이마
그 사람 이기진

종로 5가까지 와서
허리는 구부정
기도회 객식구로 동참
때로는 기관 첩자로 오해받으면서도
비 오나
눈 오나 동참

그런 열성이 지나쳐
'물러가라!' 라는 구호밖에 몰라서
동회 민원수속이나

집안일 따위
영영 퇴화되어 머저리가 되었다

오직 '물러가라!' 그것뿐
누가 알아주지도 않아서인지
그가 연행된 일 아무도 몰랐다

신석초

초등학교 아이들 컴퍼스
아니면
중국식당 젓가락
혹은 칭기즈칸 요리 젓가락
그런 것에
비싼 정장 걸친 듯 헐렁하다

동서남북 어디에도
하늘과 땅 어디에도
미움 없다
뜨거운
뜨거운 사랑도 없다

젊은 날 한동안의 프롤레타리아 취향
그러다가 뿔 발레리로 돌아섰다
댄디

그것이 바라춤 영양실조의 절창에 이르렀다
북한산 뒤 화계사 위쪽
거기 오탁천(烏琢川) 있다
지난날 대원군이
며느리 민비한테 몰려
체증이 깊은지라
화계사에 와 염불로 소일하는데

그때 까마귀가 찍어먹는 물 보고
그 물 마시고 체증 나았다

먼 뒷날 시인 신석초는
그곳에 올라가
그 시냇물소리에 녹음기 놓아
새무룩히 녹음하고 있었다

진짜배기 시인
그러나
누가 기억하지 않는 시인
세상 떠나도
떠나지 않은 듯
아무도 모르는 시인

송원영

딸 여섯
육공주
거기에
딸 여섯 낳은 마누라
칠공주

그 칠공주집 가장 송원영

50년대 말까지 신문기자였다가
민주당 신파 장면 총리 비서
신민당
김대중 대통령후보 선거전에 뛰어들었다

박정희가 죽은 뒤 다시 나타났다

오기
패기
그리고 단거리 지략이 뛰어났다

그에게는 가장 신나던 시절은
자유당 말기
한 신문사가 탄압받으며 찬란하던 때였다

뒤로 다른 몸에서

376

아들 하나 두어
칠공주집 가장 그 이상이었다

김동운

주일대사관 일등서기관
요원
훤칠하다
입술 팥빛이다

동경 사설탐정 밀리언자료쎈터에
김대중 감시와 미행을 의뢰했다

그리하여 일본 수도 한 호텔 객실에서
김대중을 죽여
그 사체를 옮기려는 첫 계획 좌절되자
마취시켜
대판까지
대판에서 바다로
현해탄 건너며 물귀신 만들려다 들통났다

이등서기관 유충국
김기완
오영규
요꼬하마 부영사 유영복
백철수 대신
홍성채
윤진원
그 뒤로 이철희

그 뒤로 김치열
그 뒤로 이후락
그 뒤로 박가인지 누구인지

이 실패한 사업의 현지 실무자였던 사람 김동운
그는 70년대만으로 끝장난 삶이었다
다른 시대는 그가 잔인한 것처럼 그를 잔인하게 버렸다

이태복

우물 길어다 담아놓은 물항아리의 물이
혼자서 빙그레 웃는다
아니 그 물 내려다보는
이태복의 웃는 그림자

웃으며
입속의 이빨들 가지런히 나와
누구와 누구 사이에 있다

칠석날밤 하늘
견우 직녀 두 별이
한해 한번만의 오작교 건너
만나는 기쁨
그것이 지상에서는 너무 멀다

70년대 자유주의적인 민주화운동도
인권운동도
그에게는 조심스러웠던가
그에게는 섣부른 의식보다
먼저 실천이 중요했다
공장으로 스며들었다

저만치 따로
명륜동 골목에다 광민사 차려놓고

긴가민가
베블런『유한계급론』따위를 펴내고 있었다
차츰 노동과 노동운동의 책 펴내고 있었다

그러다가 긴긴 날들을 대전교도소 안에서 놀아야 했다
밤에는 그가 꾸는 꿈이 있었다
다른 방 장기수가 꾸는 긴 꿈이 있었다

함윤식

71년 대통령선거 이래
김대중의 조직에는
으리으리하게 경호실이 있었다
그 경호원 함윤식
가슴팍 떡 벌어졌다
직선이었다
동물의 직선이었다

비서로서의 지모도 아닌
저돌
수세와 방어보다 직선의 공격이 맞다
네모진 얼굴

김대중의 충성 돌려
김대중을 증오하였다
김대중을 떠나서 살별이 되었다
김대중을 비난하고 규탄하는 일에 총탄 퍼부어대는 직선이었다

입술 두껍고
말소리도 힘찼다 원한 가득했다

중앙정보부는 날마다 부추겼다
김대중은 끄떡없이
장기판 뒤집었다 조심조심 넘겼다

졸(卒)과
사(士)가 뒤죽박죽
어느덧 그런 유모 따위야 스르르 손아귀에서 빠져나가
다른 시절이 오고 있다

1971년 4월 19일

한반도의 4월은 해마다 황량하다
먼 타클라마칸사막 고비사막에서 오는
황사바람 내내
진달래 개나리 들이 함빡 무릅쓴 채
아직도 그 모진 황사 쓴 꽃들이 남아 있다

황사바람 속
1971년 4월 19일
그날
그날의 4월혁명 기념의 젊은이들 모여들어
아직도 그 모진 꽃들로 나와 있다

서울 배재고 3년 박군 외 열 명
정동 언덕배기 내려오며
거리의 시위에 나섰다

독재 물러가라
민주 어서 오라

이런 구호 외치며 이리떼 앞에 토끼 몇마리였다
대번에 붙잡혀
네모상자 호송차에 실려가

땅!

땅!

땅!

즉결 구류 3일

그 오줌 지린내 유치장 안에서

그 고교생 열 명

자유가

갇혀 있는 날들이

가장 인간을 모독한다는 것을 꾸역꾸역 넘긴 밥처럼 너무 일찍 깨달았다

해남 일지암터

1978년 해남읍내에 김남주가 살고 있었다
광주에서도 아득한 곳
지금은 빈자리
바람소리가 혼자 살고 있었다
전라남도 해남땅
거기 두륜산에 올라서면
개인 날
바다 건너 한라산이 보이기도 하는 곳

거기 좌선 3년 뒤의 초의 의순스님
아무런 경지 들지 못하자
에라 한양에나 가보자꾸나

한양에는 승니 입성을 금하는데
세속 거사 차림으로
남산 넘어
남대문 들기 직전

옹골찬 바위에 뿌리박은
남산 절의(節義)의 소나무 보고
크게 깨달아
그 소나무가 화두 깨쳐
허허 공안송(公案松)이 되었다

그길로 돌아가 일지암에 올라
차와 선
선과 차 그리고 시와 그림 새삼 하나로 이루어

다산도 함께
소치도 오고 가고
단짝 추사도 함께
밤마다 뜻을 서로 나누고
그의 『다신전』이야
옛 중국 육우를 어느만큼 본받아
차 한잔에
차 마신 사람 있다가 없다가

차옥숭

이화여대 신학과 학생
뿌려놓은 싸락눈
너무나
너무나 일찍
눈떠
그 작은 싸락눈 눈 빤히
남학생 열 명의 몫을 다했다

대추씨가 들어 있는 몸
KNCC 홍보담당 간사
그뒤
크리스찬아카데미 간사
『대화』지 살림꾼

대학의 조직신학 밖으로
온통 해방신학의 날들이었다

술 마실 일 굳이 있으면
포장마차 술 한잔
다 토해버리고
그 별빛 사나운 의식 돌아와
다시 내일의 일을 구상한다
내일이 있는 한
그 절망의 시대가 긴 밤 소쩍새소리

희망의 시대였다

누구의 말에도 좀처럼 동요되지 않는
그 단단한 의지의 깊은 소(沼)가 다음해 맞이한다

이근후

깊은 가슴으로
깊은 가슴으로 빠져들어가
거기 이근후 있다
의과대학
해부학 교실에서 뛰쳐나와
흰 옥양목 가운 벗어던지고 나와
유신반대를 외쳤다

거기 이근후 있다
그가 김영선 김구상 등 동급생들과
유신반대를 외치다 검거되었다

1974년 벽두
사람들은 그해 1월을
삶이 아니라
죽음이라 불렀다
징역 7년
징역 5년
이런 선고가
그로부터 아무것도 아니도록 흔해빠지는
그 썩은 늪에 떠다니는
모독의 시작이었다

해부학 교실의 방부처리 시체가 살아났다

죽음이 싫어서
죽음의 시대에 살아났다

서중석

70년대 청년운동은
70년대 청춘은
여기 민청학련사건으로부터 시작했다
여기 민청학련사건의 무기수
서중석

그의 한국사 공부는 고행으로부터 시작했다
유인태
황인성
이근성 들과 함께

얼핏 스치다가 치밀한 사람 만나면
그가 서중석

지식이 무거우면
현실과 동떨어지는가
그러나 그런 무거움과 함께
그는 현실 속에 앉았다 일어섰다

말 한마디도 몇번이나 씹은 나머지 나왔다
그런 그가 받은 고문
육전
해전
공전 등 헤아릴 수 없다

그는 흐득흐득 짐승으로 울부짖다가 뻗어버렸다
역사가 과거가 아니라
악과 싸우는 오늘의 고행이지 않으면 안되었다

해부루

신도 아니고 인간도 아닌 그 미분(未分)의 태고 존재
해모수의 아들 해부루
동부여땅
그 해부루
바위 밑 금빛 개구리를 아들로 삼고 나서
죽었다

여섯 달 동안 그 사체는 그대로 장사 지내지 않고
그 썩는 냄새 퍼져나갔다

그런 뒤에야 무덤을 지어
그 안에 신하들도
무덤을 만든 인부들 3백명도 생으로 묻혔다

해와 불을 섬기는 족속의 시작이
이렇게 산 사람을 함께 묻는 것으로 시작되었다

해모수
해부루
금빛 개구리 따위
만들고 만들어진 상고시대의 전설
그러나 거기서부터 차츰
고대 대륙국가 고구려의 모습이 움터나오고 있었다
역사는

그 이전의 역사를 힘없는 신화로 만들어가고 있었다
그리하여 오늘은
수많은 어제를 생으로 묻은
또 하나의 어제인 것

저 힘센 해부루인 것

아브라함 집안

한국 최초의 신학교
평양신학교 제1회 졸업생
서경조 목사
태어난 황해도 한 마을 떠나
서울 새문안교회를 세웠다
언더우드와
형 서상륜은
신구약
최초의 공동 번역자였다
그래서 거기에는
서북 사투리 들어 있다

그의 아들 서병호 장로
최초의 유아세례
그의 아들 재현은 상해 유학생
그 며느리는 남경 유학생
새문안교회 장로였고 권사였다

그 부부의 아이들도 유아세례
서원석 장로와
서경석 목사

일찍이 서병호 장로는 김구 여운형과
신한청년당 동지

상해 임정 의정원 내무위원

이런 장로 목사 집안에서
서경석이 태어나
한 시절은 무신론
해방신학
민중신학
그러다가
공관복음으로 돌아갔다
웃으면 누런 이빨의 아브라함 자손

김상철

지난날이다
청풍 김씨 김상철
양철지붕 녹슨 갈색 지붕을 바라본다
추적추적 오던 비 우박으로 바뀐다
그 양철지붕에 우박 퍼붓는 소리
김상철의 눈이 커진다

전쟁이 났다 징병으로 나가
한 마을 14명이 나가
11명 죽고
나머지 살아왔다
둘은 상이군인이고
하나는 김상철

제대 뒤 바로 농부로 돌아가
내 일
남의 일
오로지 일뿐이었다
그의 입은 밥 먹는 일 말고
다른 일이 없다

끝내 50세 생일날도 아침 몇숟갈 뜨자마자
남의 일 하러 갔다
하루 품삯 1천원이 2천원으로 오른 뒤

그러다가 다음해 죽었다 향년 51세

누가 비석을 세워준다면
그 비문은 다음과 같으리라
평생 일만 한 사람 여기 잠들다

기형아 아들
그 아들이 먼저 죽었고
마누라는 진작 죽어 폭삭 가라앉은 무덤이었다

김상철 아들
김상철 마누라
김상철 죽은 뒤
오랜 가물
양철지붕 우박 퍼붓는 소리 전혀 없다

저승에서도 일만 한 사람
김상철

민주회복국민회의

1974년 11월 27일 기독교회관 강당
감시의 눈초리 에워쌌다 사나웠다
모여들었다
위엄 가득히

국민선언 발표
그것은 한 번의 성명으로 끝나지 않았다

원로 독립투사 제헌의원
구교 신교 불교
학계 문인 언론인
법조인 여성
그리고 정치인 대표들

민주회복국민회의가 솟아올랐다

다음해 1월에는 벌써
50여개 지방조직
3월에는
시도지부 7개
시군지부 30여개

그것은 한말 의병운동 분포도와 겹쳤다
천관우와 나는

의병지도 꺼내다가
민주회복국민회의 지부와 견주며 술을 마셨다

이윽고 3·1절 민주국민헌장
강령은 비폭력 평화투쟁
비타협 불복종운동
민주주의
그것밖에 온통 알몸으로 펼쳐나갔다

도대체 민주주의가 무엇이관대
무슨 홍두깨이관대

청와대 박정희 술상머리
비서실장
경호실장 고개 숙여
각하의 노여움에 어쩔 줄 몰라

조선 중종의 눈

그 눈 밝으셔라 밝으셔라
하기야 비 온 뒤
하늘 아래
티끌 하나 없으니
그 눈과 함께
허공도 밝으셔라

경회루 다락 위의 상감마마
멀리 남산 쪽 바라보았다
소나무 아래
사람이 희끗 보였다 밝으셔라

필시 손순효일 터
술 좋아하는 정승 손순효일 터
가보아라

과연 손정승이었나이다

상감은 수라간에 술상 보아 보냈다
남산 소나무 아래
손순효
삼가 경회루 쪽으로 고개 숙였다가
고개 들었으나
취해서인지

상감마마의 모습 보이지 않았다
이런 중종인지라
조광조의 추상 같은 원칙
슬슬 염증이 나기도 하셨겠지
웬만하면
눈 침침해지는 때
그 눈 하나 외로이 밝으셔라

김규동

일제시대
그는 김기림의 모더니즘을 꿈꾸었다
사회주의자 김철
영화감독 신상옥과 한패거리였다

해방 이후
어머니 두고 삼팔선을 넘었다
1년 뒤 돌아오겠다 하고
어머니 두고 와
남한의 몇십년

임시수도 부산의 피난민으로 시를 썼다
'후반기' 동인
그러나 누구보다 먼저
바라크집을 세웠다

폐허 서울의 나날
여기저기
바라크가 세워지는데
그의 모더니즘은 모더니즘의 모방이었다

삼팔선을 넘어온
그 낮은 키 그대로
그 작은 몸 그대로

자유당 거쳐

70년대 민주화에 나섰다
김병걸도 이끌어낼 만큼
그는 빨랐다

그의 통일의 시는 고향의 시였다

김도현

1960년대 후반
김중태
이종률
김경재
현승일과 함께
박범진 박지동과 함께

네모난 얼굴 김도현이 민족주의비교연구회 한패

수사관에게는 맷집이었다
고문기술자에게는
물고문 몸통이었다
매달기 고문에
쉽게 굴복하지 않으면
고문기술자가 먼저 미쳐날뛴다

친구들 사이 믿음직
안에서는 황성모 교수이고
밖에서는
장준하 백기완을 찾았다

혜성이 아니었다
늘 떠 있는 북두칠성 중의 하나
아무리 그 별 아래

소주 퍼마셔도 끄떡없이
커다란 얼굴에 항상 빙그레

한동안 어디 가 있다가 돌아왔다 또 한동안 어디 가 있다가 돌아왔다

이중한

명륜동 낡은 2층 서재는 오직 책뿐이었다
60년대 이래
70년대 내내 집은
어느덧 도서관이 되었다
복도와 계단조차

그 도서관 주인 이중한
시내에 나오면
잡지사
잡지사
출판사

『세대』와 『서울평론』

어느 책은 읽지만
어느 책은 사온 그대로 읽지 않아도
그의 서재 안에서 먼지 쌓인다

인문적인 웃음 싱겁다
밖의 일
집에서는 한마디도 없다
문화를 누리는 것이 삶의 목적이므로
봄 여름 가을 겨울 따위
별로 모른다

최병서 김선주

그들은 신문사에서 동료였다
하나는 외신부
하나는 문화부
외신부 최병서는 실내악이 은은한 방의 연초록
벌레 한 마리
짓밟은 적 없다
문화부 김선주는 갈색으로 변하는 선홍빛 낙조

그들은 신문사에서 나와 부부가 되었다
어느 때는 남편이 아내이고
어느 때는 아내가
누이였다가 누나였다가

그러다가 남편 최병서는 저녁이 아침인 듯
아내를 거느렸다

두 사람이 한사람이다

어디 간들 받아주지 않을 데 있으랴
아름다운 부부였다

최병서는 별빛으로 서고
김선주는
별빛으로 앉는다

조춘구

두 볼 밭을 대로 밭았다 움푹 파였다
순한 쌍꺼풀 눈
동네 아이들의 말썽 혼낼 줄 모른다

어디에도 계략 붙어 있지 않다
어디에도 악의가 붙어 있지 않다
성선설 따위 구질구질

섬기는 사람이
이래라
저래라 하면
그 뜻 고이 받아들여 어긋나지 않았다
경찰서 정보 2과
정보부 6국에 붙들려가면
그곳 사람들

도대체 이런 사람이
어떻게 반독재를 부르짖나 고개 저었다
그런데 한 백년쯤 변할 줄 모르는
의지의 쇠가
그의 마음속에 박혀 있는 것
어떤 엑스레이로도 알 수 없다

어이 알랴

조춘구 그의 뒷모습
누구와 함께 가는 길이더라도
혼자 가는 뒷모습

유인택

유인태의 아우 인택이
자그마한 청소년이었지
성난 판에서
늘 어여쁜 청소년이었지

형의 명멸과는 달리
처음부터 저항의 활극 저만치 비켜

대학 연희
대학 굿
노래
연극
16밀리 영화 그런 판에서
그의 프로펠러 전투기 견본 같은 능력이 꽃피었다

이 세상은 헌헌장부의 것만이 아니라
무등 태우는
귀염둥이 청소년배
공중에 서서 웃는 세상이기를……

신직수

1974년 4월
중앙정보부장 신직수
민청학련사건을 총지휘했다

젊은 날 학부시절 감색 교복 입은 한 대학생이었다

함병춘

연세대 교수시절이 가장 행복했으리라
상해 임정 지도자였고
부통령이었던
함태영의 아들

키 미루나무처럼 컸다
이마도 잘 벗어져
그의 논문은 본론이 늘 성실했다

주미대사로 나가
그곳에서 박정희정권의 외부를 막고 있었다

모범적인 신사
세련된 학자
온화하고 원만한 남자
그가 유신체제 수호의 길로 접어들었다

박정희의 신임 길었다
그는 더 엄혹한 격동 앞두고
더 가혹한 희생 앞두고
한 시대의 고전을 남기지 못하고 만 불행 피할 수 없이
혼자 책을 읽을 때가 가장 행복했으리라

이범석

놀랍다 문학이 가능했다
어린 시절 경성고보
그길로 뛰쳐나가
대륙의 혁명가가 되었다
말 달리던 시절
그는 말 탄 전사가 되었다
문학적 기질이
대륙의 무용담을 만들어갔다

청산리전투의 전선

소만 국경
중국 오지
그리고 해방 후 돌아와
초대 국무총리였다

국가지상
민족지상

그러나 그의 민족청년단 계보는 이승만에게 산산이 부수어졌다
그의 우등불에는 허구가 깃들여
그의 대낮 기상에는 과장된 낭만이 서려

오로지 말 한 필과

지난날의 풍운을 되새긴다
그러다가
말 남겨두고
그가 떠났다
철기 이범석 장군
그의 이름 뒤에는 반드시 지난날의 장군이라는 존대

안양노

무기수 안양노
몸에 살점 붙는 것 사절한 듯
깡마른 몸
이론은 날카롭고
웃음은 허허롭다
가을걷이 뒤 들쥐 떠난 빈 밭

무기수가 8개월 뒤에 나오다니
함께 나온 벗들의 모임
술이 거나해도
술 취할수록 그가 없다
담배연기는 점점 꽉차고
노랫소리 겹쳐 떠나가는데
그가 없다

그는 어두운 바깥 뜨락으로 나가
그 어둠속
찬 공기에 움츠러든
그 자신으로 돌아가
상현달이 되어 공중에 걸려 있다

모든 혁명에는 혁명 배제의 동기가 들어 있다
슬프도다

박범진

민족주의비교연구회
민비연에서 시작했다
유리창에 반사된 불빛처럼
그의 두 눈 번쩍였다

아니 그는 늘 거울을 가지고 있었다
그 거울 속의 얼굴
제 얼굴에 대해서 자신만만했다

충북 제천사람
해직기자 이래
그는 한번도 룸펜이 아니었다
언제나 유능했다
그의 강제해직은 새로운 취직이었다

게으름
실연
니힐
플라타너스 잎사귀 굴러가는 밤거리
그런 곳에 그는 없다
모독의 세월도
그에게는 가능의 세월이었다

냉랭한 파열음의 말소리

그리고 그 하얀 이빨이 드러나는

웃음의 조각(彫刻)

그의 옆에서 모든 이해는 무시되는지 몰라

박종태

동경대 졸 공화당 의원
유신체제 후기에 휙 돌아서서
그의 동작이 힘찼다
그의 성질 급했다
말도
술도 급해서
술병이 바로 빈병이 된다

진한 송충이눈썹 꿈틀
관운장 눈썹 꿈틀
진한 면도자국

인플루엔자 따위 걸리지 않는다
그의 급한 말
알아들을 수 없어도
얼굴로
굵직한 손가락으로 말하는 것을 들으면 된다

분명코 대장부는 대장부인데
그 기질 펼칠 데 없다
펼칠 데 있다가도
펼칠 데 없다

박정희 암살 뒤

명동 YWCA 위장결혼식에서
그가 상객(上客) 노릇
서빙고 지하실에 가서 실컷 죽어갔다
그런 뒤 군법회의에서
그의 진술 급했다
어디선가 막 돌아가는 정미소 발동기 소리

김종규

70년대 지식인들은
삼성출판사 세계사상전집을 읽어야 했다
그때에야 중역본의 시대 지나서
원저(原著)가 바로 다가왔다

그 출판사를 이끌어가며
그는 박물관을 세우고
민학회(民學會)를 만들어
민화를 모아들였다

누구에게도 구성지고
누구에게도 자상하고
누구에게도 오래 새겨져 있는 사람
김종규

1977년 세계사상전집 전50권은
세계사전집과 함께
한반도의 지식량을 넓혔다
레비스트로스 『슬픈 열대』 결어 —키용 방문
'세계는 인간 없이 시작되었고
또 인간 없이 끝날 것이다'

김종규가 걸어온다
저쪽에서 먼저 알아보고 손 들어

벌써 사람과 사람이 반가움의 무덤에 파묻힌다
왜 그런지
그의 주위에는
예술가 교수 정객 묵은 정객
회장 사장 들이 판소리 다섯 마당으로 에워싸고 있다
언제나 껄껄 사방팔방 웃음보자기 펼쳐놓는다

안병직

그는 경제학이기보다
경제사학이기보다
오랫동안 닫혀 있던 문 열어놓은
새로운 역사학의 일그러진 진실이
그의 결벽 많은 학문이었다

그는 소금이었다
그는 산허리에 박힌 뾰쪽뾰쪽 산돌이었다
아주 조용히 안티테제를 지나
진테제로 가고 있는 동안

조용한 연구실
조용한 외출
누구를 만나도 만나기 전의 그 마른 얼굴 그대로

정확하기가 그의 목적
정확할 것
정확할 것
모든 부정확에 분초(分秒)도 양보하지 않을 것

죽어 있는 책들을 살려내며

김민기

그 시절 비 오는 날
맨발로
도시의 거리를 오전 지나 오후 내내 헤매기도 하였지

어두운 시대
그가 지은 노래들은
국가(國歌)였지
독재의 나날
대학생에게도
제적생에게도

정작 그는 미행당하며
어디 가서 흉년의 농사도 지었지

그러나 그의 노래는 한 시대의 광장과 골목에서 풍년으로 퍼져나갔지

양희은

60년대 청년문화 그리고 통기타
서강대 사학과 여학생으로
이미 한 가족을 꾸려가는 가장이었다
양희은

그의 당당한 목소리 이전
몇십년의 청승인 이난영 황금심 이미자가 아니었다
김추자가 나왔다

그런 노래 저쪽
70년대 「아침이슬」이 새로 들려왔다
응혈의 음색
투원반의 음향
슬픔도 슬픔이 아닌 의지

부대(部隊) 같은 공화국 나뭇가지들에게 바람이 걸려 울었다

양희은과
양희은의 비겁할 줄 모르는 통기타
치사할 줄 모르는 노래

이 셋이 시대의 자유를 꿈꾸었다 하나는 여럿

재수생

70년대부터 또 하나의 사회 재수생의 사회가 만들어졌다
그 이전 대학입시 불합격자 하나하나와 달리
재수생 사회
종로나 내수동
관훈동에 재수생 학원 들어섰다

거기 73학번 76학번이어야 할 재수생들이
해마다 늘어나
굵은 여드름 달고
버글버글 그들의 암탉 수탉 세상을 이루었다

그런 재수생 이화영 최상호가
학원 영문법 강의 뒤
이른바 반정부 시 「민중의 소리」 등사해서
몇몇 친구에게 나누어준 것으로
긴급조치 9호 위반이었다

업힌 자식에게 배워라
아니다
제대로 어깨 펴지 못한 재수생들에게 배워라

두 재수생 공안부 검사실에 끌려가서
이 새끼들!
이 머리에 피도 마르지 않은 새끼들!

뭐 '민중의 소리'라고!
이 빨갱이새끼들!

그 단련 뒤 기어코 재수 삼수 뒤
정작 그때에야 대학에 들어가 대학이 싫어졌다
시대가 싫어졌다

단계벼루

추사 완당 김정희
한폭 글 쓸 때마다
한폭 그림 칠 때마다
이름 하나씩 지어

그런 몇백개 호의 뒷전에 그가 앉아 있다

그의 단계벼루
제주 대정현 귀양살이에도
함께 간 벼루

일생을 함께 지내는 동안
오직 먹 갈고
먹 갈아
드디어 그 벼루 바닥 뚫려

더는 벼루 노릇을 할 수 없었다

벼루 주인 김정희는
술 얼큰히 취해서
눈물 짓고

그 벼루 묻어
벼루 무덤 앞에서 해 넘겨

추모제 올렸다

그대가 먼저 가셨도다

김영환

1978년 4월혁명 기념일
수유리 4·19묘지에서도 경찰에게 막히고 붙잡혀갔다
원로나 문인들 교수들
구속자 가족들
학생들
그런 시기에 3백명이면 어디인가
그 3백명이 피투성이 되도록
기절하도록
팔을 못 쓰도록
경찰과 맞서다가 붙잡혀갔다

그러나 그런 4월혁명 기념일
서대문구치소 안에 갇혀 있는 학생들도 만세 부르다
교도관 집단구타로 뻗어버렸다
썩은 음식 배식에 항의하다가 뻗어버렸다

연세대 치과대학생 김영환
긴급조치 9호 위반 몇년짜리
거기에다
감방소란죄 추가 기소 1년짜리

그는 감옥 이후 잘생긴 얼굴 숙여
아예 공장으로 가
위장취업

다섯 가지 기능사 자격증 따냈다
거기에서
시대의 학위를 따냈다
경인선 새벽 첫차 지나가는 소리에 일어나
생라면 씹어먹는 공돌이였다
묵묵히

박인배

이만한 인물 나와
정치와 문화 맡아라
눈빛 휘황
광부들의 이마에 달린 불빛이었다

코 굵직하게 박아놓아 그 콧구멍의 굵은 터럭
입술에 한 티끌 간사함 없다

이만한 인물 나와
세상을 맡아라
세상의 한군데를 맡아라

1975년 늦가을
민첩한 원혜영과 더불어
각 대학 연합시위 꾀하다
미수에 그치고

유신체제 그 악독한 때
이만한 인물 나와
우선 유신을 무너뜨려라

이만한 인물 나와
민중의 미학 떨쳐
열두 상모 한바퀴 휘둘러라

양호민

한반도 근대사
서북지역 계몽으로 자라나
착실한 회계처럼
주판알 한알 틀림없다
전후 50년대
60년대 초반 사이
『사상계』 고객 필자
계몽을 펼쳤다

71년 3선개헌반대 투위
민주수호국민협의회
거기에도 동참
박정희 김대중의 대통령선거
공명선거 아니면 안된다고 주장했다

그뒤로는 민주주의보다
반공 이데올로기가 그의 임무였다
운모질의 광택 나는 이마
그 이마의 심심한 주름
한번도 흐트러지지 않는 자세

그 눈은 잠을 모르는 눈이다
의안처럼
언제나 감겨 있지 않는 눈이다

윤걸이

옛날 옛적 석가족의 한 공주는
문둥병에 걸렸다
그녀는 히말라야산 중턱으로 보내어
그 굴속에서
죽든지 살든지 하라 내버려졌다

몇년 뒤
그 굴 파본 사람이 있었다
수행자 코라였다

문둥병 씻은 듯 나은 미인이
거기 있었다

그들은 부부가 되어
열여섯 쌍 쌍둥이
아들딸 서른둘을 두었다

2천6백년 뒤
동북아시아 70년대에는
이른바 가족계획으로
한 집에 둘 키우자
그러다가
한 집에 하나 키우자였다

하나가 된 어린이 윤걸이
너 이놈 소원이 뭐냐
누나 있으면 좋겠어요
동생 백명 있으면 좋겠어요

만

인

보

15

萬

人

譜

한현

『삼국유사』 속이다 선덕여왕이다
당나라에서 보내온 모란 그림 앞에 섰다
이 모란에는 향기가 없도다
그래서 나비가 그려지지 않았도다

향기 없는 향기
워낙 묵은 집 여러 오누이
서강대 개교 이래
서울에서 똑똑하다는 고교생들 모여들어
거기 한현도
작은 키로 함께 있었다

졸업 뒤 미국에도 있었고
국내에도 돌아와 있었다
그러다가 다 내버린 몸 하나
가난의 벗으로 스며들어
세상의 여러 사람과 차츰 두절되고 말았다

감기 들면 감기와 함께 화목

시기심이라고는 통 몰라
그렇다고 성급한 축복 따위 통 몰라
무덤덤히 마른 영양실조의 얼굴 잔주름의 미소
슬프다

439

모든 지난날의 부귀와 청춘 따위 다 잊어버리고
지레 늙어
세상을 불안하게 걸어가지만

꼴론따이
로자 룩셈부르크
아니 씨몬느 베이유
그런 이름 따위 아예 모르는
정숙한 가난으로
그 자신이 되었다

오래오래 가난한 이들의 벗이 되어
가난 그 자체가 되어 자취 없다

거룩하여라 나비 없이

김진현

건강 만점의 신사
심성 만점의 국사(國士)
시국 앞
광범위한 시야의 논객
각료에도 어울리고
어렴풋이 학문에도 어울리는 다채로운 명사

껄껄 웃으면
그 우뚝 솟아 큰 키 온몸이 웃음덩어리
아주 온건한 발언으로
이의를 제기할 때는
온몸이 경륜덩어리

한번 사귀어보면 떨어져나가는 사람 없고
한번 사귀면 떼어내지 않는 사람이
바로 김진현

하룻밤 자고 나면
새로운 전망이 아침햇살에 반사된다

강신석

오랫동안 멈추지 않는 길 간다
광주 노회 중견목사
독재와
독재 앞잡이 밀어붙이며
어느새 잔주름살이 부챗살처럼 늘어나
70년대 내내
서울에서도
광주에서도
그의 이름 있어야 암! 그렇지 하고 마음놓았다
한 번의 기도회가 열 개의 싸움이던 시절 그의 이름이 있었다

뜯들이지 않는다
있는 그대로
만나는 그대로
저만치 카프카서점 차려
거기에는 목사 없는
빠리꼬뮌
혹은 유물론과 프란츠 파농
담배연기 자욱한 골방을 이루고 있을 때

마을 반장처럼 짝짝이 양말 신고
몇갈래 생각들 하나로 모으면 된다
오래된 신약전서를 폈다
서울 기독교회관 오는 날

호주머니 먼지 털어
설렁탕값 다 내주고 간다
저쪽 자리 젊은 일꾼들 소주값까지 내주고 간다
주기도문보다 일상의 말 몇마디 가슴에 못박혀

젊은 그들

이호웅
문리대『형성』을 꾸몄던 젊은이
감색 교복 다리미질 자꾸 번뜩이던 젊은이
그뒤로 그 이름
'형성'으로 출판사를 차리기까지

그 젊은이와
김도연
채광석
송병춘
박성규
천희상
연성수
김정환
유상덕
유영표
겁 없는 막내 장만철

한또래였던 농대 축산학과 김상진의 자결 뒤
그 추모시위 직전
호송차 닭장차에 실려간 젊은이들

악법을 없애려면
그 악법에 자꾸 걸려들어가야 한다

앞산 첩첩하던 꽉 막힌 시절
그러나 그 탄압이 조금씩 힘을 잃어가고 있었다
강한 탄압이야말로
더이상 강할 수 없다

가령 식민지시대에도
무단정치
문화정치 어느 것이 강했던가
바보들

청주 한잔

일본『코지끼(古事記)』를 넘겨보다가 얼씨구

기원 300년경
백제사람 인번(仁番)이 건너가
일본 오진(應神) 시절
아름다운 술 빚기를 가르친 이래
그 인번이 내내
주신으로 받들려오고 있다

그 눈썰미 높고
그 효모 어루는 솜씨 깊은
인번 아주버니가 바다 건너가
주신이었다

그 주신뿐 아니라
다른 신도
다 그런 사람들일 터

청주란 고대 백제 이전
쌀농사의 고장에서 비롯된 술
쌀찧기 52프로
그 어중간한 속쌀을
썰렁한 온도에 익혀

안주는 딱 한가지면 만가지일 터
청주 한잔 목에 축이고 나니
이 어지러운 세상
여기저기
복사꽃들 보이고
거기 모여드는
벌 몇마리 한껏 떨치는 날갯짓도 보일 듯

그러나 이런 풍류마저
70년대 내내 삼가야 할 때가 잦았으니 빈속으로 서둘러 취한 밤

정수일

이 망명 독립운동가의 늦둥이 아들
평택 안중의
넓은 들을 가지고 있으면서도
영등포 뒷골목
파리똥 잔뜩 눌어붙은 의상실 차린
아내와 함께

함석헌을 섬기다가
천관우를 섬기다가

민주수호청년협의회
그뒤로 쭈욱
최동전과 더불어

무지막지한 고문당하며
그 속절없는 젊음 보내면서도
운동이 좋았다
운동이 좋았다
그저

정치에 꽉 뛰어들거나
농부로 돌아갈거나
넓디넓은 들녘이야 그대로 거기 있었다
어린 시절 함부로 쏜 화살이야

어느 하늘에서도 돌아오지 않은 채

장차 여의두광장
그 전국농민대회 함부로 나선 주동자였으나
그 시원섭섭한 눈빛
웃음은 늙은 호박덩어리만하다
호주머니 속 깊이 구겨진 돈 몇푼 아끼고 아껴 그대로였다

이신범

충남 예산땅
해묵은 기와집 아들
집 앞은 넓은 들
집 뒤는 아늑자늑 언덕배기
늙은 소나무 몇그루
아침부터
해 진 초저녁까지 느리다
밤새워
먼동 틀 무렵까지 느리터분하다

그런 느린 고장에서 태어난
똘똘이 신범이
장항선 타고 서울에 가
법과대학 들어가자마자
재빨리 정치가 시작되었다
정치의식이 정치이건대

『자유종』 만들어 독재를 규탄
내란예비음모라는 어마어마한 이름 붙어
학우들과 잡혀간 이래

어찌 느리지 않고 빠른가
저만치 가 있다
아직 여기인데

아직 친구들 동지들 여기인데

불밤 ♀밤 넘어 폭밤에 성공하는 시젼 달려오는가 아닌가

백기범

쉽사리 문 열지 않는 눈빛 예사롭지 않다
청석골 소두령
다문 입 예사롭지 않다
오랜만의 차가운 반가움도 예사롭지 않다

외신부 기자였다
누구의 말 귀담아듣지 않는 사람
그러나 선배 리영희가 있어
그는 맨 앞자리
그 뜨거운 술자리 늘 침묵이었다

암탉이 알 품은 듯
추운 날
암탉이 병아리 품어 감춘 듯

동료 친지들의 부탁 두말없이 들어주어도
어디에도 너털웃음 따위 없다
쨍그랑!
앞의 벽에 열 번이고 던져버리고 싶은 분노를
한잔 털어넣은 뒤 던져버리고
박차고 나가버린다
다음날 까마귀 많은 날
가장 고요한 인내와 회한조차
고른 빙판처럼 바닥이 되어 예사롭지 않다

문호근

목숨 걸어 부르짖은
아버지 문익환이 전주교도소 이감 가서
20일
30일 죽기로 단식할 때 가서
아버지의 말 한마디 한마디 새소리 폭포소리로
다 듣고 나와
새로운 사도행전이던가
그것을 몰래 인쇄한 뒤
사람들에게 나누어주었다

장남 호근은 그의 음악 멈추고 그런 일부터 했다
아버지보다
할아버지를 더 닮았다가
아버지를 다시 닮아

섬기는 사람은 저만치 숙부 문동환이었다

이우회

몸 가벼우나 넋은 무겁다
그래서 밤중에도 날아다닐 수 있는가
살쪄본 적 없는
집안 내력
깡마른 몸도 날개였다

어떤 일에나 그가 날아가 날개 접고 있다

동지들과 둥그런 토론장에서
그의 말은 긴긴 말잔치 빠져나가
한가운데 화톳불 불 속에 들어가
타고 있다

다른 동지들 장광설을 기다리고 있을 때
그는 옳다 하고 짧게 끝낸다
1978년 민청협 일꾼
옛날 난생설화의 알 같은 일꾼

가짜 김종필

1961년 북한의 남로당 잔존인물 황태성이
임진강 건너
남하에 왔다 쉰

그는 경북 선산
김종필의 장모를 통해서
중앙정보부 김종필을 만나자 했다
김종필은 직접 만나기보다
그를 닮은
치안국 정보과 경감 박문병을 보냈다
서울 반도호텔 735호실
30대 미남이었던 김종필
그러나 그 무렵
아직 텔레비전 시대가 아니었으므로
신문이나 잡지 동판사진이
흐릿하였으므로

가짜 김종필이 만나든지
아니
진짜 김종필이 만나든지

끝내 황태성은 박정희 김성곤과의 옛 동지임에도
교수형으로
그 시체 드리워졌다

오노다

70년대 일본 쿄오또통신 서울 특파원 오노다
한국 민주화운동의 빠른 소식을
빠짐없이 본사에 타전하는 사람

한국 국내신문에는
어떤 사람
어떤 사건 한 줄 실릴 까닭 없는데
외신으로 세계 여기저기에 소식 가 있다

그는 민주화운동의 소식뿐 아니라
뒤란 같이 민주화운동도 돕고 있었다
남몰래 뒤란 장독대같이

그가 70년대 후반 떠날 때
그의 안경테 눈시울 뜨거웠고
그를 보내는 정든 사람들도 눈시울 붉었다

통금시대
화곡동의 밤
그와의 합창 이후
그는 모스끄바 특파원으로 떠나갔다

일본인답지 않게 겉은 거무튀튀하다
일본인답지 않게 속은 때로 무뚝뚝하고 때로 무덤덤하다

입심

지루한 고속도로 버스여행일 터
버스 안은
운전기사 취향으로
뽕짝 노래만 큰 소리 채워졌고
바깥 풍경들은 온통 제멋대로 선 급성개발의 건물들이었다

그런 노래 가득할손
그런 노래 질세라
늘그막 아낙
환갑도 넘긴 아낙
푸르딩딩한 입 놀려 큰 소리의 잡담 끊이지 않았다
함께 가는 조카딸 귀에 대고
별의별 잡동사니 소리 끊이지 않는다

돼지 서른 마리 중
세 마리가 병들어 죽은 것을
동네사람들에게 싼값으로 내놓아
동네잔치가 벌어졌다는 둥
산 너머 마을 늙은 안사돈 노망들어
방바닥에 똥 싸 여기저기 처바른다는 둥

이웃 동네 뻔뻔한 새댁 한 년
일년도 못 채우고
서방 몰래 패물 챙겨 도망갔다는 둥

이제 목쉴 만도 한데 시간이 갈수록 그 목소리 더 컸다
차가 속도를 급히 줄이자
잠깐 소리 멈추었다가

다른 승객들 다 꾸벅꾸벅 조는데
개침 질질 흘리며 잠들었는데
처음 탔을 때의 그 목소리
영차
영차
이 입심 좋은 아낙
염치 좋은 아낙
장차 관 속에서도 큰 소리 잡담으로
상여 상두꾼들 놀라 달아날까
무덤 속에서도 큰 소리 잡담으로
다른 귀신들 해골 도리도리 내두르며 정나미 뚝 떨어질까

춘향

춘향이만 하거라
전주 남원 사이 춘향로 지나
남원 광한루

지리산 천왕봉 멀리 우러러보는
춘향의 밝은 눈만 하거라

아름다운 처녀한테는
아름다움 말고
다른 것 있다

먼 산
먼 산 위의 하늘가 어디
그의 전설이 먼저였고
그가 다음이었다

춘향가 한 대목 아니어도 좋아
사랑
사랑
내 사랑
어화둥둥
내 사랑

가던 구름

오던 구름 잠깐 멎어
춘향가 한 대목 아니어도 좋아

한명숙

크리스찬아카데미 간사
1979년
크리스찬아카데미사건에서
가장 질긴 치욕과 곤욕을 치른 여성이었다

그의 하얀 육체는 검은 육체로 되었다
서울구치소 여사(女舍)
그 감방 0.9평 안에 들어가서야 긴 잠 잘 수 있었다

죽고 싶었던
죽고 싶었던 그 악몽 지나
자고 나
철창 밖 바람소리 들으며 살고 싶었다

배식(配食)시간 밥냄새에 목구멍 침 넘어갔다
눈물 흘러내리며

호지명

일제 식민지시대
조선은 조선의 쌀을 일본에 바친 대신
베트남의 안남미
후후 불면
날아갈 안남미 배급 타
허기 메웠다

그런 베트남과의 관계 지나
박정희는
미국의 월남전
온 세계의 비판과 항의를 받을 때
그 미국과 뜻이 맞아
한국군을 보냈다

어떤 사람은 한국경제를 월남경기로 키웠다 하고
어떤 사람은 한국군이 미국의 용병이었다고 외치다가
곤욕을 치러야 했다

월남은 그 이래로 한국의 행복한 외부가 아니라
불우한 내부였다

월남의 정신 호지명
일찍이 어린 시절
동북아시아 한자권의 조선 정약용의 책

그 『목민심서』 따위 구해 본 뒤
정약용의 제삿날 알아내어
ㅎ저이 추모하기두 했던 사람

그가 프랑스와 싸웠고
미국과 싸워
통일베트남의 조국을 실현하기 전
세상 떠났다
모택동과의 불화
거기에
그의 민족주의가 돋아났다

그의 생일은
남부 월남의 도시도 철시했다
그가 죽은 애도 기간
미국에서도 애도했다

아시아에 호지명 있다
그의 무소유를 배우라
그의 골초 배우지 말고
때로는 그의 독신을 배우라
그러나 그의 무서운 애국은 도저히 배울 수 없다 그만둬라

홍길동

홍길동은 야릇하게시리
마구 일어나는 세종왕조에 태어났다
홍판서께서
그 예쁜 몸종 춘섬을 건드려
거기서 태어났다

우렁차게 자랐다 휭 떠났다
조선팔도를 누비는 의적
그를 따르는 의적들
팔도의 산야에 물처럼 불어났다

홍길동 토포령으로
전국에서 잡힌
홍길동 무려 3백 몇명

양반
부자들의 착취에 맞서
그것들을 털어 백성에게 나눠주는 일
그런 일이
어느 달 밝은 밤
달 지고 난 어두운 밤
왕의 백성보다
의적의 백성이 더없이 아름다웠다

김윤식

검붉은 얼굴 산채 옛 두령인가
나이 들어도 늠름하다
한번 휘익 돌아다보니 눈빛우
부엉이 눈빛인가
부엉이 눈에 들어온
청설모 눈빛인가

센 고집 접어두고
힘찬 악수로
상대방의 손을 쭈그러뜨린다

4월혁명으로 이승만 동상을
남산공원에서 넘어뜨린
그 시절

제2공화국 민의원 의원이 된 사람
그러다가 몇개월 뒤
5월 군사정변으로 의원직 잃은 사람

그의 아들 학민이도 대학에서 반독재이고
그도 반독재였다
낡은 생각 속에는 옛정 깊숙이 채워져 넉넉하다
뚜벅뚜벅 걸어가
한번 앉은 자리 오래 간다

그 큰 코의 콧구멍 털 시커멓다
허허허

박종규

야전복이 몸에 밴 장교
1961년 5월 16일 밤 이래
그 쿠데타 이래
박정희 뒤에 항상 서 있는 사람
네모진 눈
네모진 광대뼈
굵은 목소리에는
어떤 고민도 사색도 있을 턱 없다

그 아래 손아귀에는
묵직한 권총이 들려 있어야 한다
이 새끼
김형욱 이 새끼
경쟁자 김형욱의 독오른 이마에
권총구멍 들이대며 윽박지른다

피스톨 박
경호실장 피스톨 박
벌써 그의 고향 많은 땅을 사들였고
그 영달깨나 치솟았다가
대통령 암살미수 사건
즉 대통령 부인 피살 사건 이후 물러났다

그래서 사격대회장 피스톨 박

박기출

한국 선비의 길
현대한국 지식인의 길이라면
그 길 쉽지 않으나
새로 꺼내 입은 마고자인 듯 얼마쯤 어설프다가
나프탈린 냄새 따위 가시고 나면
큼! 의젓해질지도 모를 일

눈 속의 매화꽃 입에 올려

그런데 한국 정치인의 길은 허망하기 일쑤였다
진보당 제2인자 박기출
다시 떠올라
이번에는 종잡을 수 없는 야당의원이었다가
박정희 3선개헌 반대로 비로소 제구실이었다
다시 살아나
대통령후보 따위로 장식되었다

일본 사무라이 머리였던가
일찍부터 머리 훤히 벗어져 뒤쪽까지
어딘지 희극적이었으나
그럴수록 꿈과 현실 사이에서
어느 쪽도 비극적이었으니
이상이란 최선의 현실이라고 누군가가 말해도
현실은 늘 배반의 현실일 따름

468

대통령선거에 출마한다는 것은
여당 박정희
야당 김대중이 아니라
몇명의 당원을 밑천으로 나서보는 것

남한의 메마른 여기저기 바람 부는 유세장에서
망치소리
곰소리
이쪽에서
그의 확성기 앞에 서 있으나
드문드문
오고 가다 잠시 멈춰 있는 청중 몇이 서 있는 것

그의 열변은 저 건너 앞산 그늘에나 닿아
거기 난쟁이 도토리나무들 귀기울이고 있다

어머니!

취침 나팔소리가 난 직후
구치소 감방마다
갑자기
푸른 이불 내리깔고 괴괴해진다

저녁 관식 먹은 뒤
이 방
저 방 서로 통하는
헛된 통방 있고

감방 안에서도
절도범
강도범
강도살인범
살인강도범
사기꾼 변호사법 위반
'폭'
폭력범들

한바탕 구질구질하게시리 화기애애하다가
우당탕탕
얻어맞고 우는 소리
거친 웃음소리

그러다가 괴괴해진다
그때 서울구치소 제2사 하 8방
전과 9번짜리 절도범
나이 38세
소리 한번 쩌렁 우렁차

어머니이!
한번 부른다
그의 고향 강원도 홍천까지
홍천의 어머니 귀에까지
들리도록

홍천 두메산골도
일찌감치 해 진 어둠속이라
어머니의 귀 귀머거리에
무슨 놈의
아들이 부르는 소리 들리겠느뇨

김진수

70년대는 섬유공장이 신나는 공장이었다
낮은 임금
바쁜 수출
서울 구로동도 부산도
박정희의 향토 대구도 온통 섬유공장투성이였다

서울 한영섬유
그 공장 노동자 김진수
노사 대립으로 살벌한데
사용자 쪽 깡패한테
드라이버로 머리 맞은 김진수
끝내 숨졌다

머리숱 빽빽해서
머리 감으려면
비누가 많이 닳는다고
머리를 빡빡 깎고 다녔다

그가 죽은 뒤에도
하루의 임금
밤의 잔무 수당 합쳐야
고향으로 부칠 돈 턱없다 어림없다

영등포는 누구도 올 수 있는 곳

누구의 고향도 아닌 곳
어디 한군데 포근한 데 아늑한 데 없이
오직 진실로 황량할지어다

어떤 조약돌

자살도 타살이다
그러나 그것밖에 없었던 시절이었다
1970년 11월 청계천거리
불탄 몸으로 달려가다
쓰러진 전태일의 시절이었다

그뒤 몇달이 지나갔다
1971년 2월
비록 공장노동자는 아니나
북창동 먹자골 마시자골
식당 한국회관 종업원
김차호

몇푼어치 저임금이었다
하루 내내
아침부터 밤 열시 열한시까지
그 쉴참 없는 노동에 항의였는데

항의가 항의 같지도 않았던가

몸에 프로판가스통 열어
불 댕겼으나
자살에는 이르지 못하고
몸에 3도 화상

일그러진 흉측한 얼굴과 가슴팍 꼬여버린 팔다리였다

그익 이름 따위
대통령선거 막바지에 온데간데없다
이런 모래알 사건들 하나둘
시대의 격류 밑창에 가라앉아
조약돌로 깔려 있음
그런 조약돌 쌓이고 쌓이면
끝내 격류의 물길 달라지지 않을 수 없음

허균

한국 최초의 한글소설 『홍길동전』이
중국 『수호지』를 넘어섬이던가
조선 주자학이
깊이깊이 이념으로 굳어가는데
아뿔싸
불교를 믿다니
그래서 수안군수 파직당하고

불상을 모시고
염불과 참선으로 세월 보냈다고
삼척부사 3개월 지나 추방당하고

공주목사가 되었으나
그 자신 후취 소생이려니와
서얼 출신과 사귄다 해서 또 파직당하고

전라도 부안에 가
그 고장 홍길동 설화로 소설이나 구상하며
기생 계생
천민 시인 유희경과 노닐었다
어인 일인지 그래도 외직 관운은 아직 남아서
한두 군데 들어앉았거니와
그 지긋지긋한 예교 있어
백구야 훨훨

한때는 아예 훨훨 날아가는 중이 되고자 하고

아버지 허엽
이복형 성
동복형 봉
동복누이 난설헌
이들이 한결같이 휘황한 문운에 파란만장의 불운이라
그 가운데서 그도
나이 오십 평생 끝내
혁명 미수의 네 마리 소에 매달아 찢어버리는 능지처참형으로 죽어가
야 하고

김성곤

눈 서글서글
코 아래 수염 웅얼웅얼
마음속 휑뎅그렁
아이들이 돈 10원 달라 하면 듬뿍 2백원 준다
해방 직후
대구의 어느 해 10월
박상희 황태성과 함께
그 가을의 항쟁을 주도한 좌익 재정부장이었다

그뒤 사변 지나
두 마리 용으로 이름 지어
쌍용시멘트
쌍용투자증권
그리고 동양통신

그 두꺼운 손바닥
그 깊숙한 주머니 항상 두둑했다

궂은날 인심 질퍽질퍽
70년대 초
정계에 발 들여놓아
여당 공화당을 손아귀에 쥐었는데

항명파동으로

478

그 수염 몽땅 뽑혔다 온몸 짓이겨졌다
남산 지하실에서
'이 새끼 이 빨갱이새끼 제 버릇 못 버리고!'
그곳에서 나와
정치도
사업도
그리고 삶도 허허벌판
떠도는 구름이 차라리 옳았다
그렇게 구름이 불러 불현듯 떠나갔다 저 구름자락 어디

차범석

옛날이야기일까봐
접싯불
참기름불 맑은 불빛 아래
아리따운 아가씨
정성껏 수놓은 수(繡) 같은 사람
그 수틀 위
작약꽃이거나
한쌍 두루미 가운데
암두루미 같은 사람

그가 한국 현대연극의 무대 위에서나 뒤에서나
언제나 팔짱 끼고
꼼짝 않고 서 있는 사람
부지런하기는
묵은 빚 일부 받아낸 듯한 이른 아침 잰걸음의 사람

어디 한 극단 '산울림'만인가
여기도
저기도
그가 가면 알뜰살뜰한 연극 3막 5장
막 올려
관객들은 그 집안 식구였다

말 한마디도 바지 아래

곱게 맨 옥색 대님같이 얌전하기만 하다

목포 유달산 제일봉 바위 비탈 아래
나이 먹어도 그대로인
이렇듯 곱단이 꽃의 남정네 마음속 칼날인 듯 태어날 줄이야
차범석 그 사람

민영규

학자 민영규
창덕궁 안으로
감색 조끼까지 받쳐입은
감색 정장
일요일 낮에 나와 혼자서 일행이다

신촌에서 비원까지 와
그 안으로
그 안 숲길로 빠르지도 않고
느리지도 않은 절도(節度)로
함초롬히 거니는
그 멋의 일행이다

그 안으로 잠긴 거만이야
차라리 아내도 아이도 없는 듯 홀가분하기까지
그러나 함부로 튀지 않는 단단함이
꾸준히 긴 열차 지나가는 풍경이기도 하니

두 손 조끼 호주머니에 넣고 거니는 멋으로나마
장차 82세가 되어도
써야 할 논문의 주제 5백개나 정해놓고
결코 늙어빠지지 않는 그에게 남은
그 멋으로나마

민두기

함부로 실증을 경멸하지 말 것
세상의 소리 다 등 뒤에 두고
오직 연구실에서
중국의 고대와
중국의 현대가 다르지 않다

그의 동양사야말로 파란만장의 역성혁명을
다 가라앉혀
그 물속에 파란 마름풀 어른거렸다

함부로 사실과 진실을 차별하지 말 것
오랜 사대주의 지나
한반도와
중국 사이 몇십년의 단절을 지나 함께 물속에 대륙의 동(東)과 반도
의 서(西) 어른거린다

동일방직 노동자 김옥순

어용노조 사내들이 끼얹은
똥물 바가지 뒤집어쓴 채
주저앉아
엉엉
그저 엉엉 울기만 했다

노동자의 투쟁이라는 것 어이없었다
그냥 주저앉아 울기만 했다

어머니!
어머니! 하고 땅 치며
똥물 말라가며
주근깨 얼굴 눈물 말라가며

귀신

어린 시절 여덟살 아홉살
나는 밤에 자주 귀신을 보았다
잠들기 전이나
놀라 잠 깨어서나

한밤중
헝클어진 머리의 귀신을 보았다
소리도 지르지 못하다가
가까스로 소리가 나와서야

아버지가 일어나 문 탁 열고 나가
낫을 들어
방 안의 허공을 마구 그어댔다

그런 뒤 그 낫을 벽에 걸어주었다
그제야 나는 겨우 수전증 같은 새벽잠을 잘 수 있었다

내 삼십대 제주도 시절
다시 그런 귀신이 밤에 나타났다

귀신이 무섭지 않았다
귀신이
내 얼굴 어루만져도 괜찮았다

한 주술시인 나이 마흔이 되면
귀신을 보는 나이라 했으나
나는 마흔이 되어서야
여러 귀신들과 영영 헤어졌다

70년대 내 가난한 무신론의 철창 밖으로 꽃도 귀신도 없었다
빈 봄이 왔다 갔다

금강산 20년

조선 중기 개성의 한 빈민굴에서
일찍 아버지 여읜 뒤
떡장수 홀어머니의 아들 하나
한호
호는 석봉
호야 뒷날 얻은 터라

일곱살 되던 해
글방에 가라는 어머니 말에
글보다
글씨 배우고 싶다고
검불 뒤엉긴 댕기 말아올리며 말했다

그래서 10년을 글 배우고 글씨 배웠다
다시 어머니의 말
금강산 토굴
70세 일초거사가 계시다니
거기 가 20년만 글씨 배우고 나오너라

금강산에 갔다
10년
글씨 하나하나에 금강산 바람소리가 획획 났다

내려왔다 그만하면 되었으므로

그러나 어머니가 꾸짖었다
아직 10년이 더 남아 있지 않느냐
어디 보자
내가 어둠속에서 떡을 썰고
네가 어둠속에서 글씨를 써보아라

어머니의 떡은 반듯반듯 잘 썰어졌다
아들의 글씨는 어둠속이어서 크고 작기가 고르지 못했다

아들 석봉은
다시 금강산으로 갔다
10년
그의 글씨에는
금강산 구룡포 폭포소리가 나고
금강산 비로봉 하늘소리가 푸르딩딩하게 들렸다

그러다가 이 땅의 단정한 글씨 천자문 문체로 돌아와 있었다

이세중

이문영 교수와 함께 성결교회 장로였다
단정한 사람
장차 늙어서도 저승꽃 하나 없으리라
머리 한 오라기
흐트러지면 큰일
어떤 꼬투리도 잡히지 않는 변호사

무턱대고 앞장서지 않으나
한 계단
한 계단 걸음 내디디다가
그의 말소리인 양
한 계단 내려가기도 하다가

유신체제 양심범 변론을 맡아
70년대 말
그의 이름이 상현달처럼 떠올랐다

어중간한 키로 일어서도
정숙한 실내의 음성은 그대로 거기 남아 있다

누가 그의 잠옷이나
허드레옷을 보았다 하는가

대전 이일수

1951년 1월 초순
한국전쟁은 북위 38도선을 훨씬 넘어
39도선
40도선
그 너머
압록강
국경 압록강에 이르렀다

그때 중국인민의용군의 개입으로
그 미 공군 융단폭격에 맞서
인산인해 주도면밀의 작전 개입으로
밀려나야 할 때

38도선 이북 사람들
죽자사자 피난길 떼지어 내려왔다

서울도 수복의 기쁨 서너 달 맛보자마자
다시 1월 초순 피난길 내려갔다
피난열차는 화물차 객차 할 것 없이
유리창 하나 달리지 않았다
그런 화물차 위에까지 올라가
아슬아슬 내려가는데

그런 아비규환 피난길에

집에서 담근
동동주 한 병
대두병으로 한 병 달랑 들고 나선 사람 있다

태연자약이기는!

서대문 아현동 굴레방다리에 살던 이일수
이 사람 저 사람에게
그 술 한 모금씩 주거니 받거니

그 자신도 한 모금 목 축이며
취하여 빙그레 웃어가며
뭐라고
뭐라고
혼자 중얼거리며

그렇게 부산까지 갔다가
부산 범일동 공장지대 못 견디고
대구로 올라와
대구역전 술집 골목 못 견디고
대전에 와
서대전 언저리에서
어찌어찌
술친구 덕으로

구멍가게 차렸다
그 구멍가게에 도둑 들었다
똥 한무더기 싸놓아 얼어붙었다

김경남

단정하다 박힌 못처럼
착실하다 아이 업은 소녀가장처럼
감정 내보이지 않는다
막 실려온 검은 십구공탄
다 타서 허연 십구공탄
그 어느 것도 아니다

유신시대 청년운동의 무대
그 무대 뒤
거기 있다
기둥에 걸려 있다

무대 위와
무대 앞의 관중까지
그의 손전등 같은 눈으로 좍 파악한다

입술은 누군가가 만들어 붙인 듯 말 없다

그는 꽃밭에도 눈을 주지 않는다
차라리 생화보다
조화가 그의 동지인가

몸에는 의지 한움큼 혹으로 자라난다
그가 있으면

화려한 무대도
어느덧 열심히 일하는 작업장이 되고 만다

탈

70년대 대학 마당에는
그동안 전혀 보이지 않던
콰빼기두 보이지 않던 녀석들
껑충껑충 나타났으니
주저하지 않고
아
껑충 나타났으니
그것은 바다에 온갖 낙배들 다 나와
바다에 대고 소리치는 듯

그 사람들이 바로
탈이었다
탈이었다
계몽기 지식 따위 싹 작파해버리고
탈춤이었다
껑충 맺고 풀기
꺼껑충 탈춤이었다

고려말 이래
취바리
말뚝이
상좌
시시닥닥
노장

할미
양반
노름꾼

실로 헤픈 공감과 즐거움 열었다 일자무식 좋을시고

그러나 탈이란 뭔가
제 낯짝 위에
다른 낯짝 덮은 것 아닌가
그것을 민중의 전형이라 하건대
이 소름끼치는 오류!

여섯 대 과부들

조선의 명군 세종의 아들 18명 가운데
다섯째 광평대군
아버지 닮아
이미 15세에 경서에 통하고
음률과 산수에도 통하고
그러나 나이 20에 세상 떴다
그가 낳은 아들도 뒤이어 짧은 세상 떴다
그런 광평대군의 6대 후손 이원후
15세에 장가들어
그 마누라 이래
시어머니
시할머니
시증조할머니 다 청상과부

그 과부들 귀신 숭상
후원에 터줏대감
집안 성주대감
부엌 주방할미 조왕대신
뒷간 측신
사랑방 옥황상제 염라대왕

어디 가나 귀신
옥황상제
삼신할미

산신령

농신

원신

조성대감

제석신

손각시

미명신

어디 가나 귀신

백기완 마누라

백기완이야
언제 월급 한번 타본 적 있더냐
60년대 대한일보 논설위원
몇달 해보다 때려치운 것밖에

돼지고기 한근 들고 오는 젊은이가 있으면 되고
50년대
60년대 내내
명동거리에서 공짜술 '쌍도끼'였지

뜻있는 젊은이들 모여
그와 함께 민족을 외쳐
반외세 외쳐
70년대 3선개헌 백만인 서명에까지 나섰더라
그런 남편이기에
세 딸과
외아들 누가 길러냈던가

오로지 초등학교 교사 오래오래
칡뿌리처럼 깊이 박혀
호봉은 높았다
행여 사나이 마음 비겁하거나 남루하면
밤 재미 대신 볼기짝 쳐 내보낼
그런 장승 키에

희로애락 따위 대강 손대며
세월 한복판 굴 뚫어 지국총 지국총 건너오니
천마디 말
만마디 말의 남편 하나와
억척으로 믿음 하나는 무쇠로 굳어

반전태일

청진동 가락지
대낮도 컴컴한데
밤에두 컴컴한데
생맥줏집 가락지

외상값 2만원이면
주인 눈에 든 손님이렷다

그 가락지에 낯선 사람이 나타났다
벌써 3차인지
4차인지
혀가 꼬부라졌으나
뜻이 곧았다

야 이 새끼들아
전태일만 팔아먹는 새끼들아
청계천 바닥에서
숯덩어리 되어 죽은
전태일만 팔아먹는 새끼들아

전태일이 네 10대조냐 좆대조냐
야 이 새끼들아
왜 이 나라는
죽는 놈들만

죽은 놈 위패만 금이야 옥이야
받들어 모시고 지랄들이냐

저 동대문시장 아낙들
영등포시장 아낙들은 누구냐
그런 아낙네 따위는 아랑곳하지도 않고

이 속물새끼들아 먹물새끼들아
야 이 새끼들아
나는 반박정희 앞서
반전태일이다
반유신보다 반전태일이다

누군가가 생맥주잔을 던졌다
야 저 새끼 앞잡이다

아니었다

김태길

마를 대로 말라버려
저 충청도 내포지방 합덕 예산
오일장 건어물장
저 강원도 봉평장
황태 북어 한축 마를 대로 말라버려
궂은비 구질구질 내리는 날에야
좀 눅눅해지며

대학의 철학 강의
철학보다
차라리 윤리학의 비늘이도록

박종홍
고형곤 이래
그의 냄새 없는 강의
어떤 특색과 어떤 영향도 크게 끼치지 않는
꾸준한 강의

꾸준한 상식 같은 강의와 논설
도리어 그것이 눈에 슬슬 들어오는 시절이 있다
70년대 유신체제는 정녕 철학이 어려우므로
모든 학문이 다 어려웠다

철학 없는 시대

소위 제2경제라는 것
정신문화라는 것만이 엉거주춤 내세워진 시대

함석헌 옹 부인

세상에 바람 같은
훨훨 날아가는 학 같은
서천에서 내려온
신선 같은

그런 함석헌 옹에게 부인이 있다니

봉건시대 여성 호칭으로 부인 황씨
세상에 얼굴 한번 내보이지 않은 채
영감은
온 세상의 얼굴인데
온 세상의 정신인데
부인 황씨 오래 몸져누워

영감과 달리 몸집도 항아리처럼 큰데
세상의 그 누구에게도
그 부은 얼굴 내보이지 않은 채

평생 불화 그대로

어느날 순무식으로 숨졌다
그때에야 부랴부랴 사람들은
장례식 준비였고
날씨는 사나운 개처럼 사납게 추웠다

윤순녀

수산나 윤순녀
떫은 웃음
속 시원한 웃음
혹은
혼자 웃는 듯
싱거운 웃음

뜻 모아 여럿이서 원을 만든다

누가 알아주거나 말거나
심지어는
천주께서 알아주시거나 말거나
오직 일하는 사람들의 이웃으로 달려가
그 오래된 절구통을 부려놓아

거기에 퍼담아 찧을 곡식 채워놓는다

집이 어디인지
집에는 누가 있는지
그런 것 몰라도 좋아
언제나 일하는 사람들의 이웃으로
횃불 같은 웃음
밤 집회 원을 만든다

청맹과니

조선 세조는 사육신을 남기고
생육신을 남겨놓았다
생육신의 하나
김시습
훨훨 운수승이 되어
산천을 떠돌았다

그런 생육신의 또 하나
이맹전
고향 선산에 돌아가
눈뜬장님 행세로
장님 지팡이
장님 30년을 살다 죽었다

귀머거리 행세로 청롱(靑聾)도 있다
권절은
세조의 정난 뒤
벙어리 행세
집안 식구들에게도 수화(手話)로 말하며 살았다

남효온
남충서 부자
그대들은 또한 미친 사람 행세로 살았다
날 궂으면 히히히히

날 궂기 전에도 가끔 히히히 입맛 다셨다
제비가 빨랫줄에 내려앉았다
히히히
술맛 보았다

잡초 양승환

몇천년 동안 농사짓는 논밭
기음매는 일
품 매는 일
암 농사란 잡초와의 싸움이기도 하였지
오래오래

봄이 온다 안 온다 할 때 먼저 잡초가 나선 이래
한해 내내
그 질긴 잡초와의 싸움으로
사람과 잡초 동고동락이기도 하였지

그런데 70년대부터 농촌에서 사람들 자꾸 빠져나가자
한번 뿌려
잡초 없애는 제초제로 한숨 놓았지

전북대 농약학 교수 양승환은
그의 일본인 스승 우쯔노미야와 연구에 동참
저승꽃 핀 스승과 함께
농약의 세월을 살아왔지

천둥소리에 놀라던 어린 시절
호랑이 나온다 하면
울음 뚝 그치던 어린 시절 그대로
농약 연구의 세월을 바깥세상 모르고 살아왔지

그러나 제초제란 얼마나 독약이던가
껌벅껌벅 눈 감았다 떠 새로운 제초제를 헛되이 꿈꾸기 시작하였지

겨울 피난

태백산맥
앞뒤로 첩첩한 산에 에워싸여
한해 몇차례의 나들이
큰일 중의 큰일
아기 낳는 일과
늙은 어머니 눈감으면
땅에 묻는 일과 함께
또한 장 나들이가 큰일
마흔두살 엄대섭
예순살도 넘어 보이며

동짓달 섣달 그 무렵이면
혹한이나
폭설에 갇혀
옴짝달싹할 수 없다

험한 산 넘고 넘어
60리
70리 나아가
거기 소 두 마리와 돼지들
그리고 닭장까지
식구들까지 몇번 오고 가며 옮겨다놓는다

그렇게 한겨울 나야 하였다

다음해 삼사월까지 짐승들 하숙 신세이고
소 하숙집이야
하숙비 덤인가
소똥으로 퇴비 얻어간다

이듬해 늦은 봄에 집으로 돌아가면
그 썰렁한 빈집
다시 삶을 이어갔다
하늘까지 다 차지한
산봉우리들
산줄기들
거기 어디서
심심풀이로 우는 것 있다
송아지 낳아
음매음매
대답이야
연기 나는 마을 무대답

이대용

1950년 10월 한국사변 중
남으로
남으로 밀리던 전투가
거꾸로 밀어올려
북으로
북으로 올라가
한만국경 압록강 초산에 이르렀다
국군 제7사단
그 사단의 한 중대장 이대용과 그의 대원들
압록강 물을 떠다가
늙은 대통령 이승만에게 보냈다

그뒤 그는 월남전에 참전
티에우와 제법 친한 사이
육군 준장이었다가
사이공 함락 당시
대사관 직원과 교포들 다 보낸 뒤
그는 마지막 배를 놓쳐
통일베트남
전범수용소에 갇혀 있었다

베트남 대사 김영관은
전원 무사히 철수했다고 보고했지만
이대용과 몇사람은 영영 돌아오지 않았다

장님 가수 이용복

어쩌란 말이냐
술은 취하고
독재는 끄떡없는데
장님 가수 이용복은 더이상 나오지 않고
텔레비전에는
박정희만 나오는데

어쩌란 말이냐
어린 시절 세상 본 기억뿐
그뒤 눈멀어

기타 익히며 손끝에서 피 흘렀는데
박정희만 나오고
장님 가수는 나오지 않는데
재수 없다고 나오지 않는데

어쩌란 말이냐

임춘앵

명동 시공관 여성국극단
「호동왕자」
온통 여성으로 이루어진
여성국극

중국 경극(京劇)처럼
얼굴 화장 진했다
눈썹 치켜떴고
눈썹 아래
두 눈은 화장 없이 크고 맑았다

국립극장이 장충동으로 떠난 뒤
여성국극 진한 분장의 임춘앵 사라졌다

여름 매미 한 마리
땅속에서 캄캄한 6년 7년
아니 17년
그런 유충기 보낸 뒤
지상에 나와
한여름 얼마 동안 온 세상을 울리나니
그런 매미의 한철 지나
아침저녁 썬득썬득
서울 남산 밑
임춘앵 사라졌다

지선

광주 무등산 증심사 아래
거기 가면
아직껏 신록이 널려
문빈정사라는 여염집 같은 절
거기 숫총각 같은
젊은 주지 지선

대웅전 천장 그림
온통 단청 용틀임 따위
연꽃무늬 따위
천녀의 옷자락 따위 없고

이크! 백두산 열여섯 봉우리
삥 둘러서
백두산 천지가 그려져 있다

아직 세상의 천리마로 나서지 않고 있으나
닭다리 안주 옆에도 함께 앉아
세상에 나선 사람들 지친 사람들
날이 날마다 불러들여
그 기교 없는 얼굴에 기교 없는 마음
한겨울 눈처럼 쌓여간다

다 내쳐버리고

소인(小人)―제 이익을 위해서 못된 짓 다한다
용인(庸人)―대세마다 이리저리
사인(士人)―제 행실로 그친다
군자(君子)―그 행실이 남에게까지 미친다
          저 죽은 뒤까지 내다보고 오늘을 산다
          썩 어렵도다
현인(賢人)―군자와 성인 사이 오가며 땅 위의 일 대행한다
성인(聖人)―하늘의 일 대행한다
요 순 탕 문왕 무왕
그리고 주공
그리고 세월 지나 난세의 공자
이것밖에 성인이 없는가
백이숙제
이것밖에 현인이 없는가
어찌 동방은 정작 중원보다 더
이런 사람들의 원숭이요 선무당만인가
다 내쳐버리고
바다 복판으로 가라
갈매기 한두 마리한테 내려가는 것 솟는 것 새로 배우리라

1963년 성균관 석전재 도중
그 지루한 말석
도윤중 어른 도포 벗어 팽개치고 명륜동거리 숨찼다

김준보

항상 중절모를 써야 바깥출입을 하는 사람
전란 피난시절
천막 강의실에서도
중절모와 외투 정중히 벗어놓은 다음
강의를 시작하는 사람

해방 뒤
백범 김구 선생의 당부로
토지개혁에 관한 저술 56쪽
비록 얄팍하지만
『토지정책론요강』이 그것이었다

처음으로 일제 식민지시대 토지체제
이 책으로 과감히 부정되었다
그러나 남한 토지개혁은 있으나마나
백범의 한독당이 아니라
한민당에 이어
자유당에 의해 이루어졌다

공과 사 엄격하여
총장시절 그는 야간 침대차를 탔으나
동행의 부인은
삼등실에 따로 타고
서울역에서 내려 함께 돌아갔다

차라리 함께 삼등실 탈 노릇

70년대 저임금노동에 대한 아무런 발언도 없었다

전형필

증조부는 종로 운종가 일대
배오개 일대
상권을 손아귀에 넣어
10만석 거부

일제시대 아버지 전영기는 식민지 어용기관 중추원 의관
그런 거부와
그런 유산의 아들로 태어나
일본 유학 뒤

온갖 영달의 기회 가만히 놔두고
은근히
오세창과 교유하는 동안
일제가 가져가는 문화재들을 사들이기 시작하였다
고려청자 운학문 상감청자
그 향기로운 모습
석조 비로자나불 좌상
석조 미륵보살 입상
아니
단원 혜원
아니 추사
그런 서화골동과 석물들이 모여
겨레의 문화를 너와 나 함께 댕댕히 지키다가 세상 떠났다

채명신

구 사이공 호찌민시 도심에는
옛날 왕실 공주의 저택이었던 양관이 있다
그곳이 주월한국군사령부
첫 사령관 채명신은
그곳에만 있지 않았다
그 뒤의 이세호는 배가 나왔으나
그는 배가 나오지 않았다
눈썹이 처마처럼 튀어나와
건계의 햇빛이나 우계의 비를 막았다

월남전쟁은 무엇인가
월남전쟁으로 이룬 경기는 무엇인가
어쩔 수 없이
한국의 70년대의 자화상이었다
모독을 몰랐던 자화상이었다

모안영

팽덕회의 중국인민의용군이 그 면밀한 인해전술이
한국전쟁에 참전했다
모택동의 결단이 내려졌다

모택동의 장남 모안영도 참전했다
팽덕회는
그를 본부에 두려 했으나
아버지와 본인이 한사코 사절

너 전선에 있어라
네 전선에 있겠습니다

끝내 한반도 북부 청천강 기슭에서
미 공군의 융단폭격에 전사했다
매카서가 그 사실을 알고 지그시 눈감았다

모안영의 무덤
거기 그대로 있다
뒷날의 동북공정
그대로 있다

백세옥

한국의 이화학당은
처음에는 입학생이 없어
시구문 밖
내다버린 병든 아이 데려다 입학시켰다
그 학당이 대학이 되어
어언 80년 세월

그 대학 정관에는 없으나
김활란 이전부터
그 이래
늘 독신 여성이 총장이었다
김옥길
그다음도 그랬다

이러는 동안 총장을 꿈꾼 한 독신 교수가 있었는데
제 차례 돌아오지 않을 것을 알자
뒤늦게나마
한 예술가와 결혼했으니
결혼해서도
독신 세월 그대로
남편과 아내 사이 서로 바빴다

총장은 안되었으나 학장이었다
통 큰 여성

아무리 더워도 쥘부채 따위 펴지 않는다
지친 세상
지칠 줄 모른다
밤 이슥 하품 없이

최형섭

보태지 않는다
빼지 않는다

거짓 모르는 결핍의 생애 하나
길은 항상 외길
두 귀는
옥잠화 잎사귀인 양 넓었다

아름다운 남자이건만
아름다움보다는
먼저 참다움

오라 오라 해서 돌아온 사람
한국과학기술연구원 원장
과학자의 삶이
1971년부터 1978년까지
과학기술처장관의 삶

신소재 개발이 늦은 과학자의 젊음이었다
꼬장꼬장
차일 받친 받침대
카랑카랑한 목소리
잡귀가 붙지 않아
그의 몸은 늘 빙점에 다가가 차디차다

눈 열 개

눈 열 개 달린 사람
눈 열두 개 달린 사람

달 뜨면
달 바라보다가
별 바라보다가

이 별
저 별 바라보다가

숫제 별 사이 어둠도 바라보다가

도무지 눈길 한곳에 박아두지 못하는 사람
오길환이
그 노란 눈

여보게 길환이
자네 어젯밤 무얼 보았나 물으면
음 다 보았다
다 보아
무엇을 보았는지 몰라

오창영

창경궁 동물원 이래
몇십년 동안
동물원의 새 한 마리 남아 있지 않을 때
그 전쟁 이후
한푼
두푼 모금해서

호랑이와도 친구였고
돌고래와도
원숭이와도 친구였다

과묵하구나
다른 길 모르는 낯
머리숱 숯빛으로 짙구나

시시껄렁한 사람보다
짐승과 더 많이 산 사람

사람은 동물원 따위를 만들었다
그러기 전에 사람은
사람의 감옥을 만들었다
행여 나라나 집도 그것 아닌가

꼭지

집 없는 떼거지 거지조직의 꼭지렷다
꼭지가 지켜야 할 다섯 가지
모름지기
과부
홀아비
일찍 부모 여읜 집은 구걸하지 않을 것
이것을 일러 인(仁)이라

밥 잘 주는 집 초상나면
상여 메어줄 것
이것을 일러 의(義)라

꼭지끼리 서로의 영역 넘보지 않을 것
이것을 일러 신(信)이라

두목인 꼭지딴이 죽으면
3년상 치를 것
이것이 예(禮)라

거지 세상이 이 세상을 거느려야 함이
조선 말기
구한말
그 시절의 뼈 시린 과업이었건만
썩어

썩어문드러져
어디 그런 조선이 왜놈한테 망했나?
조선 스스로 9할이나 망한 것을

정인승

모국어만을 들여다보았다
조용히 놓인
책상 위의 돋보기가
그의 정신이었다

어린 시절 고향 장수
한학자의 아들로 태어나
식민지시대
조선어만을 들여다보았다

겨레의 주체 빼앗겼을 때
겨레의 서술주체를 꽉 붙들고 있었다

조선어학회사건으로
함흥형무소 갇혀
콩밥 씹어삼키며
콩이라는 말
밥이라는 말이
모국어임을 날마다 되새겼다

해방과 함께 세상에 나와서도
오로지 모국어였고 모국어의 큰사전이었다
해방 직후
그의 『한글독본』이 첫 교과서였다

그의 『표준중등말본』 『표준고등말본』이
중학교
고등학교 교과서였다

흡사 대륙의 무장다운 앞모습
인자한 뒷모습
동저고리 바람의 인기척 한두 번이 묵은 합죽선의 인품이었다

세 까마귀

까마귀가 유난히 늘어난 시대였느니라
새마을운동
새벽종이 울렸네
그 노래가
다급하게 울려퍼질 때

그리고 울산과 구미 구로공단에
마산수출공단에
노동자들이 출근하는 아침
유난히 까마귀가 불어난 시대였느니라

그런데 여당 공화당에도
공화당 안의 자칭 세 까마귀가 있었느니라
김성곤의 검은 콧수염
백남억
그리고 엄민영

백과 엄이야 교수였다가
누구보다 정치에 쉽사리 익어
그들 셋이 있으면
늦가을 까욱까욱 소리에 반드시 무슨 일 있었느니라
얼마나 가랴
세 까마귀 여당놀음
얼마 뒤 무슨 일 없었느니라

이명박

29세 이사
35세 사장
46세 회장

70년대 개발연대기에는
한 샐러리맨이 이렇게 저 밑에서 솟아올랐다

그 이름 이명박
언제나 정주영의 이름 옆에 있었다

부디 그의 신화가 더 이어질수록
개발이 악이 아니라 선이기를
개발이 정치가 아니기를

어디서 잠깐 스칠 때
그 새눈이 먼저 보고
그 새된 목소리가 먼저 나온다
정작 그 무서운 지략과 더 무서운 추진력 곧은 몸 감싸고 있다

이종찬

일제 36년 끝장났을 때
중국 오지 중경까지 가는 데 아득하였다
그 중경에서
멀리 동으로 동으로
상해까지 오는 데도 아득하였다

상해에서는
바다 건너 조국이 아득하였다

작은할아버지 이시영 옹 옆
어린아이 종찬이 세워져
사진 찍었다

그 어린이는 돌아와 가난했다
경기중학 다닌 뒤
공짜 학교 사관학교로 갔다
흡사 서간도 신흥군관학교인 듯

그 젊은이가 정보장교가 되어
여당에 몸담기까지
그 뒤
야당에 몸담기까지
그 정치 1번지 종로 일대의 한 시절

정치가 독립운동 시대 뒤의 가야금산조라면 얼마나 좋으리
달 밝은 밤
가야금산조 마친 뒤
그 탈식민지의 고요라면 얼마나 좋으리

김사달

구리로 잘 빚어낸 동상 같은 사나이
검정 눈썹
부리부리한 눈
두툼한 입술

웃음 호방하고 손 잡으면 손 아프다

초등학교
중학교
대학 따위 다닌 적 없이
오로지 자습 독학
대학 졸업자격을 취득하여

강단에도 서서 조는 학생 하나 없는
힘찬 강의

그런 뒤 밤이면 무교동 니나놋집
이 아가씨
저 아가씨 안겨들어
치맛자락 펼치면
거기 독학으로 익힌 붓글씨 쓰거니와

어허 백낙천의 「장한가」
양귀비의 아름다움이 으리으리하거니와

김효임 김효주 자매

천주를 섬긴다 하여
잡혀온
두 자매 효임 효주
거꾸로 매달았다가
주리틀기
그러다가 달군 시뻘건 부젓가락으로

실오라기 하나 걸치지 못한 알몸
그 알몸의 급소 열여섯 군데를 지져댔다

그 아리따운 자매
처참하게 된 채
남자 죄수들의 방에 집어넣어

여색에 주린 그 사내들 윤간으로 몸 거덜나도
처녀 몸 되었다더라

죽어도 다른 교우들 이름 하나 자복하지 않았다

누가 네년들 한패거리냐
누가 네년들을 꼬드겼느냐

죽어도 대답 없었다 마침내 죽음이 대답이었다

이런 신앙을
그저 신앙이라고만 말해도 되는 것인가
그것만이 아닐 터
사람의 어떤 의지 거기까지일 터

쌍둥이 교도관

그 교도소의 하얀 담벼락
아무리 나는 데 뛰는 놈
뛰는 데 나는 놈이라도
물 적신 담요
활짝 펴 걸치고
그것 타고 탈출하려 해도

그 높은 담 어림없었다 어림없어

그 담벼락 안에서만
3교대
2교대 세월
이기열
이기순 쌍둥이 교도관 점박이 교도관

20대부터 40대 후반까지 살아왔으니
그들 쌍둥이도 어느덧 장기수 아닐까보냐

형 기열은 재소자 패는 버릇 못 고치고
아우 기순은 재소자한테
사식으로 파는 국수 낚아채 먹는 버릇 그대로였다

일찍 세상 떠난 아버지 제삿날에도
하나는 야근이라

마누라와 자식만 제삿날밤 지내야 했다
그런 기순이
제사가 아니라도
교도소에서 죽치고 살다시피 하는데
어쩌자고
딸 셋
아들 둘이나 되고
아들 하나는 벌써 교통사고로 땅에 묻었다

춘성선사

만해 한용운에게
딱 한 사람의 상좌 있다
이춘성

산신령 아니면
산신령 뒤의 호랑이

젊은 시절
스승 만해가 독립선언서 사건으로 감옥에 가 있을 때
스승이 인찰지에 쓴 것을 꼬아
그 「조선독립의 서」를 창구멍으로 내보내어
그것이
상해 임시정부 기관지
『독립신문』에 실릴 수 있었다

아예 60년대 70년대
낮에는 양복을 입고 종로다방에 나와
이년아
이 이쁜 년아
하고 다방 아가씨들과 놀고

밤에는 도봉산 망월사로 돌아가
밤새도록 바깥에서 행선(行禪)삼매중이었다

대통령부인 육영수 생일날 법상에 올라
오늘은 육영수가
제 에미 ××에서 빠져나온 날이다 좋은 날이다
이 말로 법상 내려왔다
법회에 참석한 사람들 사색이었다

그런데 그런 호방한 스님
올해는 내가 갈 해노라 하여
1976년 내내
전국의 여러 산 떠돌며
죽을 곳을 찾아다녔다

그해 넘겼다

그 할머니의 노망

유원구의 외할머니 91세
외손자 유원구가 찾아가도
너는 웬놈이냐
어서 썩 물러가거라

오늘은 너 같은 놈 말고 귀한 손님 오신다
박인걸 영감께서도
유상국 오라버님께서도 오신다
어서 물러가거라

그 사람들 다 10년 20년 전
세상 떠난 사람들이다

다음날 이른 아침부터
거울 보고
쭈그렁 얼굴 매만진다
오늘은 우리 영감 오시는 날이다

20여년 전 떠난 영감이다
그 영감 올 리 없다

그러나 다음날은
오늘 손녀사위 온다고
장롱 속에서

새옷 꺼내 입었다
저녁때 손녀와 손녀사위 오랜만에 왔다

유원구는 외손자를 몰라보는
외할머니가 섭섭했다
어쩌다 손녀와 손녀사위는 잘도 알아보는데

게으름뱅이

경기도 용인군 용인읍 밖
산줄기 힘차게 벋어
정몽주 무덤 아래
좀처럼 봄이 올 생각 없다

서울이나
서울 위 한탄강 언저리도
개나리 한창인데

정작 용인은 '죽어 용인'
'늦어 용인'이었다
아직 꽃샘바람
바람끝 매몰찼다

새마을운동 확성기가
이른 아침부터
마을을 달달 볶는데
오직 두 사람
만수터 진수문과 그의 마누라 강혜자는

아침 잠자리 뒤
축 늘어져
해가 중천에 떠 있도록
입 벌리고 배때기 드러내놓고

푸우
푸우
퍼질러 자는데
지네한테 물렸다
애그머니나!
내 불두덩 물렸어
애그머니나!
애그머니나!

하도 잘 알려진 게으름뱅이 부부인지라
새마을 융자금 혜택도 받지 못한 처지인데
오늘도 아무 걱정 없이
애그머니나!

청계천의 밤

누구인지 몰라도 좋아라
오직 고향에는
어머니가 계시고
동생이 있었다

열일곱 처녀가
나이 올려
아낙네처럼 푸석푸석한 얼굴인데
누구인지 몰라도 좋아라

평화시장 2층
맨씨멘트 바닥
거기 20여명 모여

한밤중 삼국시대 역사를 공부한다

하루 종일 공장에서 일한 몸
지쳤다가도
새로 눈빛 살아나는 몸

한밤중 노동법규를 공부한다

배가 고프면 주전자에 담긴
찬물 꿀꺽꿀꺽 마시고 배가 부르다

지팡이

소백산 영주 부석사 뜨락에는
의상대사 지팡이가
꽂힌 채
그대로 자라난 나무

순천 송광사에는
보조국사 지팡이가
꽂힌 채
그대로 살아온 나무

2천년
천년
그런 세월 지나

가까이는 오대산 중대 단풍나무도
한암선사가 짚고 다니다
꽂아둔 것
잎 피고 가지 돋아
가을 단풍 붉다

한 유신시대 시인은
중앙정보부의 강제유폐로
오대산 중대
조계산 송광사에서

그런 지팡이나무 밑에 앉아 있었다

그의 앞에는 늙다리 담당형사가 앉아 있었다
허 참
선생님 덕분에
이렇게 신선 노릇입니다그려
낮에는 매미소리 뻐꾸기소리
밤에는 소쩍새소리

시인이 말하기를
여보 당신도
지팡이 하나
짚고 다니다가
꽂아두고 내려가구려
누가 알우?

고광순

1977년 4월혁명 기념일이 가까워올 때
이화여대 반정부 시위
배후 조종

졸업생 고광순 이혜경
고광순은 햇덩어리
이혜경은 달덩어리

그들이 빨간 수번 딱지 가슴에 달고
푸른 관복 입고
재판 받으러 간다

그 젊음이 음악이기 전에 정치인 시절
그 아름다움이
예술이기 전에
반독재의 싸움인 시절

장차 춤추어야 할 큰 무대와 벌판이 그네들의 것이리라
거기까지 나아가기 위하여
이른 아침 관식 한 덩어리 배에 채워
주신문
반대신문 유창하게 대답하리라
어쩌자고
어쩌자고 하얀 이빨은 그다지 눈부신지

소식

경남 통도사 경봉선사가
충남 수덕사 만공선사께 글월을 올렸다

온갖 만물을 맹렬한 불길 속에 던져넣으면
그 모양과 성질은 다 타버리나
금이라 더욱 정교해집니다……

답장 없었다

경봉선사가 강원도 상원사 한암선사께 글월을 올렸다
글월이야
해제 뒤 운수행각에 나선
한 수좌 인편이라

보름도 걸리고
스무 날도 걸렸다

오대산이 첩첩하고 또 첩첩하여……
언어 문자 성색(聲色) 동정(動靜) 그 밖에
한번 법을 보여주시기를 간절히 비나이다

한암선사의 답장이 늦게 늦게 이르렀다

언어 문자 성색 동정 밖에

다시 한번 법을 보이라 하였으니
1 언 2 어 3 성 4 색
5 문 6 자 7 동 8 정이라 하겠습니다
쯧

무덤도둑 유씨 형제

이 세상이 온통 도둑의 시절이라
이 세상의 무덤도
그런 도둑이 지나칠 데 아닐 터

따지고 보자면
시인이라는 것도 새소리 도둑이 아니던가
물소리
꽃빛깔 버들잎깔 도둑 아니던가

일러 무덤 파는 도둑을
갓 쓰고 도포 입고
유식하게 말하건대
굴총적(掘塚賊)이라

부자네 조상 무덤이야
오랜 법도 따라 정중히 모시는 판이어서
그런 조상의 무덤 파헤치면
고조
증조
할아버지
할머니 무덤 파헤치면
거기 값진 부장품 아니더라도

그 해골이나 뼈다귀 파낸 뒤 자손한테 알리면

달라는 대로
돈다발 실어다주고
그것 찾아와야 하고말고

양반의 후손이면
양반의 조상숭배 잘 터득하고 있으니
그들이야말로
그런 무덤도둑으로 떨쳐야 할 판
유승옥
유국현 형제가
아무렴 무덤 파는 데 이골이 난 양반 핏줄이었다

대낮에는 신수 훤한데
건기침도 의젓이 사뭇 위엄 서렸다
다 익은 수박 타보니
거기 붉게 붉게 위엄서렸다
옛날 남연군 무덤 파가던
프랑스 도둑들도 신수야 훤하였을 터

박영석

식민지시대 한발 물러선 민족주의 사학에
아버지 박장현이 있었다
오래 살아
70년대에 이르렀다

그 아들 박영석은 어김없이 가업으로
국사학 전공

아득히 한나라 태사공 가업 어슷비슷이었던가

박영석
그 정력 넘치는 얼굴
학자이기보다
각료가 알맞은 얼굴

그래서 장차 국사편찬위원장이라는 직책에
오래 봉직했던가
한손은 부지런히 사필
한손은 행정에 손길 익었다

놀라운 것은
그의 딸 조선사
그의 장남 한국근현대사
그의 차남 프랑스노동운동사

그의 삼남 중국사
그의 차남 며느리 프랑스노동사
그의 삼남 며느리 중국 중세유학사

이만하면 역사학의 가계로서 으리으리하도다

어떤 춘향가

북위 38도선 이남 경상남도만 남겨진 채
그것이 한때의 대한민국이었다
그 밖의 고장 다 인민공화국이 되어버린 채
인공 내무서원들
길목마다 검문검색이었다

손 봐
거친 손은 노동자동무
하얀 손은 반동이라

과연 풍류로만 세월 허송한
호남지방 지주의 아들 김인식
손바닥 보자하니
야들야들
반동이라

그가 끌려가기 전
마지막으로 노래 하나 하겠다 했다
어디 해보라

쑥대머리 귀신 형용…

이 노래에 홀딱 넋 나간 내무서원들
그를 풀어주었다

그를 풀어주는 것도 풍류라
아직 풍류가 남아 있었다

그 김인식이 1973년 겨울에 세상 떠날 때
마지막으로
쑥대머리 귀신 형용…
그 노래 부르다가 숨 거두었다
경기도 성남시 단대동
그 극빈자 납작집 한칸에서

임춘자

전북 임실
주인 살리고 불에 타죽은 개가 있던 임실
그곳에서
한국전란 지나간 뒤
아버지의 부역으로 꽉 기울어진 집에서
외동딸로 자라났다 임춘자

회문산으로 들어간 임홍섭의 딸 임춘자
누덕누덕 기운 옷에도
어여쁜 얼굴

그 아이가 자라 단발머리 소녀가 되었다
마을에서
당숙 되는 사내한테
몸 버린 뒤 고향 떠났다
완행열차

턱 아래 하얀 윗가슴팍 검푸른 점 하나 박혀
누가 보기 전 아름다웠다
누가 본 뒤 아름다웠다
봄 다음은 여름이지요
이런 숙맥 같은 말도 그네 아름다움이었다

그런데 그 처녀가

1970년대 일본 관광객 기생관광에 나아가
밤마다 몸 팔아
돈 벌었다

한국 사내 거쳐
일본 사내 거쳐
구반포에서
압구정동으로 이사 갔다

이름도 임춘자가 아니라 마가렛 임이었다
강남 역삼동 물침대 호텔 사장님이었다

임실 어느 산골에
무덤 하나 만들었다던가
아버지 임홍섭의 빈 무덤

임종률

법학
노동법 그런 학문판에 훈풍 부드럽다

언제나 제대로 안색 필 겨를 없어
공부하기로 들면
밤잠 없었다
세상 생각하기로 들면
밤잠 없었다

밥맛 쓴 아침이었다
1970년 11월
노동자 전태일 몸 태워 죽은 이래

조영래 장기표 박세일 정성철 서경석 원정연 들
임종률의 집이 아지트였다
전태일추모대회

임종률은 경찰에 쫓기는 신세로
어느 골목에서 담을 넘었다
그 담 넘어
무턱대고 들어갔다
하숙하는 여대생 자매의 방이었다

그런 인연이었으므로 숨겨준 여대생 언니가

그의 아내가 되었다
아내 이름 차옥혜
처제 이름 차옥숭
금실 좋기로는 밤길 달구지 암소의 워낭소리

*끄*나풀

엄옥남
자유실천문인협의회
사무실도 없이
대표가 걸어가면
그 거리가 사무실
간사가 앉아 있는 술집
그 술집이 사무실

박정희정권이 없애기로 한 반체제단체 제2번

그러나 술집에 동료들 모인 자리
겉으로는 술타령이지만
슬쩍
며칠 뒤의 거사 의논하는데

그럴 때마다 곧잘 나타나는 사람
엄옥남
뜻 있는 문인들 존경한다며
때로는 술 3차까지 내기도 하고
불고기도 사고
심지어 대표에게 맞춤양복도 해준다

바로 키 크고 눈자위 많은 그 엄옥남이
미주알고주알

남산에 일러바치는 끄나풀이었다 위장 애독자였다
뒤에 알아보니
마누라와도 별거
처가의 재산 갉아먹다가
쫓겨난 신세

목욕탕에 들어가면
네 시간쯤 있다 나와서야
어허 몸 풀었다!

마루야마 천황

현대 일본정치사상의 해
일본 사상의 달
일본 지성의 별

…에도시대의 주자학이
그 출발점에서부터
매우 많은 부분을 빚지고 있는
조선 주자학
특히 이퇴계의 학문과 사상을
고찰에 넣는 것이
절대적으로 필요하다는 점 덧붙여두기로 한다
조선사상사를 경시하고
일본과 중국에 주요한
관련을 기울여온 요소는…
나만이 아니라
일본의 '전통'사상 연구에 있어
다소간 공통되는 맹점이었다

일본 파시즘 비판은
이제 일본의 것이 아니며
우리가 만나는 현실의 정치적 핵심이기도 한 바

마루야마(丸山)는
일본왕 쇼오와 헤이세이 이래

마루야마 천황이라 불리는 사람
단추 잘 끼운 사람

석녀

한국 60년대 후반에는 통속소설 『석녀(石女)』가 팔리는 책이었다
그런 석녀가 아니었다

70년대 영등포
그곳은 쉽게 들어올 수 있으나
쉽게 뛰쳐나갈 수 없다
언제나 황량한 공장지대

그 공장 굴뚝은 높고 연기는 바람에 흩어진다
그곳 과자공장 아이스크림부 처녀나
포장부 처녀들
열두 시간
열두 시간 이상 작업으로 지쳐버린다

처음에는 손이 마비되어
잘 펴지지 않는다
그런 다음
피부가 벗겨져
슬쩍 뼈가 불거져나온다

이런 처녀들은 결혼해도 불임
돈 절약하기 위해서
남자 노동자와 동거해도 불임

민자

옥희

선희

금순이

그 공장에서 자손 끊긴 처녀들의 어제와 오늘

늙은 농부

정년이 있다
은퇴가 있다
그러나 농촌에는 그런 것 없다
늙은 농부
얼굴 주름 깊이 패고
손바닥은 닳아빠져 지문이 없다

막 운전 배운 경운기 몰고 가다가
탈탈탈
마을 밖 둔덕에서 굴러떨어져

그 농부 여기저기
시골 병원 돌다가
도리어 병 도져
아예 한쪽 다리 못 쓰는 앉은뱅이 되었다

새로 난 4차선 도로
달리는 트럭
달리는 버스 멀거니 바라보는데

지난날 물속 거머리 피 빨리는 것 모르듯
달리는 것들이 보이는지 안 보이는지 모르듯
눈에 초점 없이
그저 멀거니

풍년 들면 한마디 말
박대통령 덕택에 풍년 들었다 어쩌고
그런 말 한마디

굴종
무지
그런 것으로 한 생애 다하게 되었다

권정생

1937년 일본 토오꾜오 홈마찌 빈민가에서
조선인 노무자의 아들로 태어난 이래
1946년 고국으로 돌아온 이래
줄곧 가난이
낮의 길동무 밤의 잠동무였다

위장병
신경통
폐결핵
갖가지 병손님 맞아들여 시달리다가
어쩌다가

태백산맥 꽁무니 두메산골
가난한 교회 문간방에 들어
교회의 새벽종 쳤다
밤예배 종 쳤다

『몽실언니』
6·25사변으로 그나마 가족 다 흩어져

눈에는 저 건너 산 그림자 멈춰 있다
세상의 욕심이 무엇인 줄 모른 채
그러나 모르는 것이 다 아는 것

열두살짜리 점쟁이

70년대 광주 지산동에는
열두살짜리 아이한테
신내렸다

억수장마 지던 날
그날밤
방 안에서
비가 줄줄 새는데

그 빗물 방바닥에서
신내려
벌떡 일어나
덩실덩실 춤추었다

언제나 거리를 떠돌았다
산을 오르내렸다
70년대 막판

다 도망가라 파리떼 몰려온다
이렇게 외치며 떠돌았다
동네 아이들이
돌 던져 머리통 깨졌다

그런 뒤로

그 어린 점쟁이는 더 큰 소리로 외쳤다
어서 도망가라 이리떼 몰려온다
집집마다
총을 구하라
총 없으면 창을 구하라
창 없으면 죽창 구하라

월명과 더불어

긴 역사가 있다
긴 역사가 자랑이기도 하다
신라 천년의 역사

그러나 내가 진실로
고대의 이 마을 저 마을의 달밤을 거니는
월명을 만나고자 한다면

그 천년의 역사와
그뒤 고려 오백년
조선 오백년
그리고 근대 백년을 몽땅
괄호 안에 넣어버려야

월명과
나
나와
월명이 처음으로 만나 서로 뜻 맞아
덩실덩실 달밤의 춤
달이 졌는지도 모르도록
달밤의 춤 아니리오

그런 월명으로 하여금 그런 나로 하여금
오늘 하루 내내 낮달마저 어설피 그리움이거늘

성칠이 병국이

친구가 애꾸눈이면
외눈박이면
다른 쪽 옆얼굴만 보는 것이
진짜 친구라 했지

좀도둑 애꾸눈 성칠이
남대문시장 안
도깨비시장
그 미로를 잘도 알고 있다
뜨르르

함께 다니는 두 눈 똑똑한 친구 병국이
야 성칠아 마시러 가자

얼굴 가득히 먼지와 주근깨
벌써 술꾼이 되어
아버지 나이
할아버지 나이로 술꾼이 되어
저녁 어스름
술때 되면 목 안이 간질간질

짜아슥 병국아 먼저 내려가 있어
하나 슬쩍 들고 갈게

유성온천 옥화정

한말 이래
나라의 운행이 꽉 기울어진 이래
뜻 있는 사람
기상 있는 사람은
의병으로
망명으로
해외 독립운동으로

거의 자손도 남기지 못하고 말았다
자손 남겼다 해도
무지렁이로 자라
오막살이
나뭇짐이나 지고 살아갔다

그러나 그런 나라의 뜻 따위 아예 등진 채
러시아가 오면
러시아에 붙고
일본이 오면
일본에 붙어
갖은 몸바꾸기로 산 사람이야
그 자손들
늠름하게 사각모 쓰고
망또 입고 거리를 휘젓고 다니거나
주판알 튀기거나

밤이면 기생방에서 으스대는 나리였다

그런 기생집 유성온천 옥화정 마당쇠
김진관이가
그 절름발이 진관이가
얼씨구! 만주 독립군 중대장 김박 의사의 손자였다니

유성온천 비 오는 밤 블루스춤
슬로우 슬로우
감긴 허리 돌아가는데

어떤 귀향

20년 만에 고향에 갔다 어떤 사람
아버지는
어머니 두고
꽃상여 타고
뒷산에 묻혀 있었다

그 뒷산에 하루 내내 있었다
거기서 고향의 들녘
들녘 끝
바다 한쪽 바라보았다

제트기 네 대가 하늘을 찢어놓고 사라졌다

다음날 떠나는 길
어린 시절의 친구
박남우와 마주쳤다
찌들 대로 찌든 얼굴
서로 알은척했다
나 남우다
남우란 말이다

어찌 지내나? 하고 돌아온 옛친구가 물었다

나 집도 절도 없다

할아버지 아버지가 남긴 것 다 거덜났다
어정쩡한 성공보다
이렇게 철저하게 실패한 것이 좋다 이 말이다
나는 하루
막걸리 석 잔 얻어걸리면 된다
자네도 술깨나 마신다지?

나이 사십인데
육십 이상으로 된
언땅 그 흙부스러기 같은 웃음

박남우

이학수

1961년 5월
박정희 일당의 군사혁명 직전

조계사 입구
광명인쇄소 사장 이학수
혁명선언
혁명공약 등
목 걸고 인쇄했다
인쇄공 밤새 지켜가며

그는 70년대 만리동 고개에
덩그런 인쇄공장 차렸다
박정희와 함께 찍은 사진집도 냈다
그 사진집이 각하 존영 남용이라 괘씸죄라

남태평양 원양어업마저 그만두어야 했다
어디 그뿐인가
인쇄업도 무엇도
장차의 큰 야망도 다 접었다

웃어도
웃음이기보다
깊은 물속에 잠긴 무쇠조각인가
일체의 감정 금물

그런 사람이었다

만주시대 이래 해묵은 박정희 이주일과의 인연 덧없는 인연

운허스님

춘원 이광수의 재종아우
어린 이광수가
보경이란 이름이었을 때
고아가 된 그 이광수
당숙의 집에서 자라났으니
그 재종형제는
날이 날마다 친동기간 그것

그뒤 아우 학수
압록강 건너
서간도 독립군 비전투원 임무였다가
일본경찰에 쫓기는 신세였다가
절에 숨어들어
그길로 머리 깎았다

운허 이학수
불교 학승으로
처음으로 불교사전을 엮었다

아우 운허의 법화경 화엄경 익혀
형 이광수의 사릉 칩거
화엄경 입법계품을 소설로 쓰려다 못 쓰고 말았다
이 세상 어느 산중에
운허 이학수 같은 호랑이 있던가

눈 지그시 감아도 호랑이
눈 지그시 떠도 호랑이
처음부터 이빨 없는 호랑이
어린 사미한테도 조심스레 말 한마디 삼가며

일초 수좌
춘원이 쓰려다 못쓴
입법계품
서사시로 써보지 않으련가
춘원 이후
일초 수좌 차례로구먼
30년 뒤 소설 『화엄경』 세상에 나왔다
몇개 국어판 『어린 나그네』
저 근원 운허

70년대 젊은이의 밤 유재현

'우리 민족!'
'우리 민족!'
'우리 조국'

자꾸 우리…… 우리……라고 외치지 말자꾸나
자꾸 삼천리 강토가 작아지고 있다
그럴수록

아니 '우리 민족!'의 소리 클수록
그 소리 뒤에는
음험한 반민족도 함께 커가고 있다

아니 그것뿐 아니다
나도
어제의 나보다
오늘밤의 내가 작아져버렸다

유재현은 맨 나중에 이 말 남기고 허우룩 일어섰다
통금 해제시간 새벽 네시 지난 뒤였다

백제 무왕

백제 서울 남쪽 못가 오두막
젊은 과부가
그 연못 속 용과 사통
아이를 낳으니
그 아이 이름 서동이라 수상한 사생아라

그 아이가 장차
신라 진평왕의 선화공주를 데려다가
만인의 마음 모아
임금이 되니

한갓 과부의 자식 마 캐어 팔던 자식이
어느날 임금이 되니
그런 세상의 임금 만들어낸 만인도 썩 좋았다

가시버시라면
이쯤이오
나라와 나라 사이라면
이쯤이오
아니 그렇소 곤전!

대기 주례

서울 종로구 견지동
서울예식장은
봄 한철 내내
30분마다 결혼식 하나하나 진등한등 끝난다
주례가 늦으면
거기
대기하고 있는 주례가 나와
자못 위엄 부리며
에헴

며칠 전에도 그대로인 대리 주례사
어제에 이어
재수가 좋아
오늘에도 그 주례사

양춘가절에 한쌍의 원앙이라
오늘 신부 신랑의
이 성스러운 결혼식 주례로서 바라는 바는
이로부터 일심동체라……

결혼식 끝난 뒤
예식장에서 주는 몇푼 사례로
길 건너
단골 가게

소주 한병 마개 딴 뒤 에헴
새로 산 담뱃갑 뜯어 한 대 물고
푸우
담배연기 깊이 빨아들여 멀리 내보냄이라

어린 함석헌의 스승

어린 함석헌
평안북도 용당포 서당 훈장
붓글씨 쓰는 시간
훈장은 일어서서
엎드려
글자 한자 한자 쓰는 학동을 살폈다

먹 착실히 갈고
붓 착실히 꼬나잡는 것도
공부라

훈장이 뒤에서 학동의 붓 낚아챈다
낚아채지는 놈

네끼 이놈
붓을 그렇게 힘없이 잡아서야
어찌 힘찬 글 써지겠느냐

왜놈 글씨는 예쁘지만
조선 글씨는 첫째 힘차야 하느니라

조학래

해직기자라 직업 없는데
그에게는 전직이 없었다
언제나 현직이고
현역이었다

방금 잡은 물고기 한 마리
펄펄 뛰었다
힘차게 뛰쳐나와
저만치 물속으로 들어갔다

조학래의 기운이었다

유종호

처음에는 충주 물가에서 시를 읽었다
밤에도
호롱불 밑에서 시를 읽었다

일제말
사변
많은 엉터리 떠도는 시절
걸핏하면 대강 넘어갈 터

그런데 그의 공부는 알파에서 오메가까지 착실했다
젊은 날
토마스 만을 다 익혀
조심스레 루카치를 익혀
뒷날은 베링턴 무어

그의 공주에까지 서울 친구들 찾아가고
그가 공주에서 오면
서울 친구들 몰려와
그와 더불어 문학이 흐린 하늘이 되고 현실의 갖가지 기호가 되었다

시 음악 그리고 산에 깊이 귀의해
책에 귀의해
여기 조선의 중도(中道) 지식인 있다 아직까지는
나이 들수록 자신만만과 허망 번갈아가며

개집안

서울 사직동 골목 디근자집에는
아흔살 할아버지 밑으로
세 아들 가족이
함께 산다
사촌도
오촌도
육촌도 한식구와 별반 다름없었다

그런데
그 집안에는 여기저기
개와 강아지도
대가족이었다

아이들마다
강아지 한 놈씩 맡아
잘 기르고 있다

어쩌다
강아지 한 놈
밥그릇 엎어놓고
죽었는데
사흘 나흘 굶으면서
울어대는
둘째아들의 막내딸

그 열살짜리 슬픔

그 슬픔으로 대가족 전체가 근신이었다 온통 너누룩했다

도동의 밤

밤이면 서울역 일대가 휘황찬란하다
인정 하나 맡길 데 없이
그냥 휘황찬란하기만 하다

처음 서울역에 내려
쪽지에 적힌
구로동 주소
행순이 주소 하나 들고

오랜만에 바른 분이라
거친 살갗에 배지 않은 채
어리둥절인데

꼭 내 누이 같구나 하고
쪽지 낚아채버리며
가자
길 건너가면
거기 가는 버스 있다
하고 데려간 곳이
도동 창녀소굴

그날밤 짜장면 한 그릇 시켜다주는 것
넋 잃고 먹는 둥 마는 둥
그 짜장면 뒤 양파 한 쪼가리 먹으려다 못 먹고

바로 사내를 받아야 했다
지독하게 찌꼬 처바른 사내였다

이 쌍년아 울긴 왜 울어
너 좋으라고
이렇게 애쓰는데
이것이 첫번째 사내였다

신림동 산동네 이발사

뒷산은 그저 뒷산이지 뭐
저 아래
낙성대에는 귀신이 살지
사람이 살 수 없지 뭐

고향 떠나
논과 밭 없어도
비가 오면
영락없이
지난날 뼈 굵은 농부의 마음이지 뭐
비가 오지 않아도
지난날 그대로이지 뭐

고향 떠나 무자격 이발사가 된 지 얼마
큰일났네
목 타네 목 타
이렇게 비가 안 와서야
들녘이 어찌 되겠어

그러다가 긴 머리 그대로 두어야 하는데
바짝 치켜올려버렸다
이발값은 고사하고
설설
빌어야지 뭐

김윤식

저 교양과정부가
태릉에 있던 시절 이래
그곳 전임 이래
날이 날마다 읽고 썼다
밤마다 읽고 썼다

혼자서 영화 보러 가는 일 말고는
읽었다
썼다

온통 그의 고독한 의식 속에는 박물관 지하실 같은 명제들이 줄 서 있다

최인훈

구식 인쇄기의 인쇄지 넘기듯이 걸어가고 있다
사람이기보다
관념이다

관념이기보다
관념의 일인칭 독백이 걸어가고 있다

이장규

대학병원 인심 몽땅 얻은 의사
병원 밖
여러 분야 친지들 또한
가는 데마다 수두룩이
두루 깊은 정 나눈 나머지

그의 안부 궁금증이 나면
어제 묻고
오늘 묻는다 오늘밤 또 묻는다
이박사 어디 갔나?
이박사 어디 나가셨나?

수필집 여러 권 낼 때마다

그 수필 속의 따뜻한 것
구수한 것
그윽한 것
예로부터 글은 자칫 그 사람일러라

70년대 후기
정동 언덕 원자력병원 원장실에는
으레 그러겠거니
맛 좋은 술 몇병
캐비닛 위에 슬쩍 눕혀놓았다가

찾아온 사람
떠날 때 불쑥 내준다
무슨 토를 달아야 하리
빙그레
빙그레
누런 이빨 쓴웃음 무겁게시리

정점이 할머니

얼굴 왼쪽 남김없이
된 팥죽덩어리
덜렁덜렁 달려 있다
그 언제인가
부글부글 팥죽솥 끓어오르다가
그대로 멈추었는지
팥죽덩어리 덮여
그쪽으로 보면 팥죽이고
다른 쪽으로 보면 비로소 사람 형용

다행인가 불행인가
다른 쪽 눈도 눈썹도 잘생겼는데

평생 살아오는 동안
그래도 지아비 있어
아들딸 낳아
이제 손자들은 싫어 싫어 달아나기만 한다

그 팥죽할머니 정점이 할머니 부은 듯 살찐 무명지에
2층짜리 금반지가
하나로 모자라
두 개로 끼워져 있다

얼굴도 무거우려니와 손가락도 묵직할손

임경명

프랑스 브르따뉴 지방 출신
신부 엠마누엘 께르모알
한국 이름 임경명
빠리 외방전도회 소속으로
사제 서품 바로 뒤
1974년 한국에 파송되었다

가라
가서 전하라
그대가 믿는 바를 진실로 전하라

그는 군포 불광동
금호동 미아리 성당 미사 집전하다가
그만두고
난데없음이여
난지도 쓰레기 세상에 스스로 파송되었다
어느새 한국말 술술 나와
하루에 말 몇마디
어이 박씨 좀 쉬었다 할까
일주일 쓰레기 막노동 3일 채우고 나서
박씨 소주 한잔 걸칠까
낮은 데로 임하소서 따위
그런 수작도 다 팽개쳐
어이 박씨 하루가 홀렁 모자 벗었네그려

장차 난지도 플라스틱 재활용 일꾼이 되기까지
그 악취
그 오물더미 속
전라도 출신 박씨와
임경명이야
온전히 뱃속까지 훤히 아는 사이 한통속

해가 꽉 저물어 꺼뭇꺼뭇한 초저녁

섬진강 처녀

황하는 곡(曲)이요
양자강은 직(直)이라
황하는 기나긴 곡강 뱀의 형세인데
양자강은 직강이라
하(河)와 가(可)는 굽도다
강(江)과 공(工)은 다만 곧도다

한반도에는 직강이 있는가
사사로운 마음은 황하
공공의 마음 양자강

그러나 나는 굽이굽이
물줄기 따라가는
임실 남원 구례 산골의 섬진강 처녀에게
황하든
양자강이든

아무런 상관 말고
숱 많은 머리 푹 적셔라
5월의 꾀꼬리소리 적셔
아흐

두 소리꾼

이름 드날리지 않았다
영영 이름 드날리지 않아도
봄이면 봄
가을이면 가을 그냥 소리로 좋아

그런 소리꾼 가운데
전주 오목대 완산천 기슭
한 그윽한 처녀 소리꾼 있다

그 소리꾼 소식을
어찌어찌 들었던지
모악산 김제 들녘 금구에서
한 중년남자 소리꾼이 찾아왔다

옥색 두루마기에 흰 고무신이 눈부셨다
정중히 고개 숙여
귀하신 소리 듣고자 찾아뵈었습니다
처녀 소리꾼도 정중히 맞아들였다

이리하여 그 처녀와 중년은
오목대 자리를 펴고
북과 부채 들고 와
둥둥 북을 두드려 본 뒤

행여 날씨 탓으로
북 가죽이 늘어났을까
시간 탓으로 기운이 풀어졌을까

워낙 재조 없고 닦은 것 없거니와
넓은 마음으로 들어주시옵기를
제가 먼저 단가를 불러
선생의 소리를 감히 청하고자 합니다

중년 소리꾼의 단가
이 산 저 산 꽃이 피니…
그 우렁차기도 하고
그 자지러지기도 하는 소리 끝나자
정중히 고개 숙이고
이번에는 북채를 돌려받았다

이번에는 처녀 소리꾼이 다홍치맛자락 올려
살포시 일어서서
활짝 부채를 폈다
「춘향가」의 쑥대머리 귀신 형용…

넘치는 듯 쏟아지듯
처녀 소리꾼의 눈부신 목소리
저 아래 물 위로 이어졌다

중년 소리꾼 일어서서
귀한 소리 배우고 갑니다
처녀 소리꾼도 그대로 일어선 채
천만의 말씀이십니다
들어주셔서 한편 부끄럽고 한편 감사합니다
안녕히 돌아가십시오

윤수경

인권위원회 감사
박종만의 아내지만
누구의 아내라는 것도
그 자신의 이름도 내세우지 않는

한땀
한땀 바느질 솔기처럼 적이 꼼꼼하구나
그가 한 일 하나하나

실수 전무

인권위 사무실
그 북새통
그 뜨거운 눈초리
그 사나운 눈초리에도

수수한 옷
수수한 함박꽃 이울어

집에 가면 지친 몸이지만
신접살이 아내가 되고
엄마가 되어
밤늦게 술 안 마신 남편을 맞아들인다

함부로 어디에 휘파람소리 따위 있겠는가
전기가 나가면
촛불 켜
그 촛불이 외지구나 새롭구나

이혜경

1977년 10월 서대문구치소 이른 아침
거기에는 남대문시장 방화범
정신 어릿어릿한 녀석도
다방 마담인 미인과의
간통 쌍벌죄의 사내도
함께 재판 받으러 가는 이른 아침

그 강도 사기 폭력 절도범 들과
주황색 딱지
정치범 따로 나눠
1호차
2호차 호송차 타고 나가는데

거기서 말만한 처녀 이혜경 있었다
긴급조치 9호 위반
항소심

호송 단장 몰래 한두 마디
선생님 건강하세요
자네들 장하다
책 차입되세요?
아직 교무과 책 하나 보고 있지
올 겨울 춥대요
여사(女舍)도 춥기는 마찬가지겠지

자 진지 잘 잡수시고
건강밖에 없으니……

아마 그때 이혜경
사회학 용어가 아니라
법률용어 '심리유보'라는 말을 썼던가
엉터리 실정법의 시절
이런 몇마디 대화야말로
벨기에제 수갑과 팔뚝 포승줄 잊고
10년 선고거나
5년 선고거나
그것이 무슨 수작인가

눈 똑바로 뜬 빼어난 그네
한치도 비겁하지 않은 그네
그것이 70년대 청춘의 초상이었나

오글

한국명 오명걸 조지 오글
기독교 감리교회는
1961년 윤창덕과 조용구 목사를
동일방직
한국기계공업 공장으로 보냈다
그것이 한국 도시산업선교의 시작이었다

1957년 4월 산업전도가 출발했다
생산재 생산공장
전쟁 이후 하나둘 생겨날 때
거기에 산업선교의 의식이 출발했다

전국 12개 도시
조지송 목사가 영등포 시영아파트 단칸방
노동자를 모았다

본디 프랑스 노동사제 본떠
직접 일하는 목사들
공장에
부두에 스며들었다

이런 일이 차츰 인권운동으로 되어
인혁당사건
사형선고의 피고를 옹호하다가

추방된 목사가
오명걸 조지 오글 아니던가

와서 일하고
가서 석사 공부하고
와서 일하고
가서 박사 공부하고

그러다가 와서
죽어간 사람들의 편에 섰다가
추방되었다
1970년대 중반
투옥과 추방이 동복형제로 함께 놀았다

여운

수유리 화실 떠나
신촌역전
그 술집 형광등 아래
화가 여운의 큰 눈
동남서북
한바퀴 돌아오는 텅빈 향수와 여수로 빛난다
그림 그리다가 그림보다 사람으로 돌아간다

허기야 그의 얼굴에 찍힌 점 몇개도
그리다가 놔둔 것

알몸 농성

더 가파로운 해 앞서 가파로운 해 1976년
지난해보다 더 가파로운
1976년
인천 작약도 앞바다
영종도 앞바다
썰물 때
드러난 개펄 앞바다

그 인천 앞바다 개펄에서 올라와
동구 만석동 개펄
동일방직 인천공장 개펄
거기 4백여 여공
그 가운데 70여명
더이상의 대책 없이

알몸 농성으로 맞섰다
경찰과 사용자 쪽 깡패들 울짱치고 있는데
어쩌자고!
어쩌자고!

노조 사무실에서 알몸 어깨 걸어
노조 탄압 중지하라
근로 인권 유린 중지하라

전국섬유노조 지지가 있건 말건
경찰은 어용노조 편에 서
72명 알몸 여공
마구잡이로 낚아채 실어갔다
사진 찍어대며
주물러대며

알몸이면 남성이 접근하지 못하리라는
오랜 남녀유별의 풍속 믿은 나머지
그렇게 처절히 발가벗었는데
그 알몸째
닭장차에 실려버렸다

그 아비규환
임순옥 양
이동희 양
정신착란 일으켜
병원으로 보내져
아이 무서워!
저 구석에
누가 있다! 누가 있다!

심지어는
시골에서 달려온 어머니한테

당신은 누구냐
당신 깡패지? 어용노조지?

탁명환

세상이 어지럽고 두려우면
여기저기 신이 나타난다
그래서
사이비종교
유사종교
신흥종교

이런 종교행위 속으로 사람들 모여들어
손뼉치고
외치고
집안 다 거덜난다

이런 종교놀이판
외로운 비판을 굽히지 않는 사람
탁명환

듬직한 것이 때로는 불안
당당한 것이 때로는 위기
때로는 협박
때로는 피해
때로는 납치까지 당하면서
그는 종교라는 이름의 수작
끝까지 밝혀내며 아슬아슬 살아왔다
그 자신뿐 아니라

그 가족까지 위태로운 고비 울 삼아

어느 골목 하나 마음놓고 걸어갈 수 없어도
그의 의지는 차츰 거세어져
숨차

노여사

아무도 그녀 이름 몰라
그저 노여사
노여사님
하지만 성도 노인지 최인지
누가 아나

하나하나 고층건물 들어서는
강남 노여사 사택

노여사 허벅지 엉덩이까지
터진
중국 의상
그 최고급 비단조차 살결이었다
그 살결 밑
새하얀 살 슬쩍슬쩍 내보이며

막 발탁된
재무부장관과의
꼬냑 텀블러잔 쟁그랑 부딪쳐
축하해요
감사하오

벌써 춤에 맞출 음반 기름져 돌아간다
벌써 쓰러질 침대에는

침대 가린 분홍빛 너울 그윽이 드리워져 침 넘어간다

오늘밤 새울 거야? 어느새 반말
그거야

이승만 혹은 리승만

차라리 국부(國父)라는 것 없는 것도 심심치 않음이로다
리승만 혹은
승만 리
그의 구어체와 문어체의 무차별
지난날 상해 임시정부나
하와이 독립운동
주머닛돈과 쌈짓돈의 무차별
오직 나를 따르라

나를 따르면 살 것이요
그렇지 아니하면 죽을 것이로다

그의 뜻대로
현대 한국정치는
그의 실패에 의해서 실패의 보복이 되풀이되고 있다

그의 생애 내내
갈등과 불화 씰룩씰룩 안면경련
그리고 전쟁이었다 전쟁 활용이었다
그 전쟁 지나
지난날의 하와이로 떠났다

미국제 관에 누워 안면경련 멈춘 채 굳어버린 채
고국에 돌아왔다

동아시아 군웅들이여
모름지기 그를 본받아 현실 성취하고 역사 실패하라
내일은 가차없이 내일에 맡겨라

장봉화

1974년 8월 15일 국립극장
광복절 경축식장
일본에서 건너온 문세광의 총ㅇㄹ
총 맞아 쓰러진 것은
대통령 대신
대통령 부인이었다

그 경축식전에 참석한
성동여자실업고교 2학년 여학생
18세 장봉화
누구의 총에 맞아 죽었나

그 이름 장봉화는 아무도 기억하지 않는다
그 복덩어리 앳된 얼굴
그 단발머리 단정한 교복차림
세상은 덩치만 크다 때때로 맨건달이다

초정약수 가족회

주한 미8군이나
나토 미군이나
그들의 주둔 부대 이름
캠프 매카서도
캠프 아이크도
캠프 밴플리트도
캠프 리지웨이도 아니다

그것 하나는 부대의 두메 출신 한 사병 성 따라
캠프 해프너
캠프 맥과이어 어쩌구

한국 서울 용산과
한국 여기저기
미군 캠프가 그렇게 민주적으로 그렇게 위압적으로 주둔하고 있다
그 미군부대
한국의 수돗물 사절
설악산의 물도 사절

일본에서 실어오거나
한국 고지대 지하수 뽑아
다시 철저하게 정화시켜 조심스레 마셨다
미 극동공병단 화학실험실 검사 거친 물조차
매월 검사필 12만통 한국 상수도 물조차

그냥 마당에 뿌리거나
이것저것 잡동사니 씻는 데 썼다

1970년대 중반 이에 질세라 8군한테 뒤질세라
광천수 마시는 서울사람
어느새 1천여 가구
로열맨션
빌라맨션
은하맨션
반도아파트의 사람들

그들 중에 초정약수 가족회가 있다
그들은 일요일마다
관광버스 대절
충북 초정에 가서
물을 떠온다
이에 질세라 서울사람 뒤질세라
부산 상류계층 40명쯤
물을 떠간다

늙은 위안부

일본인 센다(千田夏光)가 쓴
『종군위안부』 어느 대목
예순살이 되어버린
재일교포 노파
그녀는 고국에 돌아오지 못한 노파
지난날 식민지시대
일본군 성 도구였다
하루에 3백명도 감당하고 3백20명도 감당했던

놀라지 말라
한 번에 3분 잡고
17시간을 내리닫이 다리 벌리고 누워 있었다 그렇게 죽지 않았다

극한 남태평양 라바울 기지
차라리
코브라에 물려 죽어버리기나 할 일이지

계집 구경 못한 병사들 충혈된 색정
휴가도 없었다

그 위안부
그 재일교포 노파가
식은 화롯가 낡은 다다미방에서 죽었다
그래도 뼈에 가죽이 붙어 있고

그 가죽에 입던 옷은 입혀져
더이상 위안부가 아니었다

그 이름 여기 밝히지 않음

배꽃계집큰배움터

1970년 3월 외솔 최현배 세상을 떠났다
그 강인한
그 욕심 털어낸 광대뼈 어떤 요령도 없다
그 동요 없는 마른 얼굴
살찌다니
살찌다니
안될 말
키는 잘 대패질한 재목인 양 굽은 데 없다

소나무 한 그루에다
길은 오직 곧아버린 한길
한글
한글로
일제 감옥 4년도 보냈다

한말 주시경 이래
한글 말본
말본
한글갈
한글 가로글씨 독본
한글만 쓰기

그리하여 가령 이화여자대학교도
배꽃계집큰배움터가 옳았더뇨

누구 한번 슬쩍 속여보지 못한
막다른 골목
꽉 막아선
그 불안의 의지

어쩌다 웃음조차도 웃음이 못되었다

보리밭

보리깜부기 눈썹 그려
눈썹 없는 마누라
반달눈썹
우리 마누라 눈썹 한번 영(嶺) 넘어가네그려
그러나 비라도 오면 큰일
눈썹 다 흐물 벗겨질 테니

70년대는 보리밭이 차츰 없어졌다
이모작
논보리밭도 없어졌다

4월 남풍에
누렇게 익어가는 보리밭
그 보리밭 속의 무서운 문둥이

까탈스러운 2천석꾼 주인마님
보리까락같이
무엇 하나
쉬이 넘기지 않는 주인마나님도 없어졌다

유모 침모 찬모 식모
이런 여자 두고
금비녀 옥비녀 으스대던 주인마나님도 없어졌다
마을 당산나무에는 확성기 걸려 있다 새마을시대였다

에스컬레이터

70년대에는 호텔
이렇다 할 호텔
에스컬레이터가 없었다
그저 천천히 오르내리는 엘리베이터면 되었다
괜찮다 괜찮다

그런 시절 어느 국방부장관 나리
마음먹고 지은 사택
2층으로 올라가는 계단 대신
에스컬레이터를 설치했다

멍청하기는

그런 뒤
국방부 시찰의 각하더러
제가 지은 집 구경해주십시오
그러지

대통령이 그 장관의 새 사택을 가보았다
에스컬레이터

다음날인가
그 다음날인가 그 장관 당장 물러났다
집에 가

2층에서 1층으로
1층에서 2층으로
에스컬레이터나 타고 오르내리도록

어떤 아이

1978년 1월 몹시 추운 날 영하 13도 14도쯤
서울특별시 변두리 판잣집 13여만 채
ㄱ 5평짜리
12평짜리
전세
사글세 든 사람
1백50여만명

서울 인구 7백50만 중 5분의 1

개울 뚝방
야산 언덕
변두리 자투리

판자와 루핑 덮은 막집
사당동
봉천동
신림동
시홍동
창신동 청계천 중랑천 기슭

스무 가구에 변소 하나
이른 아침마다 변소싸움 힘찼다

사당 4동
거기 비탈진 판잣집 골목
버려진 아이
열네살인데
서른살처럼 나이 지긋

네 이름이 뭐냐?
주만석
숫제 퍼렇게 고추까지 내놓은 벌거숭이 아이
그 고추도 축 늘어져 마흔살

그럼에도
그럼에도
웃음 하나 남아 있어
꽃 같은 웃음
아니
오랜 위장병 앓은 바짝 마른 웃음

까치

한국사람에게는 까치는 새가 아니다
사람이다
소식을 알려주는 사람
그렇다고 선뜻 가깝지도 않게
때로 단정하고
그렇다고 정나미 떼어
따로 봇짐 싸지도 않고

들리는 말로는
한국과는 달리
옛날 출가한 싯다르타가
히말라야 다울라기리봉 밑에 가서
첫 수행을 할 때
그의 박박 깎은 머리 자랄 때
거기에 까치가 집 짓고 살았다 한다

그런 말이야 되로 홉으로 그만두고
으레 한반도 남도 집집마다 감나무 한 그루
감 다 따버리지 않고
까치밥 남겨둔다

그 언저리 개들도 개밥그릇 다 핥지 않고
밥 한입거리
까치밥 남겨둔다

'새얼' 모임

이효재 교수의 제자들로
'새얼' 모임이 있다
이화동산 운동권 첫 동아리
신혜수
이옥경
조무하
최영희
이미경
장하진
김은혜
인재근
오성숙

그런데 다른 한편에서는 '걸림돌' 모임이 있었다
김동완
권호경
서경석
조영래
장기표
이창식
인명진
신필균

그러다가 신혜수는 서경석

이옥경은 조영래
조무하는 장기표
이미경은 이창식
최영희는 장명국
김은혜는 신철영
인재근은 김근태
오성숙은 김세균의 아내가 되었다

그 젊은 부부들
이론과 실천 가운데
조화(造花)가 아니라 생화로 피었다가
다시 한번 잉어 몇쌍으로
70년대의 거친 물 가운데
풍덩 뛰어들었다
물 출렁거렸다

김진규 소장

유신체제의 한때
막강한
군부
민간의 권세 쥔 윤필용
그러나 그가 하루아침에 추락할 때
거기에 휩쓸려 체포된 육군소장 김진규 있다

옛 부하에게 넘겨져
성기에
소독저 꽂는 고문 당하면서도
들씌워진 죄를 거부했다

끝내
혼자 항소하고
혼자 무죄가 되었다
이런 의지가 필요한 시대의 소름끼치는 역경

귀기울여라 정의는 문득 어떤 개인의 불운으로 하여금 번철 위에서
뒤집혀 단련된다

강연균

고향이 그를 꼭 붙들어버렸다
그래서
그는 고향밖에 그릴 수 없었다
상상이란
언제나 등뒤의 현실이었다

고향의 향토 아니면 개펄
무덤 같은
무덤 같은
비산비야 언덕
얼었다 풀린 뒤

나는 새 깃털 하나 떨어져
그의 화폭에 붙어버린다

그런 황토
그런 황토 같은 늙은 아낙네
굳이 그 이름 모른다

그의 속 깊은 울음은 겉으로 가비야운 웃음이 된다
질박한 사실주의 일구어내어
비로소
세상의 맨가슴들 꿈틀거린다

거지 없는 날

자유당 때는 존 포스터 덜레스가 오는 날
그뒤
헨리 키신저가 오는 날
1979년 지미 카터가 오던 날

한국 내무부는
수도 서울 거리
거지란 거지 다 잡아다가
녹번동 수용소에 가둬버렸다

거지 없다

다리 하나 없는 거지
팔 하나 없는 거지
거짓으로 벙어리 시늉하는 거지
병들어
언제 숨 놓을지 모르는 거지

하루 내내 50원도 못 버는 거지
그와 반대로
저 50년대 거리의 상이군인처럼
강제로 넓적한 손 벌리며
눈총 사나운 거지
그런 거지를 싹 쓸어없앴다

거지 없다

인간의 본성에는 두 가지가 있다
도둑이 아니면 거지
거지 없는 날은 도둑의 날이었다

카터 그대와 그대 속 모를 교태(嬌態) 어서 돌아갈 것

허먼 칸

허먼 칸
이 뚱보 미국인
2백 킬로그램 가까운
이 뚱보 미국인
서반구에서는
그냥 그렇고 그런 어느 구석 경제담론인인데

동아시아 몇나라에서는 껑충 뛰어올라 늘 귀빈이었다
해괴한 노릇

1년에 한번
2년에 한번
태평양 건너와 늘 귀빈 중 귀빈이었다
해괴하다가 당연한 노릇

나비넥타이에 숨 헉헉 막히며
허드슨연구소인가
무슨 연구소인가 차려놓고

일본에 도착해서는
일본을 세계 제일로 치켜세우고
한국 박정권 찾아와서는
한국경제가
장차 세계를 으뜸으로 주름잡는다고 치켜세워

아니 대만에 가서는
대만이 제일이고
싱가포르에 가서는
싱가포르가 제일이었다

그야말로 그 뚱보 나리는
유신체제 고도성장의 찬가 늘어놓으며
그가 떠날 때의 가방은 묵직했다

미국 경제학자 로스토우는
서울에 와서
한국경제는 이륙단계라고 말했다
그런 소리 훌쩍 담 넘어
허먼 칸
그가 해마다 단골메뉴 독점

누군가가 담배 마구 빨아대며 투덜댔다
그 국제사기꾼
왜 신문마다 대서특필하는지
하기사 신문도 국내 사기꾼 아닌감

김봉우

70년대 중반
연합시위 미수로 구속된 김봉우
경희대 학생 김봉우

그의 수첩에 적힌 친구들
전화번호
주소
연락처 등이 분류되어

어럽쇼 지하단체로 조작
1심 5년
2심 3년의 징역이었다

그뒤 수첩 내버린 학생 몇몇 있었다

김봉우 두 눈 부리부리
김봉우 아우
가슴팍 든든
김봉우 어머니
아들보다 더 강하게 '유신 망령 물러가라!'

만 인 보

별편

萬 人 譜

전태일

시대의 벽두 을씨년스러운 거리
추운 청계천거리
거기 한 노동자의 몸 불붙어 달려갔다
달려가다 쓰러졌다

전태일

그가 죽어 한 시대가 열렸다
그 어느 삶보다 오랜 삶이었고
그 어느 죽음보다 긴 죽음인 시대가 열렸다
그로부터 전태일은
이 땅의 어떤 일에서나 시작이었다

그의 유서 한마디
원섭이와 재철이 중간이면 좋겠던 그의 자리
그러나 그 자리는
이 땅의 도처
싸움의 역사를 시작하는
그 처음의 자리 아니더냐

전태일

그의 어머니는
이제 1천만 노동자의 어머니 아니더냐

장준하

내리닫이 분단에 살어리랏다 길들어가는데
통일은 좋은가
통일은 좋은 것이다
라고 이 땅의 분단 까부수기 시작했다
용렬했던가
왜놈의 장교였고
왜놈의 앞잡이인 박정희
그 어느 터럭도 승인하지 않았다
분단을 죽여
하나의 겨레 살리기 위해
일어났다
싸웠다
그리고
경기도 포천땅 한 두메에서
돌 맞아 죽어
추락사로 발표되었다

처음에는 서북땅 야소교의 한 자유주의자였다가
차츰 민족주의였다가
마지막에는
신도 버리고
집도 자식도 다 버리고
시대 맨 앞장에 나아가 휘날리다가
그것이 죽음이 되었다

그렇게도 기꺼이 위선적이었다 미소였다
그러다 그렇게도 비위선적이었다 우레 쳤다
돌베개 베고
적막했다
장준하

아 잘난 놈은 삶이 괴롭다더라
죽어가는 것이
살아오는 것인가
역사는 죽었다가 살아오는 것인가

김상진

길고 긴 조시를 바쳤노라
그러나 그 조시와 추도시 다 없어지고
오직 있는 것은
지금도 김상진 네 피투성이였노라

네가 네 배에 칼을 꽂았을 때
바로 소위 유신에 칼을 꽂았노라
그리하여 유신의 동토
유신의 피 흐르다가
끝내 그 악독한 유신 쓰러졌노라

1975년 4월 서울대 농대
자유성토대회 세번째 연사 김상진의 말
저 지하에서…… 여러분의 진격을 보리라
그 위대한 승리의 날
나! 소리 없는 뜨거운 갈채를
만천하에 울리게 보낼 것이다
라고 끝맺고
너는 배 갈라 피투성이로 쓰러졌노라

우리는 네 영결식은커녕
네 조촐한 추도회도 열지 못했노라
이중 삼중의 정보부와 짭새 바리케이드 때문에

너는 70년대 내내 학생운동의 굿판이었노라
그리하여 박정희 유신독재 끝내 마쳤노라
그리하여
김상진 너 몇번이나 그리운 이름이었노라

오늘도 네 청춘의 땅 수원 지나가는
야간열차 타고
네 청순한 얼굴 꿀컥꿀컥 삼키며
기적소리와 함께 그 뜨거움 삼켰다가
아침 거리에 뱉지 않을 수 없노라

김경숙

1970년 청계피복 전태일이 죽어 시대를 열고
1979년 YH 김경숙이 죽어 시대를 닫았으니
그 누구라서 70년대를 민중의 시대 아니라 말하는가

그 악몽의 유신시대 닫아버린
한 처녀의 죽음으로
우리는 여기 서 있다
더 큰 죽음을 지나
더 큰 고통을 지나
우리는 아직도 죽어가며 살아나며
여기 민중해방의 마루턱에 서 있다
비바람 막아내는 계급으로

우리는 한때 전태일과 김경숙을
영혼결혼시키려고 했으나
아냐 결혼조차도 반역이었다
그들의 뜻 받들어 나아가노니
거기에 백년의 처녀 김경숙 살아 있다

우리는 여기 서 있다
그 누구의 죽음 앞두고
아니
그 누구의 빛나는 삶 앞두고

김의기

네가 너인 줄도 모르게
공포에 질린 그때
계엄령 공수부대의 그때
학살과 고문과 약탈로 얼어붙은 그때
온통 이 강산
패배주의에 빠져버린 그때
그 공포의 아가리에서
한 이름 없는 학도
종로 5가 6층 옥상에서 떨어져 죽어 부르짖었다

동포여 우리는 지금 무엇을 하고 있는가……
동포여 일어나자 마지막 한 사람까지 일어나자……
우리의 힘 모은 싸움 역사의 정방향에 서 있다 우리는 이긴다

그 절망의 아가리
하나의 섬광으로 빛나며
무덤과 노예의 그때
오직 그대가 승리를 일컬었다
김의기!
그대가 유신잔당과의 싸움을 일컬었다
죽어
피투성이 몸뚱어리로

김종태

산 자 모두 다 숨어버리고
갇혀버리고
큰 거리란 거리 다 공수부대에게 내주고
모두 골목으로 스며들어
악수조차 잊어버리고
총구멍만이
기만만이
전두환 일당만이 흥청대던 날
김종태
그대 분연히 불붙은 몸 솟구쳐
광주학살을 규탄하였노라
갇힌 자 석방을 부르짖었노라

노동자 김종태
부산 초량리에서 태어난 목수의 아들
가난의 아들
서울의 변두리 달동네 살다가
광주대단지로 쫓겨나
아이를 낳은 어미가
제 아이를 강아지로 헛보아 삶아먹은
그 굶주림의 대단지로 쫓겨나
판잣집 지어 자라난
이 땅의 아들

나이 스무세살의 몸 불질러

그 침묵의 날 불질러

1980년 6월 9일 신촌 네거리

그대 홀로 쓰러져

이 땅의 암흑의 진실들 깨어났노라

그 누구누구도 아닌

노동자 김종태

그대가 80년대를 시작하였노라

탄압과 변혁의 시대를

민중의 시대를

임기윤

무지무지하게 고독한 죽음이었구나
7년이 지나서야
가까스로 한 죽음에 대한 추모예배 열리는구나
부산 감리교 목사 임기윤
이제 와서
그를 순교자라 일러
산 자 부끄럽구나

70년대의 부산 민주화운동
부산 기독교 인권운동
절로 앞장선 사람
그가
80년대 벽두의 계엄령시대
광주사태를 말하다가
전두환을 비판하다가
보안 분실
뒤통수 왼쪽 3센티미터 찢어진 시체로
부산대병원 영안실에 눕혀진 사람
임기윤

1987년 봄과 여름
박종철의 고문학살로 들끓던 날
7년이 지나서야
한가닥 가책 일어

7주기가 1주기 추모예배로 열리는구나
콧날 유난히 날카로운 목사
그 목사 모른다고 등돌린 교회 이래
천당이여
너 무너지거라

김태훈

1981년 5월 27일 오후 두시
서울대 아크로폴리스
광주항쟁 1주년의 침묵시위 한창인데
도서관 6층
전두환 물러가라
전두환 물러가라
전두환 물러가라
세 번 외치고 허공을 가르고 몸을 던졌다
그가 누구인 줄 아무도 몰랐다
핸드마이크도 없이
그 목소리 가는 금 긋고 없어졌다
그가 김태훈
도수 높은 안경 쓴
사회대 김태훈
그가 씨멘트 바닥에 떨어져
피투성이인데
거기에 최루탄 쏘아
죽어가는 생명의 마지막에도
살아 있는 생명에도
최루탄가스 터져
학우들에게 뿌려줄 피맺힌 유서도
한 장의 성명서도 없이
침묵시위
침묵의 죽음으로 외친 것

서울대학이 전경대학 짭새대학이던 시절
세상은 어느 곳에서도
불빛 하나 보이지 않던 시절
그렇다 김태훈의 피조차
최루탄가스에 파묻힌 시절

오직 그의 어머니가
죽은 아들에게 보내는 편지가 있다

너는 이 세상에 있는 22년 동안
정말 고마운 자식이었다……
눈을 높이 들어
자랑스런 마음으로 세상을 본다……
내가 항상 광주에서 오면 기다리듯이
미소로 맞으며
나를 기다려다오

이 외로운 아크로폴리스의 죽음으로 하여금
그때부터 학살원흉 천천히 물러가기 시작했다
그때부터 학살도당 슬금슬금 물러가기 시작했다

박관현

그 자신 그의 죽음을 늦었다고 슬퍼해 마지않았다
그러나 그의 죽음
그가 죽어야 할 때 죽은 것
그는 광주항쟁 3년
금남로거리가 아니라
감옥에서 죽어나온 것
무등의 아들 박관현
그는 튀었다
계엄군 공수부대가
광주를 누비고 있는데
그는 숨어
싸움의 때를 노리다가 또 튀었다
전남대 총학생회장 박관현

그는 여수 돌산으로 건너갔다
계엄군이 학살로
광주를 점령한 뒤
그는 광주의 싸움을 놓쳐버리고
목포 암태도 초란도로 건너갔다가
그해 6월
서울로 튀었다
현상수배 주요인물 박관현
서울에서 체포 직전에
또 튀었다

영세공장 노동자로 일했다
이름은 박건욱
1년 10개월 동안 숨었다가
끝내 그는 체포되었다
감옥에서
나팔꽃씨 넣은 밥 먹으며
싸우고 싸우다가
감옥에서 죽어나온 것
나이 서른살 박관현

1980년 5월 16일 밤 도청 앞 분수대에서
몇만 시민과 학도 앞에서
우리가 횃불대행진을 하는 것은
이 땅에 민주주의의 꽃을 피게 하고
민족통일을 이룩하자는 것입니다
여러분
하고 사자처럼 부르짖던 박관현
그의 주검조차 빼앗겨
장례식도 못 치르고
고향땅 영광 황토산에 묻혀버렸다

어쩌자고 님은
달밤에 가시었나
아직은 우리의 밤이 아닌 달밤

아직은 우리의 새벽이 아닌 새벽
어쩌자고 님은 달밤에
새벽에 영 가시었나

그러나 박관현
무등 있어
세상의 침묵 떨쳐
무등이 소리칠 때
그가
금남로에 온다
바람 치는 금남로에 온다
꼭

최온순

아무것도 알 수 없다
동국대 사범대 3년
1983년 3월 시위예비음모로
다섯 명의 학우와 함께
연행된 뒤
강제징집되었다는 것 말고는
그리하여 그해 8월 어느날 죽었다는 것 말고는
그리고 네 이름이 최온순이라는 것 말고는

부대장은 자살이라 통보했다
네 부모가 항의하자
타살이라 통보했다
그것밖에는 아무것도 알 수 없다
군대마저 감옥으로 쓰는 자들에 의해
등 뒤에 총알 서너 개 박혀
시체로 돌아온 네 주검에 대해
우리는 바보처럼
아무것도 알 수 없다
이 땅의 전방 후방
어디나 야만으로 차 있는 것 말고는
총잡이 그놈들 말고는

김두황

늘 껄껄 웃던 사람
안암동 학도답게
거칠거칠 소탈한 사람
그 사람이 강제징집 백일 만에
머리 없는 참혹한 시체로 왔다
자살이라고?
여자친구의 변심으로
자살이라고?
천만에 그의 여자친구 변심한 적 없었다

나쁜 군대는 죽여버리는 것과
거짓말하는 것과
아가리에 몽땅 착복하는 것이 하나
그놈들이 쳐들어와
대통령이 되고 장관이 되고
사령관 대신 회장이 된다

고려대 학생 김두황
그대 머리 없어
살아서 와도
그대 술 퍼마실 입도 없구나
원수 앞에 부릅뜰 눈도 없구나
1983년 4·19 행사와 학내 선거와
축제 시위를 계획하다가

붙잡혀가
껄껄 웃을 얼굴도 없이 왔다
어찌 여기에 백년이 증오 없겠는가
어찌

정성희

갓 입학한 연세대 1학년 정성희
그해 초겨울
백양로 시위중 연행
그길로 강제징집되었다
집에 알리지도 못한 채
휴전선 철책 보초 몇개월
한 장의 글발도 없이
1982년 여름 자살이라 했다
자살 아니야

한 장의 글발도 없이
목 아래
전신은 비닐로 포장되었다
자살 아니야

국민학교 때는 어린이회장이었다
고등학교 때는
벌써
계엄령 확대 26명 연행 민주화란 무엇인가?
무엇 때문에 민주주의를 부르짖는가?
하고 눈떴다
그리하여
휴전선의 밤 M16 네 발을 쏘아 자살이라 했다
자살 아니야

이윤성

고등학교 다닐 때는
스스로 웅변이 모자라다고
서울역 광장의 사람들 속에 서서
여러분!
하고 웅변연습을 하던 소년
그가 대학에 들어와
인문과학연구회 회장이 되었다
1982년 초겨울 학생의 날 가투 연행
신체검사도 없이
바로 강제징집
3대독자
그러나 군바리 짬밥깨나 잘 먹고 지내는데
제대 날짜 다가오는데
자살이 웬말

이처럼 하나씩 없애면
학생의 싸움 끝장나나?
이렇게 없애면
학생들 벌벌 떨어
길고 긴 싸움
길고 긴 파쇼보다
더 긴 싸움 끝장나나?

3대독자 이윤성

그대 죽음이
성균관대 투쟁노선 불당겨 우렁찼다
명륜당 은행나무 노란 잎새
회오리쳐 올라
그 아래 사나울 대로 사나워졌다

한영현

그의 아버지는
그의 어머니를 죽이고
감옥의 무기수로 살고 있다
이런 가정에서도 굳세게 일어나
대학 장학생으로
야학 선생으로 자랑스러운 학생이다가
그만 늑막염 병중인데
강제징집
입대해서도
보안대에 끌려가 똥물 토해냈다
그런 뒤 부대로 돌아와
벙커에서 총 쏘아 자살
자살이라고?
가정파탄으로 자살이라고?
아니다
고등학교 3학년 때
그 엄청난 일을 당하고도 굳세어졌다

강제징집 그것은 80년대의 죽음
그것은 살아서 돌아올 수 없는
그러나 반드시 밝혀야 하는 죽음
개가 짖는 한
물총새가 나는 한

황정하

졸업을 앞두고 있었다
싸움에
저만치 거리를 두고 있었다
녹두집에서 막걸리를 마시면서
처음에는 졸업 뒤 무엇을 할 것인가를 얘기했다
그러다가 이 시대 사는 자
시위밖에는
어떤 최선의 길 없다고
서로 얘기했다
그리하여
시위를 이끌어가다가
뒤에 남아
유인물 작성 이끌었다

1980년 5월항쟁 이후
전두환 군사정권
탄압밖에 아무것도 모르고 있다
1980년 말
오리무중의 무림사건을 만들어 내고
다음해 학림사건으로
무더기 투옥
무더기 강제징집으로 치달았다
학원은 전경 몇천명 이상
A급비상 B급비상으로

도서관도
변소도 경찰뿐이었다
그러나 학원투쟁 이어져 이어져
1983년 4·8 5·13 5·24 5·27
9·13 9·28 9·30 11·4
이렇게 서울대 투쟁은 이어져
정권 3년에
감옥의 양심수 1천 명
여기에 레이건이 온다는 것이었다
람보 레이건이
딴따라 레이건이
그의 사냥개 만나러 온다는 것

1983년 11월 7일 밤 주동자 6명
한방에서 밤새우고
입술 타버린 채
다음날 아침 시장밥 두어 숟갈 뜨고 났다
'민족의 생존과 번영을 위한 민주화투쟁'으로
그들은 흩어져 학교로 갔다
서울대 공대 도시공학과 4학년
황정하도 갔다

그는 도서관에서
감시자를 뿌리치고

시위를 선언하기 위하여
방충망 뚫고 밧줄을 타고 내려가다
그대로 6층 아래 씨멘트바닥에 추락했다
피투성이인데
그 피를 경찰이 점퍼를 벗어 숨기고
응급수송 그만두고
진압에만 미쳐 날뛰었다
그가 들고 간 유인물 1백장
핸드마이크
횃불용 솜방망이
식칼
페인트병
스프레이어
레이건 방한반대 플래카드
그것들도 함께 추락했다

헌걸찬 청년 황정하
가슴속
여린 풀잎 날리는 청년
황정하
그는 벽제화장장 강제 화장
그 뼛가루 뿌려지고 말았다

이 땅의 민주주의 쟁취와 민족 수호를 위해

몸바친 선열들의 숭고한 영령 앞에
우리의 싸움을 바친다

이렇게 시작되는 선언
이제 이 선언은
황정하 영령 앞에서 읽어야 한다
밧줄을 탄 영령 앞에
밧줄을 타고 오르는 영령 앞에
싸움을 바쳐야 한다

한희철

이렇게 죽다니
서울대 공대 4학년
이렇게 시퍼렇게 살아 뛰노는 젊은이
이렇게 죽다니
하잘것없는 일로
제대 앞두고
제대하여
신학교 들어가
사제가 되겠노라던 난만한 젊은이
어이없는 일로
수사관의 닦달받고 나와
눈보라 날리는 새벽
세 발의 총 쏘아 죽다니

후방에서 젊은이들 마구잡이로 잡혀가거니와
죽어가거니와
새벽 초소에서
아무도 모르게 어둠속 철조망 아래 죽어가다니

보안상의 이유라고
유서조차 밝혀지지 않은 채
이렇게 어이없이 죽어가다니

박종만

격일제 22시간 달려야
악덕 도급제 사납금 바친다
그렇지 않으면
그나마 월급에서 차액을 어김없이 떼어간다
그래서 마구 달려야 한다
치고받고
눈에 불 켜달고 달려야 한다
이틀에 단 두 시간 얼굴 맞대는 아내
아내대로 떠돌며
화장품 팔러 다녀야 한다
여기서 뜻을 세워
노동조합을 만드는데
여기서
모순의 힘 앞에서
택시 노동자가 깨치는데
모순은
우선 작은 모순으로 나타나
빌어먹을 놈의 세상
택시 노동자가 깨치는데

그리하여 박종만은
동료 안을환 배철호와 함께
노조파괴에 맞서
해고된 동료를 위해

단식농성에 들어갔다
택시회사 정문 앞 길바닥에서
부당해고자 복직시켜라
노조탄압을 중지하라
대물피해 전가하지 말라 말라
꽁꽁 얼어붙은 몸으로 하룻밤 지새웠다
다음날 회사는
농성 운전자 전원 해고를 통고

이때 박종만
내 한 목숨 희생되더라도
더이상 기사들이…
이렇게 유서를 쓰고 나서
회사 대기실 문 잠그고
몸에 불 지르니
석유난로의 석유에 불붙어 나뒹굴며
그 처참한 소리
노동조합 탄압 말라!
사무장을 복직시켜라!
부당한 대우를 개선하라!
이렇게 외치고 죽어갔다

시꺼멓게 타버린 시체 빼앗기고
장례식도

추모식도 빼앗겨버리고

이 땅의 노동자
이 죽음
이 불지른 죽음
이 무슨 영광 있어야 하는가

홍기일

저 무등 아래
또 하나 생명이 불타버렸다
전남도청 앞 광장
온몸 불길에 휩싸인 채
동구청까지 달려가
모든 사람들에게
싸움에 나설 것을 외쳤다
불지른 것으로도 모자라
쥐약 먹고
그것으로도 모자라
뱃구레 찌를 칼 가지고
민주주의 만세
민주주의 만세 외치며 불덩이로 쓰러졌다

경찰만이 상두꾼이었다
경찰만이 무덤 파고 무덤 썼다

그러나 어찌 한 노동자 홍기일이 한 노동자인가
그는 무등 아래
영산강물 갈대강 기러기 떼 솟아오르는
그 겨울의 눈보라였다
1천만 노동자의 마음
광주항쟁을 이어나가는
숨가쁜 불꽃이었다 불덩어리였다

홍기일
1980년 5월항쟁 시민군이던
그 홍기일

폭탄 이전 먼저 성냥이 필요하다는
그 홍기일

그냥 삶의 현장밖에 아무것도 없이 그렇게 잘도 부르짖고 쓰러진 된
사람

우종원

철로에 버려진 썩은 주검
이 극악의 시대를 산 주검
우종원

이미 징역 3년을 선고받았던
삼민투 용의자
우종원

숨어다니다
한 달 넘어
그는 황간-영동 사이에서 변사체로 발견되었다
경찰이 발표한 사인은 '자살'
아니다
자살 아니다

이 죽음조차 조작하는 시대를 산 주검
서울대 사회복지학과 4학년
우종원
네가 죽음을 당해 버려진 철길의 들꽃
어찌하여 그것이 꽃이어야 하는가
우종원
낙동강 성주대교
그 탁류에
네 뼛가루 뿌려져간 주검

송광영

차라리 총 쏘아 죽으면
바로 죽기나 하지
석유 끼얹고 불지르면
그 죽음
어찌 그리 더디고 더딘가
병원으로 실려가서도
나는 죽어야 한다 나 깨끗이 죽겠다
치료도 음식도 거부한 사람
그러다가
나를 마지막 희생으로
기필코 민주사회 이룩해야 한다고
낮게 말한 뒤
신새벽 한시 사십오분
숨 거둔 사람
조국의 송광영
조국이 무엇이기에
여기 한 기구한 사람
불에 타버린 사람
송광영

광주 변두리 태어난 지 백일 만에
서울로 올라와
돗자리행상 어머니 등에 업혀
서울 바닥 떠돌았다

돗자리 사려
돗자리 사려
그 여름날 갓난아이
여름 땡볕으로 자라났다
돗자리공장 다락방에서 자라났다

세월 무서웠다
그 갓난아이 어린이로 자라나
벌집이 무섭다는 아이 위하여
그 벌집 부수다가
벌에 쏘이는 어린이로 자라나
학원에서 탄 돈 1만 5천원을 동무한테
주고 돌아오는 소년으로
대학생 되어
자취방세 전세 70만원 빼내어
20만원짜리 월세방으로 옮기고
50만원을
친구의 등록금으로 준 대학생으로 자라나

아침에 국수 40원어치 사다 끓여먹고
점심 굶어버리고
저녁은 깡통에 쌀 한줌 되어
다락방 행상끼리
밥 지어 먹으며

이 땅의 한 젊은이로 자라나
그러다가 어머니 따라
행상을 하고
청계피복 시다를 하고
노조를 이끌고
그러다가 검정고시로 대학에 갔다
경원대 법학과 2학년

이제 전두환 정권에는 학원안정법밖에 없다
그토록 억눌러도 일어나고 잡아가도 일어나는 학생들
철저히 때려잡는
학원안정법밖에 없다
그러나 거센 항쟁으로
또 하나의 악법 학원안정법 끝내 자취를 감추었다
어찌 그것이 아무 일 없이 사라지나
1985년 9월 17일 경원대 학생총회 그날
벌써부터 죽음을 준비한 송광영
시위 주도
비 오는 운동장 뛰어가며
몸에 불질러 뛰어가며
학원안정법 철폐하라
학원탄압 중지하라
군부독재 물러가라
그렇게 외치며

불붙은 몸에 모여든 학우에게
야 뭐해 싸워야지
하고 쓰러진 송광영

3천 경원학우 백만학도 그리고 민주화를 열망하는
모든 민중들이여

이렇게 시작한 성명서 남기고
끝내 쓰러진 송광영
노동자 김종태 홍기일의 죽음으로 깨친 송광영
28세의 젊음 경찰의 매장으로 흙에 묻혔다
그러나
가난과 싸움으로 살다 간
그 젊음 무덤 열고 오라

박영진

구로공단 노동자 분신자결
초임 일당 3천80원을
4천2백원으로 인상할 것
근무시간 아홉 시간을
여덟 시간으로 바로잡을 것
강제잔업과 철야특근 없앨 것
부당해고하지 말 것
이것을 요구하며 분신자결

매일 한 시간 공짜 일을 해주어야 하고
휴식시간도 작업으로 메워지고
연장근무 강요하고
작업이 끝나도
다른 일 시키고
유급휴일도 일을 시키고

이런 판에서 노동자는 싸우지 않고 무엇이겠는가
지엔피 지엔피 날마다 떠들어대는데
노예 노동자 싸우지 않고 무엇이겠는가

드디어 종업원 궐기했다 경찰과 맞섰다
각목과 짱돌이 난무했다
옥상으로 쫓겨갔다
최루탄가스로 밀려갔다

거기서 박영진 석유를 붓고
경찰 물러나라고 외쳤다
그러고 나서 불질렀다
동료들이 불 끄려고 달려갔으나
경찰이 막고서서 방치

그가 남긴 어린 여성노동자에게 보낸 편지
거기에는 전태일의 말이 살아 있었다
나를 아는 나여
나를 모르는 나여
그렇다 숙이도 내 한 몸뚱이도
신흥정밀 노동자 모두가 남남이 아니다
노동자는 남남이 아닌 하나일 수밖에 없다…

가리봉동 구로동 노동자의 싸움
언제나 노동자는 하나
1천만 노동자는 하나라고 일어선 사람
부여 백마강 기슭에서 태어나
벽제 화장터 뒷산에 뼛가루로 뿌려진 사람
전태일을 이은 사람
이 땅은 노동자가 살기 위하여
노동자가 죽어야 하는 땅임을
온 세상에 소리친 사람
박영진

686

그 이름 앞
아직은 추모의 꽃을 바칠 수 없다
탄압에 맞서
그 이름 새겨진
푸르른 계급 이어가야 한다

오한섭

말이 좋아 새마을 영농후계자였구려
영농후계자 오한섭
빚만 지는
영농후계자연합회장 오한섭
진실에 눈떠
자신의 실패가 개인의 잘못이 아니라
독재정치
농민 죽이는 정치의 잘못임을 깨달았구려
미국놈들
미국소 마구 들어와
이 땅의 농민 죽음을 달구었다고
그는 뜻있는 농민회에 가입했구려
1백명 힘이 없지만
1천명 1만명 힘을 모으면
우리는 농산물 가격을
우리 뜻대로 할 수 있으리라

그가 기르는 송아지가 죽어갔구려
그 송아지 따라
비닐하우스에서 살충제와 제초제 그라목손 먹었구려
4백20만원 관청 빚 남기고
살아 있는 영농후계자들이 울부짖었다
이것은 우리의 죽음이다
후계자들 모두의 죽음이다라고

그러나 세상에는
그가 죽은 지 한 달 지나
겨우 어느 소식 한 귀퉁이에 알려졌을 뿐

어디 농민의 자살 하나뿐인가
소값 폭락으로 죽은 서형석
비관자살의 유창식
여기저기서 빚 자살 늘어났다
김명렬과
그의 어머니도 죽어나갔다

김명렬의 낙서 유서
김명수 수사과 형사
너는 나를 차는구나
동네서 다 알고 있다
너는 나의 옷을 다 찢고
나를 때려서 나는 겁에……
나의 빚은 법에서 다 알고 있네
얼마나 먹었나
김형사는 나의 옷도 다 찢었네
너무하네

어찌 김명렬뿐인가
임실 갈마리 전라선 돌무더기 한 시체가 뻗어 있구려

그의 주머니에서 나온 글발

본인언(은) 이 세상에 태어나서
헐(할)일을 제데(대)로 한(하)지도 못하구(고)
자살함에 대하여
나는 보정이여분게(보증인 여러분에게)
대단히 미안하옵니다
연히(이)나 정부에서 농촌서민에게좋자(조차)
생각하옵기 모순이 있따(다)고 생각합니다
농촌서민에 권장한 모든 물자
시세만 있쓴(으)면 수입하구(고)
농협빛(빚) 1, 2백만 되면 차압
도시대기업체는 몇조을(몇조원을) 띠(떼)이면서도
말 못합니다 시정하여주기 바랍니다
대단 죄송합니다

이 환갑 다 된 농부 장만봉
사채 17만원 때문에
집 넘겨주고 셋방 살며
사채와 관채 3백만원에 몰려
죽어버렸구려
풀밭에 개죽음으로
죽어버렸구려
천지에 한숨 하나 없이

김세진

봄이 와서
4·19묘지에서 서울대 대표로 성명서 읽던 사람

그 활활 타오르는 불덩어리로
숯덩어리로
전신 60프로 3도 화상의 송장으로 달려가며
양키를 태우고
파쇼를 태워버린 사람
서울대 자연대 학생회장 김세진
그와 함께
매판을 태워버린 사람
서울대 반전반핵투쟁위원장 이재호

하나가 아니라
둘이야말로
악을 태우고 또 태워
이 땅을 하나로 세우리라
둘이서 하나의 내일 어기영차 들어올리리라

이재호

어떻게 살아 사진 한장 제대로 남기지 않았는가
서울대 반전반핵투쟁위원회 위원장 이재호!

미제 공군이 리비아를 마구 폭격한 뒤
세계는 미제를 다시 한번 보았다
이재호 위원장
광주항쟁 때 한 소년이었던
광주의 사내 이재호 위원장
그는 김세진과 더불어
깊이깊이 맺어
함께 죽어
하나가 되자고 굳게 맺어

학우여 모든 굴종과 불의를 거부하고
진리의 실현을 위해
모든 모순과 투쟁한 선배들의 함성이
아직도 관악의 곳곳에서 들려오는데
우리의 대학은 어디로 가고 있는가
우리의 대학은 지배체제의 재생산을 위한
기능인 양산의 장으로 전락하였고
제국주의 지배이데올로기를 강요당하고
지배자의 이익을 관철하기 위한
억압의 장으로 변하였다
역사의 주체로서 이 땅의 주인으로서

민중들의 고통의 함성에 대하여
우리는 무관심과 안일의 교육 속에서
스스로 소외되고 있다
자 학우여 무엇을 망설이는가

1986년 4월 28일 아침 서울대 앞 신림동 네거리
한 건물 옥상에서
반전반핵평화옹호투쟁위 85학번 학우들 앞에서
이재호는 김세진과 함께 부르짖었다
반제반핵
양키는 꺼져라
그리고 선언문을 뿌렸다 전단이 널렸다
농성학우 짓밟는 전경에게 외쳤다
기필코 김세진이
그 자신과 이재호의 몸에 불을 당겼다
더이상 물러설 곳이 없었다
불덩어리였다
불덩어리였다
두 불덩어리 튀어오르며 외쳤다
그 고통의 극한으로
그 전율의 극한으로
그 최후로 외쳤다
양키는 가라고

1965년 3월 15일 광주에서 태어난 이재호
견고한 투쟁의 길 걸어온 사람
광주 교외
봄에는 냉이 캐는 어머니
착하디착한 어머니 살아 있는데
어머니 앞을 떠난 사람

그러나 그가 남긴 절규 세진의 절규
오늘도 친다
오늘밤도 친다

박혜정

가혹한 80년대 복판이다
첫여름 한강에 몸 던져 네가 죽었다
서울대 국문학과 4학년

교문 앞에 철망 친 녹색 차들이 보이고
울긋불긋한 헬멧이 보인다
오늘도 학교는 시끄럽겠다
수업시간 최루탄
강의가 머릿속에 들어올 수 없다
수업 뒤 최루탄
잡혀갔다
나의 친구
나의 적의 적
나의 친구의 적에게 잡혀갔다

아름답게 살아가는 모든 이들에게 부끄럽다고 네가 말했다

싸움 속에서
싸우지 못하는 자의 죽음도
싸움
그 순결한 괴로움도
싸움
이 땅 위의 네 아픈 마음도
싸움이다

네 강물에 던질 꽃 있을지어다
백도라지꽃

김성수

모교에서 선배 김세진 이재호가 죽어갔는데
지리학과 1학년 김성수
부산 송도 앞바다 밑에
무게 4, 5킬로의 콘크리트 세 조각을
허리에 매달고 죽어 있었다
이 무슨 해괴망측한 재앙인가
자살이라고
빨리 화장하라고
그리하여 고향 강릉집도 몰라보게
부산 당감동 화장터에서 화장
부산 앞바다에 뿌려지고 말았다

정체불명의 전화 받고 나가
행방불명 3일 만에
멀리 부산에서 변사체로 발견
발견 5일 만에 가족에게 알려져
6일 만에 한줌의 재
한 달 뒤에야
경찰 가로되
김군의 성격 내성적 운운
학과성적 저조로 고민 운운
내성적 아니고
성적 고민 아니고
아무나 들어가지 못하는 출입금지구역의 바다

그 바다 밑 바위틈에 끼여 있는 시체가
어찌 자살시체란 말이냐

박종철의 죽음 기어이
온 세상에 드러났는데
김성수의 죽음
아직도 바다 깊이 17미터에 가라앉았다

누나 꿈마다 나타나
누나 나 지금 경찰서에 있어
나 살려줘
이렇게 호소할 따름
그리하여 누나가 뜬눈으로 밤새워
병나
수면제 먹어야
가까스로 눈 붙일 따름

아버지의 말
우리 자식의 죽음도 죽음이지만
앞으로 이 땅에서 다시는 이 같은 일 일어나서는 안된다

그대의 말
동해 파도
파도쳐라

파도쳐라
파도쳐 부수어라 시대

이동수

1986년은 서울대 죽음의 계절이었다
1986년은 우리 모두에게
죽음과 죽음을 장사 지내는 계절이었다
우리는 몇번이고 상두꾼이 되어야 했다
어허 어허달구

누가 하늘을 보았다 하는가
누가 구름 한송이 없는
하늘을 보았다 하는가
신동엽의 시를 외우며
25년의 생애로 끝난 이동수
서울대 농대 원예학과 1학년 이동수
저 암울한 70년대 김상진을 남몰래 섬긴 이동수

1986년 5월 20일 서울대 아크로폴리스에서
문목사가 광주항쟁을 얘기하고 있을 때
2천여명의 학우들 앞에서
학생회관 난간
온몸에 신나를 뿌리고
불질러
불덩어리로 투신
미제 물러가라
폭력경찰 물러가라
라고 구호 외치며 투신

그리고 그는 죽어가며 말했다
역사가 나의 몸부림을 심판하리라

전두환의 초강경 유화 초강경으로 얼 빠지는데
누가 보았다 하는가
민주주의를
누가 보았다 하는가
독립군 중에서 자살한 사람 없었다
그러나 이 시대는
누가 뭐라 해도
자결은 최고의 싸움
깨어 있는 자 새로워지고
잠든 자
그 잠에서 더이상 길들여져서는 안되는 싸움
누가 하늘을 보았다 하는가
이동수

이경환

1986년 6월이면 감옥에 학생 1천명이 갇힌 여름이다
감옥 밖의 세상도
어찌 감옥 아니랴
비록 대학에 들어가지 못했을망정
재수생도 학생 아니랴
재수생 이경환
김세진 이재호 이동수의 분신자결로
박혜정의 투신자살로
이 땅의 현실을 보기 시작했다
왜 죽어야 하는가
왜 죽어가야 하는가
왜 불덩어리로 젊음을 불살라버려야 하는가
왜 몸 던져 물귀신이 되어야 하는가
한 재수생은 포장마차 떡볶이를 사먹으며
죽음의 원인을 깨달았다
그리하여 아직 대학생 아니건만
4월 이후 시위일지를 만들었다
신문기사를 오려내고
그가 쓰고
전두환의 호헌 번복 이래
미국소 무더기 수입 이래
상계동 철거 이래
한 재수생은 시대를 역사를 날것으로 만났다
그리하여 세상을 날것으로 아파했다

그리하여 생선장수 어머니야말로
'그 모순 많은
불평등의 극치를 달리는 사회의 희생물' 임을 알았다

1986년 6월 5일 청량리 맘모스호텔 옥상에서
경비원한테 쫓겨
그길로 몸을 허공에 던져
저 아래 땅바닥에 피투성이 시체가 되고 말았다
차분히 준비했던 유인물 뿌릴 틈도 없이
죽음밖에는 없다고
죽어야 한다고 생각하고 생각한 끝에
스무살의 시체가 되고 말았다

경찰은 성적 비관 자살이라고 했다
그러나 그의 유서
이 세상에서 죽지 못해 살고 있는
수많은 노동자 농민이 있습니다
힘센 자들은 무조건 억누르려고만 합니다
비록 생선장사를 한다고 할지라도
꿋꿋이 올바르게 살아오신 것이 너무도 자랑스럽습니다
죄송합니다 어머니
어머니 모시고 오래오래 행복하게 살려고 했는데…

또 한 장의 유서

나 죽거든 화장해줘
바다로 나아가 마음껏 돌아다니고 싶어
아무 얽매임 없이…

큰형 미안해…
너무 일찍 깼나봐

강상철

어찌 목포가 이 땅이 아니겠는가
목포야말로
저 남쪽 끝
뼈저리도록 이 땅의 슬픔의 복판
아 저 혼자 솟아오르다
그대로 굳어버린 유달산
어디로 갔나
슬픈 아낙의 잔등 같은 삼학도
이 땅의 복판

1986년 6월 목포역 광장
5·18광주·목포 학살의 진상규명대회장
그러나 전경들만 가득 차
민중대회 대신
전경 최루탄대회가 열렸다
이때 여기저기 모였다 밀렸다 하는데
한 마리 성난 짐승으로 달려나와
양심선언과 7개 요구사항을 외쳤다
전경이 뛰어왔다
물러가라 외치며
제 몸에 불질러
민주여 승리하라
독재여 물러가라 외쳤다
쓰러지며 외쳤다

쓰러져서도 외쳤다
그뒤 20일간의 병상에서 외쳤다
화상부위 썩어가는데
그 썩어가는 데 벗겨내는 고통으로 외쳤다
끝까지 저 자신으로 돌아가지 않았다
역사를 지켰다
민주여 승리하라
광장을 지켰다

이미 그는 결단이 내렸다

내가 펜을 든 것은
다름아닌 이제 때가 되었다는 것일세
이 서신이 마지막이 될 수도 있네
아니 마지막이어야 하네……
한술의 밥이 나에겐 중요하질 않네
구차한 목숨이 중요하질 않네
어여쁜 여자가 중요하질 않네
나에겐 중요한 건 조국이요 민족이요 민중이라네
이 서신을 자네가 받아보는 날이
언제일 줄은 모르겠네
내가 목포에서 싸우는 시간 받아볼지
아니면 저 세상에 가서 싸울 때
받아볼지는 모르겠네

다만 나의 육신은 깊은 산 깊은 골짜기에 묻히고 싶네……
마지막으로 작은 시 한 편을 싣겠네

아! 민주여
자유여
평등이여
그대는 어디로 가 있는가
그대가 있는 곳에 나 함께 가련다
나 함께 그대와 더불어 살련다
의로운 땅에 독재가 숨쉬고
그대들이 있으니 죽음의 골짜기로다
오 그대들이여
이 땅에 어서 와다오

목포전문대 학생
학교를 작파한 뒤
목포사회운동청년연합 사무차장
목포민주회복국민회의 청년국 제2부차장
그 이름 강상철
해남 토말의 스물세살
강상철

신호수

아직도 가매장한 채
봉분을 미루고 있다
진실 밝혀지는 그날까지
노동자 신호수의 무덤

불온전단을 가졌다는 이유만으로
붙잡혀가
그 길이 저승길
1986년 6월 11일
인천에서 일하다가
형사대에 붙잡혀가
8일 만인
6월 19일
그의 고향 언저리
여수 돌산 대미산 중턱 암굴
변사체로 발견되었다
한 방위병이 해안경비 야간근무 마치고 돌아가다가
인적 없는 산
큰 비둘기 한 마리가 날아갔다
그 비둘기로
변사체가 발견되었다
자살이라니!
아냐 아냐 아냐 아냐 아냐
분단파쇼는

사람 하나둘 아니 몇천명쯤
몇만명쯤
쏘아죽이고 때려죽이고
밤에는 축배를 들며 춤추는 놈들이야
학살 또는 타살을
자살이라고

이 땅의 노동자 신호수의 죽음
그 죽음의 진실 밝혀져야
거기 민주도 민족도
거기 무엇도 있다

진성일

건국대 농성사건의 1천2백87명 우리 학우 여러분
새날이 올 때까지 우리 흔들리지 맙시다
여러분 주위에는
진정한 친구들이 많이 있습니다
용기와 힘을 잃지 마십시오
저 비록 미약한 존재이지만 격분을 참을 수 없어
여러 친구들보다 먼저 갑니다

부산산업대 학생
한때는 공장 가려다가 말았고
가슴속에는
민중의 불씨 품고
그러다가
1986년 가을 건국대 애학투 농성 이후
그 불씨 불타올라
11월 5일 낮 시청각관 5층 옥상
분노의 신나 끼얹고
불붙어
그 싸움의 불길 휘감아
죽음으로 떨어져버렸다
진성일
어떠한 고통과 희생이 따르더라도
이 땅의 암흑을 모조리 몰아내자 외친
너 진성일

박선영

나설 용기도 없어라
돌아설 이기주의도 없어라
분신한 선배 학우들의 울부짖음이
머릿속에서 헝클어졌어라
어쩔 수 없이
저 혼자 죽어갔어라
전남 화순에서 태어난 예비 교사 아가씨
서울교대 수학과 박선영

죽은 뒤
경찰은 연탄가스에다가
탈선 애정행각에다가
죽음의 원인 조작했어라

5개월 지나서야
그 죽음이 시대의 한 산화인 것 밝혀졌어라
안타까워라
안타까워라
비바람의 시련을 겪으면서 굳세어져야 한다는
아가씨
안타까워라

김용권

서울대 경영학과 83학번 김용권
미8군 캠프 인디언 카투사 상병 김용권
민민투 수배자로 지목
포천 8사단 수사대에 불리어갔다
거기서 그는 학원프락치를 맡아 달라는 협박을 받았다
거절했다
일곱 시간 고문당했다
고막이 터졌다 허리를 다쳤다
그뒤로도 몇차례
그러고 나서
1987년 2월 20일 막사에서
목매어 자살이라고
서둘러 발표되었다
때마침 박종철 고문살인으로
온 나라가 비통과 격노의 도가니

이 의문투성이 죽음 그대로 두면
이 땅은
이 죽음 하나로 하여 뉘우쳐 울어야 할 때 꼭 오리라
꽃도
춤도
사랑도 다 우는 때 오리라

장재완

부산대 사회복지학과 4학년 휴학 장재완
방위병 복무 마치고
집으로 가다가 가방을 분실
가방에는 학우들의 운동관계 서류가 들어 있었다
그 서류는 바로 수사대로 넘어갔다
그는 동지와 학우들에게 알렸다
그러나 그는 괴로웠다
일망타진의 책임
기어이 5일 뒤 가방을 찾아 헤매다가
부산시 미남 네거리 부근의 야산에서 죽었다
새벽의 죽음

부모와 부산대 학우들과
그 밖의 동지 앞으로 보내는 부탁이 있다

적들의 야수 같은 손길이 나를 찾고 있습니다
나의 죽음이 우리 혁명과 조국통일을
조금이라도 앞당기는 계기가 된다면
조금이나마 그 의미를 찾을 수 있겠지요
동지들의 미제에 대한 불타는 적개심과
우리 조국 한반도 통일을 향한 가열찬 투쟁을 기대하면서

표정두

광주 박석무의 제자
고등학생으로
광주민중항쟁에 참가했다가
정학처분을 받고
호남대에 들어갔다가
그만두고
노동자가 되어
노동자 야학교사가 되어
세상의 모래알로 살았다

1987년 추운 3월 서울 광화문
휘발유 뿌려
제 몸에 불질렀다
30미터쯤 불덩어리로 달려가며
장기집권 분쇄하라고 외치며
달려가다 쓰러졌다가
일어났다가 쓰러졌다

시신 빼앗겨
벽제화장장 한줌 재로 뿌려졌다
이 겨레의 한 소년병
스물다섯살의
한 노동자는
결국 한줌의 재로 돌아갔다

산 자의 목구멍마다
그 재 삼켜야 했다

황보영국

스물일곱살 황보영국
부산 서면 번화가
독재타도
독재타도 외치며
불덩어리로 달려가며
독재타도 외치며
경찰을 물리치고 달려가며
독재타도 외치다가 꼬꾸라졌다
그 불덩어리
뒤쫓아온 경찰에게 체포
당감동 화장터
한줌 재도 없이 영영 사라졌다
그러나 부산 서면 네거리
그 공중에는
태양이 빛날 때
비가 올 때
어디선가 독재타도 독재타도
그 절규 울려온다
지친 햇볕으로
장대비로
바람으로 울려온다
독재타도
독재타도
부산 서면 네거리

그 거리 독재의 자식 지나가지 못한다

독재 너 가다가 쓰러지리라
꼬꾸라지리라

박종철

1987년은 꽃의 계절이었다
그 꽃으로 하여금 싸움의 계절이었다
저 6월 대투쟁의 꽃
모순의 근원에서
캄캄하게 죽어간 꽃
이 땅과
온 세상 전역에 찬연히 들불로 번진 꽃
네 이름 박종철

죽어 시체 빼앗겨 화장되어
그 뼛가루
분단의 임진강 한줄기에 뿌려져 흘러갔으나
네 이름 박종철
이 땅 안팎 가득히 피어난 시대의 꽃

마침내 이 땅은 너를 가졌어라
네 죽음으로 비통한 바 진노한 바 넘쳐
이 땅은 네 영광을 가졌어라
그렇다 진리는 죽은 자로부터 태어난다
오 네 이름 박종철

종철아 잘 가거래이
이 애비는 할말 없대이

이한열

나는 가장 긴 조시를 네 관 앞에 바쳤다
이한열
네 장례식은
이 땅에서 가장 큰 장례식이었다
1백50만 이상
너를 보냈다
너를 네 고향 빛고을 망월동으로 보냈다

그대 가는가
어딜 가는가
그대 등 뒤에 내려깔린 쇠사슬을
마저 손에 들고
어딜 가는가

네가 남긴 시 한 토막 부르며
너를 보냈다
아름다운 젊음
너를 그렇게 보내고 말았다
1백50만의 상두꾼 장례식
너 한 사람
얼마나 드높은 목숨이던가
그 목숨 끊어져
우리는 너를 보내고 말았다

네 죽음이야말로
군사파쇼와 맞서 싸운 자의 전사였다
이 땅의 모든 늙은이들이
네 장사 지내는 이 땅이야말로
이제까지 망해온 나라였다

이로부터 네 영령 앞세워 나아가리라
가장 아름다운 이념으로
네 젊음으로
저 악의 정치에 나아가리라
북 치고
네 감은 눈
모든 눈으로 떠 빛나며
불처럼
물처럼 나아가리라

내 강아지야 한열아 하고 부르짖은
네 어머니와 함께
네 학우와 함께
오 무등과 함께 나아가리라

이석규

1987년의 절반은 학생의 것
그 절반은 노동자의 것
6월 대투쟁
이한열이 최루탄 맞고 죽었고
7월 8월 노동투쟁
대우조선 이석규가 최루탄 맞아 죽었다

전북 남원에서 태어나
옥포 대우조선에서 일하던
스물두살의 청년 이석규
그가 최루탄 파편 맞아 죽었다
그의 오른쪽 가슴팍에 맞아 죽었다

물론 그의 주검 빼앗겼다
생명을 빼앗고도 모자라
파쇼 군바리는 송장 빼앗아갔다

비록 그의 무덤조차도 강제의 무덤이지만
그의 죽음
노동자의 생존권 요구 투쟁을
정치와 역사의 앞장으로 끌어올렸다

누군가
그의 죽음에 대고 외치기를

천만 노동자의 가슴에 너를 묻는다 했다

너의 죽음은 우리의 새로운 출발이다
네가 뿌린
붉은 피는 새로운 투쟁의 불기름이다
너의 무덤은 흙더미가 아니라
산 자의 가슴속이다
한맺힌 천만 노동자의 가슴팍이다
너를 가슴에 묻고
너의 꿈과 투쟁을…… 불꽃으로 살려내고
이제 우리의 파업투쟁은……
저 기만적인 민주화를…… 뒤엎어내고
장엄한 노동자 해방투쟁의 불기둥으로
새롭게 솟구쳐 나아가고 있다고 했다

조성만

죽어야 할 필요가 있을 때 죽는 것이 사나이라면

조국의 자주통일에 몸 바쳐
배 갈라
몸 던진 사람
너로 하여
이 땅 통일의 의지 불살라
1988년 6월 이래
통일을 미워하는 자들까지
통일을 받아들이는 오늘이다
우리는 네 시신 따라
서울의 거리를 걸어갔다
그러나 그것은 장례행렬이 아니라
네가 통일로 가는 길
우리도 너 따라간 것
이슬 머금은 아침 꽃
너 조성만으로
네가 살아 있을 때보다
엄청나게 통일로 다가서고 있다
너 눈 부릅뜨고 지켜보아라
분단 고착의 수작 싸그리 사라지지 않고 있다
분단 광신의 발악 잠들고 있지 않다

어른들은 살만 찌는데

눈에 넣어도
아프지 않은
아프지 않은 네가 죽어갔다
떨어져
통일의 의지 치솟아
너 죽어갔다

이 전주땅 혼아 고려땅 혼아

최덕수

1988년 5월 18일 낮 천안 단국대
학생회관 시계탑 앞
광주학살 원흉 노태우를 처단하라
광주민중항쟁 진상규명을 위한 국정조사권 발동하라
이렇게 외치며 분신자결한 덕수
난 괜찮다 돌아가 끝까지 투쟁하라
라고 죽어가며 말한 덕수
광주항쟁은 끝나지 않았다
라고 말한 덕수

덕수야 네 사체는
학우들의 줄기찬 수호로
놈들에게 빼앗기지 않았다
망월동으로 갔다
이 땅의 역사 무엇이길래
이토록 젊은이의 죽음을 켜켜이 쌓아올리느냐
덕수야
덕수야

너 묻혀
또 누구를 부르느냐
덕수야

박래전

너 젊은 시인 박래전
한 대학 국문학과 학생이기보다
이미 시인이었던
너 박래전

시인 1천명 이상이 득실거리는데
이 오욕 거부의 땅
네가 시 남기고
불질러 자결하고 말았다

내 죽음을 마지막으로 삼아야 한다고 말하고
다른 학우의 죽음
다른 동족의 죽음 막고
네가 자결했다

이 매판의 시대
네 죽음 있어
이 시대가 매판만의 시대 아니었다
너로 하여금
네 삶과 죽음으로 하여금
우리는 살아서 민주주의로 간다
통일의 시 노래하며
네 죽음 부른
분단을 때려죽이러 간다

726

박래전
너는 우리가 시인이기를 잊고 있을 때
이미 시인이었다
이미 시인의 절망이었다 희망이었다

김소월

소리질러 부르는 이름이 아니었다 그의 이름은
입 안에서
가만히 샘솟는 이름이었다
김소월

슬픔이란 나눠먹을 수 없다
옆에 있지 않고
저만치 피어 있는 꽃이었다
산모롱이 가까이

그는 혼자였다
천년 이상 수많은 시의 세월임에도
달랑 혼자였다
동저고리 바람으로 서서
강 건너 마을
아무 표적 없이 바라보는 혼자였다

망한 나라 변방의 밤이면
두견새소리가 내내 바깥이고
방 안에는
그리운 그리운 호롱불도 없이
그냥 묵묵히 어둠의 맨얼굴이었다

산에는 꽃 피네 꽃이 피네

저만치 혼자서 피어 있네

이렇듯
핀다는 말 세 번이나 나와도
또한 슬픔은 슬며시 이쪽이었다
그에게 늘 오늘조차도 어제였다
서른살 넘어
술도 모르다가
아편을 먹고
스스로 목숨 하나 버렸다

가실 때에는
말없이 고이 보내드리우리다
영변에 약산
진달래꽃
아름 따다 가실 길에 뿌리우리다

김소월
내내 그 이름이었다
한반도 처녀들의 오랜 아린 가슴속
여러 개의 거울 같은 이름이었다
오랜 모국어가 저절로 노래였다 합창이 아닌 혼자의 노래

한용운

님은 갔습니다 아아 사랑하는 나의 님은 갔습니다
이 한국어 경어체 산문시 한 행으로
어느새 산 너머서 여기까지
여기서 산 너머에 이르기까지 넘어갈 바람이 일어납니다
그다음은 없어도 좋습니다
푸른 산빛을 깨치고 단풍나무숲을 향하여 난
작은 길을 걸어서
차마 떨치고 갔습니다
이미 바람이 일어났습니다

근대란 한국에서는
님을 잃어버린 시대입니다
나를 잃어버린 시대의 안팎
그리하여 없는 님을 향해서
내가 땅 위에 일어서야 합니다

님만 님이 아니라 기룬 것은 다 님입니다
님만 님이 아니라 님을 향한 나에게
새로 오시는 님이어야 합니다

한반도 긴 태백산맥 내설악
어느 쪽도 열리지 않은
첩첩산중
거기 불빛 같은 작은 암자 밤새도록

730

님의 침묵 태어나야 합니다

오백년 왕조 이조가
흙담처럼 무너져갈 때
그는 아내의 출산 직전 뛰쳐나가
산중의 승려가 되었습니다
망한 나라를 위해서
일제에 맞서 감옥으로 갔습니다
서릿발이었습니다
시와 동족과 종교
그 셋에 그의 열의를 함부로 던졌습니다

태어난 어린 딸을
식민지 호적에 넣지 않았습니다
늘 추운 방에 앉아 있었습니다
넓은 덕망 따위 아닌
차고 매서운 노기의 나날이었습니다
겨울 매화

아 님은 갔지마는 나는 님을 보내지 아니하였습니다

임화

그 감격은 가시밭길이었다
모든 감격이 죽어버린 시대
오직 감격으로 살고자 한 시인이었다
너무 빨리 온 이데올로기
검거와 투옥
그의 화려한 얼굴은 시들어갔다
사막의 사원 달
그의 아내는 감옥 밖에서 시들어갔다

다시 솟아났으나
북으로 가
끝내 총소리가 났다
확인사살
그의 죽음이 잊혀지도록 다음날부터 지워졌다

풀벌레소리에까지 무지막지한 권력이었다
권력은 시를 지나간 시간과
오지 않는 시간 사이에 매장했다

아 시대의 화석에서 시인의 감격을 읽어야 하는
오늘의 엉터리 찬란하여라

이상

이상은 사람이 아니라 사건이었다
수많은 꿈이 지나가야 할
통과의례의 난해
그 난해의 현대였다
원(圓)보다
각도의 기수였다
도시의 자식아
도시의 자식아

절망은 기교를 낳는다
할아버지도 뭣도
민족도
정절 매운 아내 따위도
그의 것이 아니었다
어머니도 일년에 한두 번 어머니였다

제1의 아이가 달려간다
제2의 아이가 달려간다
제5의 아이가 달려간다
제12의 아이가 달려간다
제13의 아이가 달려간다
달려가도 좋다 달려가지 않아도 좋다

도시를 내려다보는 새의 니힐

유리 또는 거울
거울 속의 자아란
난해하지 않으면 안된다
그의 병든 폐는
의식의 파편으로 푸르렀다
푸른 절망

그러나 유일한 윤리인 날개였다
그러나 그것은
그의 어깻죽지와 겨드랑에 달리지 않았다
슬픔 따위보다
홍소(哄笑)하라 룸펜만이 최선이었다

당연했다
그를 이해하지 못하는 식민지 수도 서울을 떠나
그를 모르는 제국의 수도 토오꾜오에 가서 죽었다
레몬 향기가 맡고 싶다
이것이 그의 죽은 얼굴에
흰 강보가 덮이기 전의 말이었다
처음과 끝이 짜여져 있었다
제15 제16의 아이가 달려가지 않았다

정지용

산골짜기 혹은 도시의 단층집으로 들어가
밤 고요에 뼈가 저리다
유리같이
유리같이
우수와 함께 얼어붙어
고요하다

시인은 늘 다른 시인들 속에서 혼자였다
말을 많이 한 뒤의 후회가 빛났다

오래오래 이어져오며
꽃피웠던
또는 닳아빠진 국어가
그에게 와서 눈떠 생기가 돌았다

다음날
흙을 파면
그 흙의 여러 부분에 들어 있는
새로움
오랫동안 묻혀 있어서
아무도 몰랐던 새로운 낱말
그리하여 그의 시는 새로운 시각을 낳았다
절제와 배타
표현

오직 표현
그의 감각은 운명의 다른 손이었다
가령 이런 표현

나의 눈동자 한밤에 푸르러 누운 나를 지키는가

한국전쟁 그 시절
북으로 끌려간 것이
북으로 간 것이 되었다
남에서 금기의 시인이었고
사람들은 정지용을 정×용으로 썼다

이제 누구나 가고 싶으면
그의 고향 지용제(芝溶祭)에 간다
고향에 고향에 돌아와도
그리던 고향은 아니러뇨
산꿩이 알을 낳고 뻐꾸기 제철에 울건만

백석

아름다운 시인이었다 누구에게도 말없이 새김질하는 시였다

머리에 손깍지베개를 하고 굴기도 하면서
나는 내 슬픔이며 어리석음이며를
소처럼 연하여 새김질하는 것이었다
아내도 집도 다 없어지고
압록강 끄트머리
신의주 목수네 집 문간방에 들어
싸락눈 문창을 때리는 추운 날

다 가라앉아버린 마음속 앙금
먼 산 뒷옆 바위섶에 따로 외로이 서서
어두워오는데
하이야니 눈을 맞을
갈매나무라는 나무를 생각하는 것이었다

태어나서 자란 평안북도
말더듬이인 듯
그 고장 말 아니면
다른 말은 몰라
여학교 영어교사를 아무리 해도
다른 말은 몰라
어쩌다 사랑하는 여자를 나타샤라고 불러보고는

도대체 시인이란 유난히 우렁차거나
유난히 애절하거나
그것 말고
이리도 이른 봄날의 가난으로 남은 잿빛인가
어스름인가
누구인 듯
아니 달밤의 박꽃인 듯
차츰차츰 밝아오는 어둠 아닌가
한국시의 가슴속 알짜

몇십년 동안 없다가 열이레 열여드레 하현달로 떴다
먹고 싶게
울며
먹고 싶게

그대의 남쪽 외동따님 어디 있누

이용악

한반도 동북 변경 두만강 기슭이
그의 고향이었다
씨베리아 기러기떼
남으로 갈 때
한철 난 남녘땅에서
돌아갈 때
한 떨거지 기나긴 행로 지쳐
몇천 몇만 마리 우르르 내려앉는 곳

이천리 밖
천리 밖
알아들을 수 없는 사투리의 동포들
못 먹고
못 입은 동포들
기껏 노구솥 하나
검은 솜이불 하나 짐 지고
강 건너
남의 나라 황무지 가는 곳
거기가 그의 고향이었다

아니 그의 아버지도 강 건너
소금과 곡식 몰래 지고 오고 갔다
그러다가 일찍이 세상 떠났다

험한 벼랑을 굽이굽이 돌아간
백무선 철길 위에
느릿느릿 밤새워 달리는
화물차의 검은 지붕에
연달린 산과 산 사이
너를 남기고 온
작은 마을에도 복된 눈 내리는가

이런 노래를 자꾸 그는 불렀다

해방 뒤
서정주가 시집 『귀촉도』 출판기념회에
입고 나온 실크 와이셔츠를 보고
정주! 너 뿌르좌냐
하고 칼로
부욱 그어버리고 떠났다

남에 서정주
북에 이용악
그랬던 1930년대 지나
하나의 시인은 굳이 길고
하나의 시인은 식민지 뒤 분단의 목마른 제물이었다
덧없이

이육사

1904년 영남 낙동강 상류
옛 선비 이황의 후손으로 태어났다 강의 상류였다
선비의 가풍이
그의 어린 시절이었다
밥도 의젓이 먹고 남겨야 하고
술도 의젓이 마신 뒤
안으로 안으로만 취해야 했다

그러나 그는
하류로 가고 싶었다
흘러 흘러

나라가 기울어갈 때
그의 숙부들은 의병이었고
식민지시대
그의 형제 여섯
다 독립운동가였다 혁명가였다

1925년 항일 지하조직이 발각된
스물두살 그뒤
감옥에 드나들기 시작했다
1927년 조선은행 대구지점 폭파사건에 연루
드나들었다

그 이래 17년 동안
17회 감옥에 갔다
그의 청춘은
모두 다 투쟁이었고 감옥이었다
고문으로 망가져가며
독한 빼갈은 변함없이 벗이었다

친지들에게 마지막 사진을 돌리고
중국으로 떠났다
1944년 41세
그는 북경 감옥에서 죽었다
고문사였다

그는 노래했다
매운 계절의 채찍에 갈겨
마침내 북방으로 휩쓸려오다
겨울은 강철로 된 무지갠가 보다

그는 노래했다
다시 천고의 뒤에
백마 타고 오는 초인이 있어
이 광야에서 목놓아 부르게 하리라

단 한번 형의 시집을 내준 뒤

아우 이원조는 삼팔선을 넘어 사라졌다
이육사 그의 넋은 처음부터 강의 하류로 가고 싶었다
흘러

나는 중학교 1학년 교과서 육사 「광야」로 처음으로 시를 만났다

윤동주

남아 있는 시는 처녀이고
삶으로 문학으로 미완성
해방 직전
일본 큐우슈우 후꾸오까형무소에서
생체실험 대상으로 죽었다
나이 29세

만주 북간도 이민촌에서 태어나
오로지 기독교로 자라났다
중학교도 대학도 기독교 학교였다

어린 시절의 벗 문익환과 송몽규
송몽규와 관련된 누명으로 죽었다
연애도 모르고
술집도 모르고
하나의 단추도 풀지 않는
내면뿐이었다

남은 시는 순결의 동정(童貞)이었다
작은 나무십자가
죽는 날까지 하늘을 우러러
한점 부끄럼이 없기를
잎새에 이는 바람에도
나는 괴로워했다

서정주

한국어는 그에게 와서 노고지리로 솟아올랐다 아스랗다
한국어는 그에게 와서
전혀 다른 원시(原始)로 스며 스며들었다
멀고 먼 것
징그러운 것
휘감겨
돌아
돌아
너무 익어버린 것
그윽한 것
몽롱하게시리 별들과 함께 있는 것

한국어는 그에게 와서 유구한 세월의 비탈 내려왔다
그리하여 그의 언어는 늙은 배암
느릿느릿 기어오르고
능수버들 유록빛 드리워지고
온통 상한 몸이었다
차라리 눈에는 백태 끼어
아지랑이 마마 앓는 아지랑이

그건 그렇다 치고 누군가가 돌아서서 원통한 것은
⋯⋯
⋯⋯
⋯⋯

부디 그이 어깨춤 같은 어깨춤 같은
모국어 한계 이상일 수 없는
그의 시들은 꽃밭 시는 남거라
어쩌자고 덴노이헤이까였던고
어쩌자고 한강의 기적 전두환이던고

조기천

영웅이 있어야 했다
1945년 식민지 조선은
해방이었다
해방이자
분단이었다
일제의 악독한 사슬 풀려
만세
만세를 부르는 사이
강산은 둘로 나뉘어
북위 38도선이 그어졌다

영웅이 있어야 했다
매카서 일반명령 제1호
남쪽은 미군 점령
북쪽은 소련군 점령

영웅이 있어야 했다
깃발 휘날려
시인이 있어야 했다
1930년대 압록강 두만강 유역
백두산 일대
항일 빨치산을 노래했다
장난이 아닌 귀신이 아닌
현대 한반도

최초의 서사시
고질의 애수
혹은 정한
역사 따위 흐물흐물 죽여주는
멜로드라마 박차고

웅혼한 기상 만개한 노래
산맥이 있었다 대지가 있었다
증오가 도덕이었다
싸움이 종교였다
한 쪼가리 물씬 정표가 아니라
심장 가득히
민족 형식의 서사였다

그것 하나면
서사시 『백두산』
그것 하나면
그대에게 처음과 끝이었다

그러나 영웅은 절대의 실체에서 절대의 후광으로 잠들고
시인은 막판 전선에서 풀썩 죽어갔다

유치환

언제나 시야가 컸다
관념과
사유 엉겨
가까운 곳은 연민
먼 곳은 자학이었다

일제말
만주와
내몽고 자치구로 가서
그 황막한 곳
절망으로 저녁 낙조
영겁 혹은 생과 사와 함께였다

하루하루 냄새나는 계산을 하고 나면
준사막(準沙漠)의 그곳에서 감탄만이 오롯이 그의 존재였다

문득 중국시풍이어서
섬세한 가락에 미치지 못한
은유보다
직유 그것이 그의 힘
그의 이름 푸른 말
히잉히잉
긴 꼬리 영(嶺)을 치며

박목월

자신들을 푸른 사슴이라 했으나 행복하게
숨은 생활의지는 강인했다
굵고 투박한 그의 발과 달리
반백 상고머리
그의 아름답고 큰 눈에는
자주자주 집으로 가는 귀로의 애수가 있었다
고향으로 가는 가락
문득 끊기면
새로 숨차게 절제된 가락이 이어졌다

지난날에는
술 익는 마을
타는 저녁놀
그리고 구름에 달 가듯이 가는 나그네
그다음은
눈과 비가 오는 세상
하관(下棺)

때로 낯선 뱃고동소리 들으며
그의 정감 가득한 목소리는 늘 바다로 기울었다
시가 인문이 아니라
정감 그것뿐이라면
거기 박목월 팔짱 끼고 서 있다

김수영

젊은 날 장남으로 집 뛰쳐나갔다
일어선 호수
그 커다란 눈으로
만주 길림에 가서 서투른 연극배우였다
초라한 무대였다
굶주렸다
술은 그때부터 폭음이었다

일본 토오꾜오상과대학을 그만두고
돌아와서
연희전문도 그만두고
뛰쳐나갔다

식민지 수도 서울
아베 총독이 살고 있었고
신음의 조선사람이
일본사람 변두리에서 살고 있었다

오직 하늘의 별들만이 자유였다
서울거리 밤거리
거기에 어머니와 줄줄이 아우들이 살고 있었다
해방 뒤
그는 누가 알아주지 않는 시인이었다
전쟁 뒤

그는 겁 많은 새로운 시인이었다
북쪽으로 의용군 되어 갔고
거제도 포로수용소
포로가 되었다가 나와서
내내 해묵은 시인들로부터 문법 파괴로 뛰쳐나갔다

세상에 대해 폭포가 되고 싶었고
세상에 대해 낡은 옷을 날마다 찢어버렸다
통행금지 시대
밤중 막차에 치여 죽었다
술 취한 채
마음 깊이
혁명의 도시 달성하지 못한 채

가장 기억할 만한 시인이라고
사람들은 그의 얼굴을 그렸다
누구의 김수영이고
또 누구의 김수영이었다
그의 귀신이 있으면 좋겠다 오 딱한 한국시단!
기침을 하자
기침을 하자

인 명 찾 아 보 기

* ○ 안 숫자는 권 표시

758

766

만인보 13 · 14 · 15

초판 1쇄 발행/1997년 6월 10일
개정판 1쇄 발행/2010년 4월 15일
개정판 3쇄 발행/2015년 12월 23일

지은이/고은
펴낸이/강일우
책임편집/박신규 박문수
펴낸곳/(주)창비
등록/1986년 8월 5일 제85호
주소/10881 경기도 파주시 회동길 184
전화/031-955-3333
팩시밀리/영업 031-955-3399 · 편집 031-955-3400
홈페이지/www.changbi.com
전자우편/lit@changbi.com